摸金传人

MO JIN CHUAN REN

5 湘西蛊术

XIANG XI GU SHU

罗晓 著

沈阳出版发行集团
沈阳出版社

图书在版编目（CIP）数据

摸金传人. 5 / 罗晓著. -- 沈阳 : 沈阳出版社，2018.10

ISBN 978-7-5441-9764-9

Ⅰ. ①摸… Ⅱ. ①罗… Ⅲ. ①长篇小说—中国—当代 Ⅳ. ① I247.5

中国版本图书馆 CIP 数据核字 (2018) 第 220019 号

出版发行：沈阳出版发行集团 | 沈阳出版社
（地址：沈阳市沈河区南翰林路 10 号　邮编：110011）
网　　址：http://www.sycbs.com
印　　刷：河北鸿祥信彩印刷有限公司
幅面尺寸：170mm × 240mm
印　　张：18
字　　数：250 千字
出版时间：2018 年 10 月第 1 版
印刷时间：2018 年 10 月第 1 次印刷
策划编辑：贺　旭
责任编辑：张　磊
封面设计：天下书装
责任校对：王冬梅
责任监印：杨　旭

书　　号：ISBN 978-7-5441-9764-9
定　　价：40.00 元

联系电话：024-24112447
E - mail：sy24112447@163.com

目　录
Contents

目　录
Contents

第一章
方　术

秋可仪拿着几张奇怪的照片找到朱笑东，照片照得是一本日记本，日记本上面居然是朱笑东的笔记，里面的内容事关他的亲朋好友。朱笑东为了搞清楚事情的来龙去脉，跟着秋可仪来到一座湘南小镇。

秋可仪的男朋友一个月前快递给她一本一百多年前的日记本，之后，她男朋友就失踪了。秋可仪把日记本存放在湘南小镇的研究所。在研究所里，日记本虽然做了隔绝空气的处理，但是仍然以极快的速度腐朽。这让朱笑东白跑了一趟。

虽然没见到日记本，但是朱笑东在这里认识了古怪的秦所长一家。秦所长精通方术，但一直对人爱答不理，直到朱笑东大方地给他的实验室捐了一百万经费，秦所长这才扯出笑脸，还热情地带着一行人回了家，盛情款待。

秋可仪请求朱笑东和秦所长帮忙，救她男朋友治平。可是治平失踪这事透着蹊跷，日记本作为唯一的线索也没有了，几人一筹莫展。

秋可仪不死心，仰起梨花带雨的脸，说：“秦所长，朱大哥，我知道治平他还活着，只是被困在某个地方。求求你们帮我把他救出来，我来世做牛做马，结草衔环报答你们。”说着“扑通”一声跪了下去。

秦所长摇着头，叹息一声，说：“唉，你这姑娘，真是太固执了，就算治平还活着，中国这么大，我们上哪儿找去啊。”

朱笑东有些感动，像这样为了爱人不顾一切的女孩子，朱笑东只见过两个，除了眼前的秋可仪，另一个就是自己的爱人杨薇。

朱笑东是重感情的人，见不得像秋可仪这样的女孩子落泪。想了一会儿，朱笑东扶起秋可仪，说：“放心吧，妹子，只要你男朋友治平还活着，总有一天我会找到他，带他回来见你。”

“朱大哥……”秋可仪哭得更厉害了。

秦所长看着窗外，好一会儿才说：“你光在这里哭有什么用，就不想听点别的？”

朱笑东看向秦所长：“秦老师，您知道些什么？”

秦所长回过头，看着朱笑东和秋可仪，一脸犹豫，最后还是说道：“坐吧，我慢慢跟你们说。”

坐回沙发，秦所长端起茶杯喝了一口，说：“这件事说来话长，你们要是想听，我就讲给你们听……”

朱笑东和秋可仪连连点头，他们已经黔驴技穷，如果能在秦所长这里找到一点线索，可真是求之不得。

秦所长的老家在湘鄂边界，鄂西的大山里。秦所长全名叫秦羽，五六岁时，成天跟着瓦匠父亲在瓦窑边玩泥巴。秦瓦匠有一手烧瓦的手艺，从踩泥，到下坯，从装窑，到点火出窑，他一个人都能做。

那时，烧制瓦片的窑窟，规模和技术都比较落后，要烧一窑好瓦出来，靠的是劳力和手工。两三个人出一窑瓦，踩泥打柴，前前后后没半个月办不到。但是秦瓦匠干起活儿来很轻松，只要十天，一窑瓦就烧出来了，都是上好的瓦片。

秦瓦匠一个人能拿别人三倍的工钱，日子长了，同行就眼红了，向秦瓦匠讨教技艺。

秦瓦匠倾囊相授，不过真本领不是谁都能学得会的，同行们依着秦瓦匠教的，虽然质量和效率都提高了不少，但和秦瓦匠比起来，还是差很多。

于是，同行从眼红变成了嫉妒，认为秦瓦匠抢了他们的生意，所以起了歹心。

一天，秦瓦匠装好窑，点上火，趁着空闲，到水田里糊田埂。初春时节，为了让水田不漏水，必须把田埂上的野草铲掉，再糊上一遍。秦羽也跟了过去。

没糊一会儿，一个外地人顺着田埂走来，对秦瓦匠说："老哥，有火没？借个火，抽个烟。"

秦瓦匠正在水田另一边，不过他还是停下手里的活儿，拿出火柴递给那人。

那人接过火柴，看着秦瓦匠说："哎呀，我烟忘带了，能不能麻烦老哥借一支，让我解解馋。"

爱抽烟的人犯烟瘾确实不好受，可是秦瓦匠不抽烟，身上没有，只得说了。那人见秦瓦匠没烟，笑了笑便走了。

那人走后，秦瓦匠回去继续糊田埂，却怎么也糊不住了，一耙子泥糊在田埂上，前面糊，后面垮，眼看着田埂塌了一大截。

秦瓦匠无奈，只得坐到一边休息。田埂上到处都是湿的，没地方可坐，秦瓦匠便将钉耙挖进田埂，坐在钉耙把上。

没过多久，那个来讨火的外地人捂着胸口踉踉跄跄地回来了，嘴里喊着："老哥，饶命，是我有眼不识泰山，请老哥饶我一回。"

秦瓦匠见那人回来讨饶，也没说什么，取了钉耙，自顾自去糊田埂去了。说来也怪，这时再糊田埂，不但糊得稳稳当当，先前那些垮掉的田埂，也毫不费力地修好了。

那人向秦瓦匠磕了个头，头也不回地走了。

没过几天，正是瓦窑里的瓦成形上釉的时候，来了一个四十来岁的中年人。中年人见了在瓦窑边忙活的秦瓦匠，捡了块指头大的碎瓦片，“嗤”一声弹进瓦窑熊熊的烈火里。

秦瓦匠一见，脸色剧变，怒道：“你我素不相识，你干吗涮我这样的坛子？”

中年人呵呵一笑，答道：“我听我师弟说，你这人为人狠毒，动不动就下死手，要人性命。今天我倒要瞧瞧你的本事。”

秦瓦匠心中一动，知道前几天自己得罪了那个来讨烟抽的人，这是来找场子了。当下叹了口气，说：“你师弟那件事，确实是我做得不对，我这里高烧三炷香，顶头过七步，向高人大师叩头请罪。”

说着，秦瓦匠折下三根遮盖瓦窑的麦秸，双手高举过头，跪在地上，一步一叩，用膝头连行七步。

按说，秦瓦匠这种做法，已经是道中人最高的自罚了。所谓“高烧三炷香”，在秦瓦匠师门来说，无异于取了供奉自家祖师面前的香火，去敬奉给别人，这本是师门无可容忍的事，人说“人争一口气，佛受一炷香”，把自家佛前的香火转供别人，这等同叛变，是背叛师门的重罪。

“顶头过七步”说的是“三刀六洞一颗头”，背叛师门，原本就是人人得而诛之的重罪，犯了这样重罪的人，不单单会被逐出门墙，一但被师门的人逮住，那是要白刀子进去红刀子出来的，三刀须得见着六个洞的酷刑。到最后一步，连脑袋都得割下来赔罪。

这样的惩罚，在秦瓦匠看来，足以抵前几天失手误伤中年人师弟的过错了。

“哼哼……”那中年冷笑几声，说，“据我所知，你的师门早就消失了。你既无师门，也就没人来治你欺师灭祖的大罪了。你拿这事来糊弄我，哼哼……你当我是三岁小孩?”

秦瓦匠见自己宁愿背欺师灭祖的罪，身陷三刀六洞一颗头的劫，都不足以让这人消气，愣了一下，半晌才问道：“兄台，你到底要怎么样?”

那中年男子也不含糊，一指在一边玩耍的秦羽，说：“我要他跟我走，应了，我拍屁股走人；不应，我们就见个真章。”

秦瓦匠实在忍无可忍，眼看窑里的瓦片即将成形上釉，实在耽误不得，当下从泥坯上扯下一团胶泥，在指头间捻了捻，吐了口气，把胶泥扔进熊熊烈火之中。

中年人笑了一声，俯身在地上捉起一只蚂蚁，右手中指弯曲，顶在拇指上，合成一环，食指、无名指、小指微伸，状如佛家拈花指，嘴里念念有词，喝声：“太上老君急急如律令，赦!”将那只蚂蚁弹进瓦窑。

秦瓦匠大喝：“无耻鼠辈，找打!”秦瓦匠拿起瓦窑棚上一件蓑衣，往身上一搭，转身就要钻进烈火中去。

那中年男子突然脸色煞白，如见鬼魅，一屁股坐在地上，大声叫道：“不可……我认输。”

秦瓦匠忍着怒气，回头看了一眼那中年男子，犹豫片刻，最终还是扔下蓑衣，大踏步钻进烈火之中。

那中年男子呆呆地望着秦瓦匠消失的背影，好久才惊魂未定地吐了口气。中年男子双手合十，两根食指微曲相抵，一根拇指指天，一根拇指指地，双手中指、无名指、小指弯曲成拳，念出咒语，低喝：“太上老君，急急如律令，杀!”

瓦窑里突然传来一声痛呼，叫声响起，原本被秦瓦匠扔在地上的蓑衣突然着了火。

那中年男子吃了一惊，合身扑到那件蓑衣上，以自己的肉身压制蓑衣上的火。中年男子的皮肉被烧得吱吱作响，可那中年男子不躲不避，舍了老命也要把那蓑衣上的火扑灭。

这时，先前进了瓦窑的秦瓦匠，左手捉了一只半寸来长的火红蚂蚁钻了出来。此时秦瓦匠身上的衣衫被烧得破烂不堪，好多地方冒着青烟，脸上也被烟熏得乌漆麻黑的，只剩两个白眼仁是白色的，此时正愤怒地盯着在蓑衣上打滚的中年人。

秦瓦匠出来，蓑衣上的火渐渐熄灭，中年人也不再滚了。蓑衣被烧了大半，眼看是毁了，那中年人身上虽衣衫完好，但是他站起来后，稍微一动，身上的水泡就破了，不一会儿，血水就浸透了中年人的衣服。

中年人用怨毒的眼神盯着秦瓦匠，和秦瓦匠手里那只火红的半寸来长的蚂蚁。

秦瓦匠也看着那中年人，过了许久，秦瓦匠突然扬手，要将手里的红蚂蚁扔掉，但是那只红蚂蚁一扭头，咬住秦瓦匠的左手拇指。

中年人再结手印，左手手心向上，屈指拈花，右手拇指、无名指、小指卷曲成环，食指、中指并指成剑，直指自己的眉心，嘴里疾声念咒，大喝："太上老君急急如律令，闭！"

秦瓦匠猛甩蚂蚁，却怎么也甩不掉，忍痛用右手掐住蚂蚁的头部，冷然说道："你是不是一定要斗个你死我活，才肯善罢甘休？"

中年男子占了上风，冷冷地"哼"了一声，说："你前些天欺我师弟，今天我不过跟你开个玩笑，你却用泥丸伤我，又用五内业火烧我，逼我入死地。如此狠毒，我怎会轻饶你！"

"你我素不相识，伤你师弟之事，我也已经诚心请罪了，你还要逼我？就算我用五内业火烧你，也是你想把我烧死在窑里在先。我劝你一句，冤家宜解不宜结，我们就此各自罢手，恩怨过节都一笔带过，怎么样?”秦瓦匠忍痛说道。

中年男子占了上风，哪里肯依，冷笑着说：“天底下哪有这么便宜的事情，想要就此罢手，你得答应我一个条件。”

秦瓦匠已经痛得满头大汗，但是还是强忍着，问道：“除了我的亲人子女，其他的，你要什么？皆可拿去。”

“软骨头!”中年男子啐了一口，说，“你要是硬气，跟我死扛到底，说不定我敬重你是条汉子，就此放了你。可惜，你的骨头偏偏软了些，这就出口告饶。”中年男子明摆着不肯放过秦瓦匠。

秦瓦匠疼得膝头一软，跪在地上，但还是抱着一线希望，说：“我知道，你来这里的目的说是为你师弟报仇，为你自己雪恨，那都是假的，你是想报复那次我没帮你，是不是？可惜，先前我没认出你来。”

中年男子一笑，说道：“难得你还记得这么清楚，实话跟你说了吧，我就是来报复你的，今天有你没我，有我没你。”

秦瓦匠叹了口气，说了句：“既然如此，那就生死各安天命吧。”说着，抬起左手，一口咬向那只蚂蚁。

中年男子先前还颇为得意，此时见秦瓦匠张口咬那蚂蚁，大惊失色，指着秦瓦匠，声音嘶哑：“你……你敢用……”

话没说完，中年男子的喉头咕咕作响，再也说不出话来了。不到片刻，脸色死灰，定定地望着秦瓦匠，然后转身欲走。此时，中年人脚下像是拖了千斤重物一般，每走一步，都要耗费极大的力气。

直到中年人走得无影无踪，秦瓦匠才缓缓站起来，将手里的半截蚂蚁丢进瓦窑里。半截蚂蚁一入瓦窑，竟然像一桶汽油泼到烈火上，霎时窑内烈焰冲天。

说到这里，秦所长叹了一口气。

秋可仪被秦所长讲的这个诡异的故事惊得呆了半晌，吐了口气，说："这件事，就这么完了？"

朱笑东没说话，事情肯定不会就这么完了。

秦所长看了二人一眼，接着说起来。

那天之后，秦瓦匠大病了一场，倒在床上睡了好几天。所幸秦瓦匠的媳妇儿是个贤惠的女人，把秦瓦匠照顾得很好。秦瓦匠本来身体就不错，加上照顾得当，第四天就能下地干活了。

秦瓦匠下地之后第一件事就是去瓦窑看了看，瓦窑里的火已经灭了，温度也降了下来，差不多可以出窑了。秦瓦匠拿起几片烧好的瓦片来看。

以往每到此时，都是秦瓦匠一家人最开心的时候。方圆十里八乡，要修房子就得买瓦，哪口窑熄火出窑，大家都会争先恐后地来抢购。

今天，秦瓦匠这口窑边，前来买瓦的人很多，但是却没多少人出钱，因为一向手艺精湛的秦瓦匠烧出了一窑怪瓦。

每一片瓦都奇形怪状的，而且瓦的中心有一个指头大小的红点，很怪异。人们把这种瓦叫"背心红"，是说以前枪决犯人时，对犯人的背心开枪，所以叫"背心红"。

这口窑出了这样的怪事，必定不吉，大家议论纷纷。

秦瓦匠拿着一片"背心红"，自然知道是怎么回事。出了这种事，秦瓦匠也不想解释什么，有些事情根本没办法解释。整窑的瓦算是废了。

秦瓦匠有些沮丧，想不到多年前的一次无奈，造成今日的境况。最后一刻，他又一次心存善念，放了那中年人一马，只毁了他的根基，但也结下了一个大仇人。

这次之后，秦瓦匠就再也不烧瓦了，而是跟着老婆带着儿子种起庄稼来。

时间过得很快，转眼到了秋天，看着田里的庄稼都成熟了，秦瓦匠半年来第一次露出了笑容。

他们那里，多半是山地，水田零星分散，没办法用机械收割。所以，到了收庄稼的季节，几家人会联合起来一起收割。

秦瓦匠家收割庄稼的时间排在中间，照例有好几家人到家里帮忙，男女老少有二十来人，很是热闹。

这天轮到他家收庄稼，出事儿了。秦瓦匠的媳妇儿蒸了一大锅米饭，预备给干活的人吃，大约三十斤米。

秦瓦匠媳妇儿三点多就起床开始上灶蒸，米饭上锅以后，她转身去炒菜。几桌菜都炒好了，再去看饭，居然还是冷的。她以为是火候不够，秦瓦匠的媳妇儿又加了灶火，足足蒸了两个小时，烧干了两锅水。再看那锅里的饭，还是冷的。

眼看着帮忙的人就要来吃饭了，秦瓦匠的媳妇儿急得直跳脚，把这事跟秦瓦匠说了。

秦瓦匠想了一会儿，说："算了，别蒸了，再蒸也不会热，赶快和面蒸馒头吧。"又跟媳妇儿说，"你记住，今天蒸饭的事不要跟任何人说，也不能拿出去给猪啊狗啊的吃，更不要给别人吃，就留着我们一家子自己吃……"

秦瓦匠的媳妇儿急得直跳脚，嘴里"嗯嗯啊啊"答应着，赶紧和面，准备蒸馒头待客。

和好面，切好，装进蒸屉，锅里得水开得正猛，正常的话，二十分钟就好了。

这时，刚好天亮，农村人起得早，加上又是秋收季，天刚亮就有人过来准备吃了下地干活。

第一个来的是隔壁三叔，这人当过兵，又正值盛年，最是不信邪的人。他跨进秦瓦匠家的大门就吆喝，要秦瓦匠媳妇儿赶快拿饭出来，吃饱了好下地抢收。

秦瓦匠媳妇儿忙前忙后，端菜摆酒，就是拿不出饭来。

帮忙的人陆陆续续来了，往桌子边一坐，等着上饭。

秦瓦匠见事已至此，只得一边赔着笑脸跟大家说好话，一边解释说，今天早上锅灶出了点问题，饭还没做好，只能再等等。

这几天是农忙时节，农村人都是半夜起来准备，为的是赶时间抢收，早早将地里的粮食抢回。按说锅灶有问题理当提前修好，从没听说有哪户人家，帮忙的人来了还没做熟饭的。

三叔当兵回来，稍微学了点泥瓦的手艺，秦瓦匠家的锅灶就是他亲自动手砌的。秦瓦匠说锅灶出了问题，三叔便不大高兴，趁着秦瓦匠去招呼别人，他不声不响钻进厨房，去查原因。

秦瓦匠的媳妇儿站在灶背后，手足无措。

三叔帮秦瓦匠砌的是农村最常见的三眼灶膛的土灶，中间锅里正上着蒸屉，整个厨房里热气腾腾。三叔先看灶门和灶膛子，干柴烈火，十分旺盛，烧得半锅开水“咕嘟嘟”翻腾不已，水汽弥漫得厨房都看不清人。

三叔拿刀劈了两块干柴，加进灶膛，干柴瞬间着火，冒出火苗。

这时，秦瓦匠走了进来，见三叔坐在灶门添柴加火，脸色暗了暗，叫了声：“三叔……”

三叔见是秦瓦匠，“啊”了一声，站了起来，不好意思地说：“瓦匠，你这灶没问题啊。”

“三叔，不好意思。”秦瓦匠苦涩地笑了笑，说，“是我家那口子睡过了头，起来晚了，火候没到，嘿嘿……今天早上……”

“这样啊！”三叔吐了口气，走出厨房。

农忙时节，一家一家排着队帮忙，天天都在地里干活，无论男女，干的都是体力活，时间又长，十天半月也不得休息，累得睡过了头，也不算稀奇。三叔笑了笑，知道不是自己打的灶出了问题，心也就落了下来。

这时，急不可耐的秦瓦匠媳妇儿又去揭蒸屉盖子，想要看看馒头熟了没有。蒸屉盖子刚打开，她就叫了一声，把蒸屉盖子扔出去老远。

秦瓦匠在一边，连看都没看是怎么回事，就低声呵斥他媳妇儿："你叫个什么，不就是那么点破事儿么。"

三叔看得明白，秦瓦匠媳妇儿揭开蒸屉盖子时，原本一屉白花花的馒头，竟然变成了无数青蛙、蛤蟆、四脚蛇。那些东西瞬间蹦出了蒸屉，在灶台上、锅里、地上到处乱蹦乱爬。

锅上还没打开的几个蒸屉，也"砰砰"响着，好像里面也有青蛙、蛤蟆耐不住热气，要蹦出蒸屉。

秦瓦匠媳妇儿惊叫着，乱踢乱打。秦瓦匠一边呵斥，一边扑向灶台，三叔也吓得手忙脚乱。

慌乱中，三叔踩到一只青蛙，脚下一滑，手里的柴刀顿时飞了出去，刚巧落在扑到灶台的秦瓦匠的颈背上。柴刀锋利的刃口砍在秦瓦匠的后脑勺儿上，顿时，秦瓦匠的后脑勺就被砍出一条两三寸长的口子，鲜血喷了出来。柴刀砍了秦瓦匠之后，又"当啷"一声，掉进开水锅里。

三叔见自己闯了大祸，吓得慌了神，一时间不知道如何是好。

外面等着吃饭的，听见厨房里这么大动静，纷纷挤进厨房，想看看到底出了什么事。

人们挤进厨房的瞬间，原本在地上乱蹦乱跳的青蛙、蛤蟆突然不动了，变成了满地满灶白花花的馒头。

秦瓦匠一手摁住蒸屉，一手捂着后脑勺，见一下子挤进来这么多人，慌忙对大家解释："火太大了，太猛了，蒸屉又太严实，水汽烫着我媳妇儿了，还把给大家蒸的馒头都弄洒了，怪她不小心。呃，马上开饭了，我这就端出来。"

幸好，厨房里蒸汽太浓，挤进厨房的人也看不清楚，信以为真，七嘴八舌地安慰了几句，回到桌子边等着开饭。

这顿饭，其他人吃得酒足饭饱，可秦瓦匠、他媳妇儿、三叔却一口也没吃。

三叔是既愧又惊，眼睁睁看着白面馒头一眨眼变成了青蛙、蛤蟆，从蒸屉里蹦出来，到处乱蹦。一眨眼，满地青蛙、蛤蟆又变成了白面馒头。这到底是怎么回事啊？

秦瓦匠的媳妇儿是又惊又怕，还要照顾帮忙的客人，也没心思吃饭。

秦瓦匠的后脑勺儿被柴刀劈中，却像没事人一样，给来帮忙的客人端茶递烟，忙前忙后，一口饭也没吃上。

吃过饭，帮忙的人出门去干活，唯独三叔和秦瓦匠还在家。三叔没走，是想看看秦瓦匠的伤，还想问问那些馒头变青蛙的事。

见三叔问起，秦瓦匠脸上有一抹忧色，一脸苦笑，说自己的伤没事，馒头变青蛙是三叔看花了眼，然后委婉地请三叔赶快下地。

三叔满腹狐疑地走了，秦瓦匠再也支撑不住，"扑通"一声，一头倒在地上。正在收拾碗筷桌子的秦瓦匠媳妇儿，一张嘴又要叫，秦瓦匠无力地阻止了她。

秦瓦匠媳妇儿把秦瓦匠抱回床上，秦瓦匠才拉着他媳妇儿的手说："我前段日子得罪了一个外地人，现在他师傅找上门来了，我的日子怕是不多了。今天无论如何都要做个了断，你千万要记住，那蒸锅里的米饭，无论如何也不能给外人吃。还有，以后把羽儿送给别人家养吧。”

秦瓦匠媳妇儿根本不知道出了什么事，从早上到现在，一次又一次，她早就被吓得失魂落魄了。眼下秦瓦匠说什么，她只知道点头，其他什么也顾不上了。

秦瓦匠在床上躺了一会儿，叹息了一阵，趁媳妇儿不在，打开上锁多年的箱子，从里面拿出些东西，收在怀里，然后踉踉跄跄地出了门。

秦瓦匠一个人出了村子，到了村外一个僻静的树林边，那里有三个人在等他。

一个是半年多前跟自己讨烟抽的，另一个是他师兄，也就是在瓦窑边跟秦瓦匠斗法那个中年人，还有一个头发胡子都灰白一片的老头，看样子是这两个人的师傅。

见秦瓦匠来了，讨烟抽的和那个中年人不由后退了一步，想来是在秦瓦匠手里吃苦头吃得怕了。

他们的师傅——那个灰白头发的老头，盯着秦瓦匠看了半晌，才淡淡地说道：“你来了？”

秦瓦匠咬着牙，点点头，没开口。

老头从腰间抽出一把一尺来长的木棍，像是一条张嘴吐信的毒蛇，扔在秦瓦匠面前，依旧淡淡地说：“想要全尸的话，就自己动手吧！”

秦瓦匠看见那根毒蛇般的木棍，自知今日无论如何也难逃一劫，额头上汗水都出来了，对那老头子说：“我们之间的恩怨，我也不想再解释，但你们不能找我家人的麻烦！”

老头沉吟片刻，点点头。那中年人却说：“师傅，斩草不除根，春风吹又生，他那儿子我见过，是块料。师傅……”

老头见中年人这么说，摇了摇头，说：“祸不及家人，是我们这一行的规矩，你不能忘。今天，他能自裁，也算是给你们师兄弟一个交代，其他的事，就不要节外生枝了。”

见老头这么说，秦瓦匠总算放下心来，弯腰捡起那根木棍，拿在手里，缓缓对准自己的胸口。

那中年男子看着秦瓦匠，眼里闪过一抹狠毒之色，秦瓦匠毁了他的根基，只是让秦瓦匠自裁，他觉得不够解恨。

秦瓦匠读懂了中年男子的眼神，一咬牙，咬破舌尖，喷出一口鲜血，大喝一声，毫不犹豫地把木棍向自己的胸口插去。

秦瓦匠手里拿着的是一根木棍，远远跟来伏在草丛里偷看的秦羽，看见的却是一把闪着耀眼光芒的利剑！

木棍没有插进秦瓦匠的胸口，仅仅只是在秦瓦匠的胸口轻轻点了一下，也看不出秦瓦匠受了什么伤，但是秦瓦匠却捂着胸口一下跪倒在地上，像被人在胸口捅了一刀似的。

秦瓦匠跪倒在地，那中年男人张着嘴，双手捏着自己的脖子，也慢慢跪了下来，嘴里喃喃地叫了声：“师……父……”血沫从嘴里涌了出来。

老头面色瞬间变了，好久，才回头对那个讨烟抽的徒弟说：“这姓秦的，果然厉害……果然厉害……想不到他竟然跟你师哥同归于尽。唉……也怪你师哥，不愿意放过人家。”说着，老头慢慢走到跪在地上的秦瓦匠面前，伸手在秦瓦匠的额头上一推，秦瓦匠的身子轰然倒地，已经气绝身亡。

老头摇了摇头，让讨火抽烟的徒弟背起中年人，钻进树林不见了。

说到这里，秦所长叹了口气，默然不语。

秦所长说的，虽然不怎么精彩，但是秋可仪却听呆了，半晌说不出话来。

朱笑东沉默了一会儿，问道：“秦所长，你是为了寻找杀害你父亲的那两个人，才到这里来的吧？”

秦所长摇摇头，说：“不是，我到这里来，是想避开一些不必要的麻烦。至于杀我父亲的那两个人，我父亲死后就把他们收拾了。”

“嗯？”朱笑东很诧异，人都死了，还能报仇？

秦所长喝了一口茶，沉默了一会儿，接着说。

当时，秦所长伏在草丛里，见秦瓦匠倒在地上，就要跑过去找父亲，却被一个人死死地压在地上，一只手捂着他的嘴巴。

按住他的人是三叔。三叔出了门，却没下田，他又折了回来，恰好看到秦所长鬼鬼祟祟地跟在秦瓦匠身后。进了那个树林，三叔见秦瓦匠和那个中年人双双倒地身亡，吓坏了，见秦所长要过去，三叔只好按住了秦所长。

待那老头和他徒弟消失了，三叔才抱着秦所长，慢慢靠近秦瓦匠。见秦瓦匠已经断气多时，三叔赶紧拉着秦所长回村里叫人。

第二章

阴司道

因为农忙，一家有死人，全村的人都不得安宁。加上看风水的说，第二天不能下葬的话，还得等上二十多天才能下葬。村里的老人，以及秦所长家里的亲戚，怕秦瓦匠媳妇伤心。所以，秦瓦匠去世第二天就下葬了。

安葬了秦瓦匠，村里人各自忙地里的庄稼去了，秦瓦匠的媳妇儿带着四五岁的秦所长待在家里。

秦瓦匠头七那天，村里来了两个逃荒的，一老一少，一人背着一条麻袋，挨家挨户讨钱讨米。村里人质朴，又正是秋收季节，没人心痛那一斤半斤的粮食。

这一老一少讨到秦瓦匠家时，秦瓦匠的媳妇儿拿出几斤大米，分给这一老一少。

那老头千恩万谢，见秦所长盯着他一直看，走过去摸着秦所长的脑袋，爱怜地掏出几张别人施舍的钱塞给秦所长。老头对秦瓦匠的媳妇儿说："大嫂子，我们爷儿俩走了这大半天，肚子有些饿，麻烦你给我们点残汤剩饭。"

秦瓦匠媳妇儿禁不住老头哀求，烧水给两人下了一锅面条。

老头却说："对不起啊嫂子，我们是南方人，吃面食不习惯，要是有米饭，给我们熬点稀饭也可以，就算是剩饭，我们也吃得。"说着，又恭维了几句。

秦瓦匠的媳妇儿也是个好心人，返身进了厨房，为一老一少烧水煮饭。

先前秦所长还盯着老头子一直看，老头摸了他的脑袋之后，他居然坐在椅子上，慢慢睡着了。

老头见秦所长睡着了，转身跟进了厨房，一眼看到几天前没蒸熟的那锅饭，当下对秦瓦匠媳妇儿说道："嫂子，不用麻烦了，就把这饭给我们爷儿俩盛上一碗，就够了。"

秦瓦匠媳妇儿记得秦瓦匠的话，不肯给他们吃，说水都烧好了，马上就可以洗米下锅了。又说，那蒸饭放了好几天了，都馊了，吃不得。

老头找了一大堆理由，坚持要那馊饭，正说着，三叔过来了，一见那两个人，马上就认出来了。

三叔大喊了一声，告诉秦瓦匠媳妇儿，这两人就是害死秦瓦匠的凶手，三叔一边喊一边抄了家伙来打他们。

一老一少见被三叔识破了，抢了一只海碗，扑到那蒸饭旁，舀了一大碗馊饭，端着那碗饭直扑秦瓦匠的坟地。

听到三叔的叫声，村里好多人都拿了家伙赶了过来，追着那一老一少。

那一老一少脚下极快，片刻就将三叔等人甩得远远的。

到了秦瓦匠坟前，那老头将手里那碗馊饭"噗"一声倒在秦瓦匠的坟头上。原本白花花的一碗米饭，落到秦瓦匠的坟头瞬间化成无数蛆虫，以极快的速度往坟里钻去。

秦所长说，他当时没亲眼看到事情的经过，后来全村的人都说，这一老一少想去偷挖秦瓦匠的坟，老天看不过眼，放了条毒蛇，把两个人一起咬死了。后来有警察来检查，得出的结论也是如此。

秦所长叹了口气："后来，我母亲郁郁而终。我读书出来之后，分配工作时，不想面对我惨死的父母，又在读书的时候结识了现在的老婆子，工作分在这一带，干脆过来做了个倒插门女婿。"

朱笑东正琢磨秦所长这个故事的含义，秋可仪直接问了出来："秦叔，您说这些，跟治平……有很大关系吗？"

秦所长端着茶杯，没回答秋可仪，却看向朱笑东，一双白多黑少的眼珠射出一抹寒光。

朱笑东终于想明白了："如果我没猜错的话，秦老前辈说这个故事，是想告诉我们一个道理，这个世界上，有很多事情，用科学无法解释，但却存在于我们的生活中，我们都可能遇到、经历。"

秦所长一怔，随即笑了笑，说："我以为你会猜到我的意思，没想到你……呵呵……也不错，你说的比我想表达的意思深远得多，也包含了我要表达的意思。好吧，我就不打哑谜了。我说这件事的意思，原本是想让你们有个心理准备，既然小朱想到前面去了，接下来，我就说正事。"

秦所长放下茶杯，说道："你们先前也看到我给刘明明治眼疾了，这件事我自己也没办法解释，为什么在地上画个圈，然后默念几句咒语，再撬一些泥土，就能治好眼疾。这不科学，但这确实管用。"

"我父亲死后，我发现了他留下来的一些东西，他用的应该是方术。"秦所长笑了笑，"方术包括很多，比如害我父亲那个中年人在瓦窑里用过的'九牛造'，被我父亲还施彼身的'五雷油池火'，让我母亲蒸饭不熟的'冰龙隔'，馒头变青蛙的'五鬼入门'，以及我先前的‘翳子摘除法’等，都是方术。”

朱笑东想了想，立即省悟，秦所长绕来绕去，绕了大半天，其实是怕自己不相信他说的话。话说回来，要是没亲眼见秦所长帮刘明明摘除翳子，秦所长讲的故事，还真不会有人当真。

秦所长继续说：“按照小朱你们所说，人无缘无故昏倒中毒，房子里无缘故四处冒火，我猜是有人暗中对你那位朋友用了‘夺取生魂’以及‘油池火’的方术。”

朱笑东见秦所长说得有鼻子有眼儿，立刻就信了八分，当下说道：“秦老前辈，既然你这么了解，能否请你帮忙，帮我朋友解了那些方术。”

秦所长面有难色，考虑了一会儿，才说道：“要解这些，本来不难，难就难在我若是替你解了这些方术，便和那下术之人结下了梁子。我一大把年纪，倒不害怕没什么好下场，只是对你们下术之人，一旦得知有人帮你们，必定会再施更加可怕的招数，所以我也不敢轻举妄动。”

朱笑东想了想，觉得有道理，正所谓“明枪易躲，暗箭难防”。秦所长出面帮忙，必定会引起对方的注意。秦所长在明处，对方在暗处，事情就更难办了。

秋可仪见秦所长和朱笑东谈得欢，却始终没提自己的事，心下难过。

秦所长见朱笑东一脸失望，笑了笑说道：“其实，这件事也不是无解，关键是看你有没有那个机缘。如果有缘，不但你朋友的事能解，秋小姐的事也会顺带解开……”

秋可仪一听有希望，顿时收住泪水，望着朱笑东：“朱大哥……”

朱笑东当下问秦所长：“我们该怎么做呢？”

秦所长叹了口气，说：“目前看来，你朋友不会有生命之忧，现在会用方术的人很少，害人一次，他们至少好几个月不会再露头，以免被人看破。”

朱笑东理解秦所长说的，这就好比强盗去抢东西，一次得手，很长时间不敢再露面。

“这期间，你可以大张旗鼓地去帮秋小姐找人。”秦所长说，“要是运气好，能找到一样东西，什么问题都迎刃而解了。”

“什么东西？”朱笑东和秋可仪同时问道。

秦所长正要说，偏巧秀姐上楼叫道：“爸，开饭了，快啊……我都快饿死了。”

看得出来，秦所长对这个女儿很疼爱，听秀姐说“快饿死了”，他赶紧站起来，招呼朱笑东和秋可仪下楼吃饭。

吃饭的地方是一楼的客房，香兰婶还有肖凌摆满了一桌子菜，红白相间青绿搭配，满屋子都是香气。

大家围着桌子坐了，香兰婶端了饭，秦所长接过饭碗，放在桌子上，拿起一双筷子，在各个菜盘子里点一下。

朱笑东不明所以地看着秦所长古怪的举动，其他人早就司空见惯了，丝毫不觉得奇怪。

秦所长解释，这是先人的一点规矩，每逢吃饭，要用筷子蘸点菜肴酒水，甩上两下，心里默想祖师爷即可。解释完，秦所长还开了个玩笑，说这就叫“心到神知”。

朱笑东也装模作样地学着秦所长，拿起筷子在菜盘子点了几下，然后甩了甩手。不过，朱笑东只是学别人的动作，凑个热闹而已，心里自然不会默念祷告祖师爷。

秦所长给朱笑东倒了一杯酒，自己也想倒一杯，秀姐一把拉住秦所长的胳膊，娇嗔地阻止：“爸，你又忘了，你还要喝酒……”

香兰婶也在一旁盯着秦所长，要不是朱笑东等人在场，肯定会出手夺了秦所长手里的酒瓶。

秦所长一怔，随即笑了，求救似的望向朱笑东。

朱笑东觉得古怪，看秦所长拿着酒瓶的样子，绝对是个好酒的人。适当喝一点酒，有什么不好？香兰婶和秀姐母女俩，不会连这点爱好都剥夺吧？

秦所长笑着叹了口气，把酒瓶放到鼻子下，使劲嗅了嗅，好一会儿，才把酒瓶放到一边。

肖凌见朱笑东一脸不解，叽叽喳喳地解释说：“秦叔几年以前，喝了被下了‘醉仙桃’的酒，那以后，秦叔就不喝酒了。”

“醉仙桃……”秦所长见肖凌说破，苦笑着说，“就是曼陀罗花，也叫醉佛花，一般被当做观赏植物，研究所里有两株。你别看它漂亮，从叶、茎、果实到花都有毒，以种子的毒性最强……”

“不过，也有人拿醉仙桃去泡药酒，分量上掌握得好，便能治疗风湿、脚气之类的。说起这醉仙桃的来历，还有一段有趣的故事……”

秦所长笑着说，大约是想借此压下肚里的馋虫，找点话来转移自己的注意力。

肖凌“咯咯”笑着说：“以前秦叔吃饭的时候，最怕有人啰唆，今天怎么这么高兴，是不是朱先生捐了一百万，高兴了？”

怪不得秦所长不让肖凌一个人回家，要不然朱笑东捐钱给研究所这事，用不了五分钟，整个县城都会家喻户晓。

秦所长知道肖凌大嘴巴，心里藏不住事，才硬把她留下，家里没有外人，她说出来也无所谓。

秦所长招呼大家吃菜，继续说：“这个故事是说，当年那个女驸马和公主洞房之夜，女驸马死也不肯上床，想尽一切办法躲避公主的邀请。第二天一早，公主回娘家，说驸马爷不肯同眠，肯定是心怀有异，要皇帝想办法查查。本来这是夫妻间的事，说出来有损皇家颜面，皇帝不好插手。有个内侍，出了一个计策，让皇帝在皇宫摆宴，请驸马吃酒，内侍悄悄在酒中放了曼陀罗种子，驸马哪里知道，一连吃了好几杯。宫宴散了之后，驸马回家，药力发作，不知不觉脱下衣服睡觉，公主这才发现，原来驸马是个女人。”

“后来，皇帝问内侍，用的是什么妙药？内侍不敢明说，因为当时的人只知道曼陀罗有毒，可以外用治风湿、脚气，只有内侍知道它还是麻醉药。如果说了实话，皇帝就会怀疑内侍有毒害驸马之心，所以他回答说，在酒里加了一味药，叫‘醉仙桃’”。

说完这个故事，秦所长笑着叹了口气，又对朱笑东说：“你只知道，这醉仙桃有毒，能让人神志不清。在西方，曼陀罗被赋予了非常恐怖的色彩，因为曼陀罗盘根错节的根部类似人形，中世纪西方人对模样奇特的曼陀罗多加揣测，说曼陀罗被连根挖起时，会惊声尖叫，听到尖叫声的人非死即疯。”

“传说未必是真的，但是取曼陀罗的花瓣入酒，再加以方术炮制，人喝了会做出一些堪比疯子的行为。而且喝过一次之后，以后沾酒即会发疯，这是事实，我……就喝过这样的酒。”

“你也喝过？”朱笑东一脸诧异，在他看来，这样害人的法子闻所未闻，秦所长竟然遇到了。

秦所长知道朱笑东的意思，笑了笑，解释说：“这个怪不得别人，是我自己，呵呵……是我自己配制的药酒，没想到解法却不灵。”

香兰婶没好气地说：“就是，你好好地喝点儿酒，我们也不是不让，非要去搞那个，这不是搬起石头砸了自己的脚！”

秦所长苦笑，摇了摇头，对妻子的责备也不反驳。

朱笑东心里明白，秦所长配制施了方术的药酒，多半是准备给什么人喝。秦所长说解法不灵，是怎么回事？

秦所长淡淡地笑着说："我喝了自己配制的药酒，自己当然没办法解开了。从喝了那酒之后，我就再也不能沾酒了，沾得一口，便会立时做出疯子般的丑陋之举，所以，呵呵……"

朱笑东不解，问道："为什么会这样呢？"

秦所长叹了口气，说道："我这门方术，不同于别的术数法门，我们的方术分好坏，也就是术语所说的，分施、解两门。别的术数法门，好坏在于习术之人的品格，同样一个术法施展出来，习术之人品格高尚，自然是以助人行善为本，若是心性低劣，就会有伤人害人之恶。"

朱笑东点头："我明白，就像一把剑，好人拿着，就算是在杀人，多半也是为了救更多的人；若是拿在坏人手里，则只是杀人而已。"

秦所长不理朱笑东，继续说道："我们这门方术中，每个术法，好就是好，坏就是坏，就像矛是矛，盾是盾一样。坏人学了好的，就是解术，想要害人也不成；好人学了坏的，一旦施术，就是害人的。所以说，在我们这一门中，害人救人之术，完全是两个不同的概念。"

朱笑东笑问："这么说，秦老前辈所习，应该是好的一门了？秦老前辈的祖师，为什么不把坏的藏起来，只教后人好的解术呢，这样岂不就天下太平了？"

秦所长摇摇头，说："我们方术一脉，在古时被视为下九流，跟巫、娼、帮、剃头、吹手、戏子、叫街、卖糖等列为同等，是下九流中第三流'大神'。"

"江湖地位如此之低，有谁愿意入门，所以方术门中人才凋零，有灵性，德才兼备的，未必肯入门学术，生性愚鲁卑劣之人，又未必肯收。为了不致让方术失传，以及弄懂各种施术的克制之法，好的坏的就要并存并行。”

朱笑东夹了一块鱼，点头说：“说得也是，这天地间万事万物，有正就必有邪，无‘阴’，哪里会显出‘阳’来。”

说完，将鱼放进嘴里，朱笑东刚嚼了两下，嘴里就像是被塞进了一块烧红的火炭，仿佛能听见火炭灼烧口腔的皮肉，发出“吱吱”声，这是辣！辣味中，夹杂着一股浓烈的泡菜的酸味，牙齿嚼鱼块，立时被酸倒一片。

这鱼做得又辣又酸，辣得像是在吞火，酸得像是在喝醋，朱笑东一时间呼吸有些困难，禁不住呛咳了几声。

这时，一根鱼刺卡在朱笑东喉咙里，吞又吞不下去，咳又咳不出来，十分难受。

坐在朱笑东身边的香兰婶赶紧替朱笑东抚背顺气，很是心痛地说道：“唉，这伢仔，看来还是吃不惯我们这乡野茶饭，赶明儿得做些清淡的。”

朱笑东喉咙里的鱼刺卡得难受，连话都说不出来。

秦所长见状，不紧不慢地吩咐秀姐：“看样子，小朱不习惯这辣味，被呛着了，可能还有鱼刺，你去端碗水来。”

“要画‘九龙水’么？”看样子，秀姐对方术也知道不少，不等秦所长回答，就去厨房拿了个白瓷碗，接了半碗山泉水，放到秦所长面前。

朱笑东虽然喉咙里难受，但心下好奇，以前被鱼刺卡住喉咙，喝上两口醋，待鱼骨软化，稍微用力，吞下肚子就行了。不知秦所长要用什么法子。

秦所长把右手中指叠在食指上，其余三指微微捏紧，在那水碗上凌空虚画，嘴唇微动，像是在念什么咒语。咒语念完，手指虚画完，端起水递到朱笑东面前，说："喝了。"

朱笑东一看那碗里，眼皮一阵猛跳，半碗清水上飘着三截竹筷，竹筷是被锋利的刀刃斜着砍断的，断口处尖利异常，若是吞进肚子里，肯定完蛋了。

见朱笑东犹豫，秦所长笑了，说："放心吧，小朱，我还不敢在自己家里谋杀一个名人，你不用怕。"

朱笑东知道秦所长是为自己好，当下一横心，端起那碗水，闭着眼睛喝了起来。

朱笑东嘴巴张得很大，要是感觉到有什么不对，朱笑东就会立刻放下碗，他可不想拿自己的命做实验。

秦所长、香兰婶、肖凌、秀姐几人见朱笑东喝了"九龙水"，便放心地坐了下来，只有秋可仪紧张地盯着朱笑东，唯恐有什么不对劲。

朱笑东换了三四口气，才把那半碗水喝完，什么也没感觉到，别说三根尖利的断筷子，就是一丝头发也没有。

朱笑东喝完半碗水，看着滴水不剩的空碗，使劲吞了口唾沫，感觉喉咙里的鱼刺真的不见了。

一口唾沫吞下去之后，一切如常，就跟没被鱼刺卡过一样，好像喝这碗水，原本就是为了解渴一样。

朱笑东悄悄揉了揉肚子，肚子里除了有些饿之外，也没什么异常。碗里什么也没有，自己喝水时虽然闭着眼睛，但是双手捧着碗，如果别人拿走那三节竹筷子，朱笑东肯定能发觉。惊怔了半晌，朱笑东感叹，自己这次是遇上高人了！

秦所长笑呵呵地看着朱笑东，慢条斯理地吃了块鸡，问朱笑东："有什么感觉？"

朱笑东回过神，抓了抓脑袋，一脸尴尬地道："没什么感觉啊，那筷子……那筷子，我怎么会什么都没感觉到……还有那鱼刺，喉咙也感觉不到了！”

秦所长笑笑，不答，举起筷子，示意朱笑东吃饭。

朱笑东拿起筷子，又夹了一块鱼放进嘴里，有了上次的教训，这次吃得慢了些，也品尝出了酸辣鱼的滋味。

秀姐笑了起来，边笑边看着朱笑东说：“没看出来，你还是个百折不挠的男子汉啊！”

朱笑东脸一红，不明白秀姐说这话是什么意思。肖凌笑着说：“在我们这儿，吃辣椒，又叫吃‘厚脸菜’，明明已经辣到心都抽搐了，那会儿一过，还要再吃几口。不过，秀姐说这话，却是赞扬朱哥哥……上了一百次当，你还要……”

秀姐捅了肖凌一把，红着脸低头偷笑。

朱笑东想了想也笑了起来，又觉得非常好奇，尖利的竹筷子到底哪里去了？朱笑东想弄个明白。最简单的方法就是再来一次。不过朱笑东不会蠢到真的让鱼刺再卡自己一次，他是想装作被鱼刺卡了。

没想到秀姐和肖凌两人直接说他脸皮厚，道破了他的小伎俩。

秦所长笑着说：“这‘九龙水’，又名‘化骨水’，用来化卡住喉咙的鱼刺，是正道。你要是平白无故喝，便成邪道了。哼哼，当心被化得只剩一堆皮肉。所谓‘方术不可乱用’，我就是一时好奇，喝了自己给自己下了法术的药酒，现在滴酒不能沾，就是个活生生的例子。”

朱笑东闻言，暗自捏了一把冷汗。没想到一时好奇，竟然会有如此严重的后果。对秀姐和肖凌两人带着嘲意的提醒，朱笑东心生感激。

一顿饭，边谈边吃，足足吃了一个多小时，大家才尽兴散席。秋可仪放下碗筷后，跟着秀姐、肖凌、香兰婶一起收拾桌子。

夕阳已沉，只剩最后一缕晚霞映空，不久，便暮色沉沉。山下的农家小院空气清新，农家人大多勤劳晚睡。拾掇完锅盘碗盏，香兰婶带着三个女孩，一边叽叽咕咕地聊天看电视，一边拾掇玉米。

秦所长打开院子里的灯，搬了木几小桌，泡了两大杯茶水，和朱笑东坐到院子里纳凉。

秦所长说，读书出来之后，之所以选择远离家乡，到这偏远的湘南和香兰婶结婚，其中一个原因，就是这里的奇门异术闻名遐迩，比如赶尸、阴司道、封棺等等都是值得研究的方术奇法。

这些方术中，秦所长亲身经历过的只有一次，是“踩花”。

踩花是由懂得法术的大师，将人的灵魂用法术叫出来，并用法术进行指引，带你到某个地方，见死去的亲人。人们有时候梦中见到死去的亲人，在梦中往往不知亲人在说什么，这时便找大师带他们找到亲人，当面问清有什么事，然后在阳间为其还愿。施法一般有时间限制，到时间了就得回来，要不然就可能回不来了。

至于“封棺”，现在看来，已经有所改进，多半用不着方术了。

一般，亲人死去后，家人往往要举行几天的家祭，请道士算算，什么时间宜下葬。实在没有黄道吉日，孝家就只能将死去的亲人多在家放一段时间。如果碰上高明的道士，孝家又不缺钱的话，这段不宜下葬的日子就可以采取借葬的方式。棺材底不能接触土，下面垫几块竹子，等来年可以下葬时再葬。

如遇大热天，尸体腐烂异味难闻，这时就要法力高强的道士作法，封好棺材不让异味窜出。

现在交通便利了，又实行火葬制度，湘西闻名的赶尸行业已经消失，赶尸行业里面的神奇方术也几近失传。

相对恐怖的是“阴司道”一门，所谓“阴司道”，就是阳间的某些人成了勾魂使者，也就是众所周知的索命无常。他知道哪家会有人死，然后去执行使命。这类人往往在某一地很有名气。如果阳寿还未尽的人有什么大的灾难，可以找他化解。

这时，院外缓缓走来一人，手里提着现代人都觉得稀奇的灯笼。手电已经不是什么稀罕东西，又便宜，所以走夜路早就没人用灯笼了。

朱笑东这样想，偏偏秦所长不但不觉得稀奇，反而觉得再正常不过。

那人一声不响地进了院子，秦所长喊秀姐搬了把椅子，和那人打了个招呼。那人缓缓地吹灭了灯笼，把灯笼放在靠边的地方，慢慢坐到椅子上。整个过程，就像电影里的慢动作一样，至少用了两分钟。

那人落座之后，朱笑东才看清楚，来人年纪并不大，三十多岁，一张脸瘦削苍白，老鼠般的眼睛里没有半点生气，鼻子歪在一边，显得整张脸极不协调。此人年纪不大，却蓄着半尺长的山羊胡。

人坐定，秦所长才笑着说："刚刚才说到徐老弟的工作，徐老弟就过来现身说法了，真是巧了。"

这个人叫徐大方，自称是大唐开国军师的后裔，至于是不是，估计只有他知道。

朱笑东看他身材，却是一点儿也不"大"，也不"方"，三十多岁的人，骨瘦如柴，恐怕体重都不到一百斤。

徐大方缓缓点了点头，有气无力地说道："秦老哥要我查的事，我查了十几天，今天早上，在龙头湾那边知道了个大概，赶紧来给你报个信。"

此人说话声音低沉缓慢，让人觉得阴森森的，不怎么舒服。听徐大方的口音，倒像是四川人。

"那就多谢徐老兄弟了。"秦所长举起茶杯，对徐大方举了举，算是敬客。

香兰婶提着热水瓶出来，把茶杯里泡过的茶叶倒掉，重新换上新茶叶，一边倒水一边问徐大方："大方兄弟，到那边去拘人了吧？怎么样，还顺利吧？"

对徐大方拘人的事，香兰婶知道得很清楚，而且没有一点恐惧，想来是习惯了，随口问问，就跟与客人打招呼一样。

徐大方缓缓地回答："不顺得很，这次遇到一个硬手，纠缠了好长时间。挨到今天早上，才有机会拿到人，去交了差，急赶着回来的。"

待徐大方说到这里，香兰婶早泡好了茶，又回到屋里，换了一瓶热水出来，放到木几上备用，又回屋里去了。

朱笑东心里暗说，这人真是慢得可以，一句话说完，人家屋里屋外都跑了好几趟了，要是有什么急事，真是要被他急死了。

秦所长一脸诧异，问道："怎么回事，什么样的硬手，知道他的底细吗？"

"没有……"徐大方缓缓地回答，"我估计，是那家人从远方请回来的吧，不在我们的管辖之内。因为是硬手，我也查不到他的来历。"

秦所长知道，有些人家眼看着亲人快不行了，不愿往医院里送，反正有钱，就拿些钱出来，请来有点道行的人，施展方术，阻拦鬼差无常，留住魂魄，以便交代后人一些要紧的事。

通常的做法就是把即将咽气的人，放进施过方术的蚊帐里，谓之布下"天罗地网"。遇到这种情况，作为最低级的被索命无常聘来的阴差，自然不得入门。要想拘走"天罗地网"里面的人，自然得和对方纠缠一番。不过，到最后，无一例外，都是鬼差获胜。

看着徐大方的样子，朱笑东不用问，就知道这人是"阴司道"，看样子有些道行。

第三章

探墓取镜

朱笑东有些奇怪，徐大方说早上就回来的，又急着来报信儿，怎么到这个时候才过来，是龙头湾离得太远，还是以他这速度，得走上一整天。

秦所长笑着解释，徐大方的生活方式与正常人不一样，他干的是阴差拘魂拿魄的勾当，正常人的白天，就是他们的晚上，现在刚刚天黑，也就是他们的早上，他说早上办完正事，急急忙忙赶回来，是实话。

速度和距离远近不在考虑之列，只要是在下辖范围之内，接到无常要去拘拿某人的魂魄的通知，赶到现场只是弹指间的事。当然，是说阴司道的魂魄，至于肉身，说不一定还在干活、吃饭。

“别扯远了，这事很急。”徐大方说很急，但是他的语速却一点儿也不急，依旧缓缓的，“我私下里向上面打听过，那个治平没去报到，簿子上说他还有十年阳寿。不过这人有场劫难，渡过了，还可享受十年阳寿，渡不过，只能枉死。这个是我答应给上面那人三十亿，才打听到。”

朱笑东什么都没听进去，独独那一句“给了上面三十亿”这句话，让他很在意。过了片刻，朱笑东又明白过来，是指冥币。

想来，那边的物价也涨得厉害，这边印出来的冥币钞票，票面上都是十万、五十万的，三十亿，倒也算不得多大的数目，也就三五块钱。想到这儿，朱笑东忍不住有些好笑。

徐大方看了一眼满脸笑意的朱笑东，继续说道：“你要打听的那面八卦镜，我也问出来了，就在老龙湾一带的古墓里。”

在古代，镜子除了正容正衣冠之外，还有一个更大的用处，就是辟邪。古人一般都会在家里挂上镜子，用来辟邪照妖。可见在古人眼中，镜子是个保护神。

不过，万事万物都不能一概而论，如果镜子运用不当，也会招致灾祸，因为镜有镜神，得罪镜神，很容易招来煞气。

秦所长要找的，也是一面镜子，这面镜子是一面古镜，还是被施过方术的古镜，被视为至刚至正，可以辟除一切邪术的宝镜。

听徐大方说出镜子的下落，秦所长很是欣喜，邀请徐大方一块儿去探墓取镜。

徐大方慢条斯理地说：“这个就对不起了，我和阴人（死人）本来就同属一类，去阴人的阴宅里拿东西出来，就如同去生人家里偷盗明抢一样，那是重罪。我给你打听，已经冒着极大的风险了。”

朱笑东理解徐大方的说法，站在徐大方的角度来说，这就跟一帮歹人要去哪家大户偷盗劫掠一样，先派个人望风踩点。现在，要去偷盗劫掠的人是秦所长，望风踩点的就是徐大方，当然有风险。

秦所长笑了笑，说：“以前，我做这样的事，完全是个人行为，的确不大妥当，但是现在不同了，现在我去，是以官方的身份，于公于私，都是大大方方、坦坦荡荡的。”

“你的申请，批下来了？”徐大方少有些激动，算是替秦所长高兴吧。

朱笑东一直没插嘴，不是他不想问，而是徐大方那慢悠悠的说话方式让朱笑东不敢插嘴，唯恐随便问上一句，那徐大方就得慢慢悠悠地解说大半天，连正事都耽误了。

秦所长指着朱笑东，说：“批文倒是没下，你知道的，是因为没资金，不过现在资金的问题这位小朱兄弟帮解决了，有资金在手，只要一张批文，那就简单多了。”

徐大方看了一眼朱笑东，惨白色的脸上泛起一丝笑容，他也很想结识这个解决了资金问题的人。

“小兄弟，你好！”徐大方对朱笑东拱手施礼。

“你好，我叫朱笑东，叫我小朱就可以了。”这家伙说话做事半死不活的，朱笑东可不愿意跟他做兄弟。要是跟他做了兄弟，以后遇到王晓娟、杨薇她们，说句话还不得把她们给急死。

见朱笑东脸上淡淡的，徐大方也不在意，笑了笑。

秦所长继续说：“既然大方老弟知道那个地方，这趟就算我们请你，耽误的时间工钱，我们按原来的规矩。至于批文，我这就跟他们商量一下，保证我们是名正言顺正大光明的。”说着，秦所长回屋拿手机要打电话。

徐大方趁着空当，想要和朱笑东攀谈，只是他这语速，一句话还没说完，秦所长就从屋里出来了。见秦所长回来了，朱笑东点头笑了笑，不去回答徐大方，反正他话还没说完。

电话那头的人听说秦所长解决了资金问题，又问了些具体情况，秦所长一一解答。到了最后，秦所长却犹豫了，对方提出一个条件，既然有人捐钱，他那边当然也得得一份。秦所长早有预料，可是对方来了个狮子大开口，要十万，超过了秦所长的预估。

理由是这样的——“单位里有几间房子，年久失修，都成危房了，在里面上班做事，心惊胆战的。你知道，我也向上面要过好多回了，这不是资金紧张嘛。你手头有现金，先垫点出来，完事，资金到位了，我再回拨给你。”

秦所长犹豫了，他知道捐款的事一捅出来，肯定有人要来分杯羹，而且不止一杯。秦所长计算过了，几处要紧的，就拿三两万，其余的，三千五千打发就行了。否则，就算批文能拿到手，做起事来也会出岔子。

犹豫了好一会儿，秦所长咬咬牙，说：“人家捐这个钱，是有条件的，咱们收了钱，办事的时候出了岔子，那可就是打了咱们的脸了。这样吧，单位危房的事，十万块也解决不了，干脆，我这边先拿五万，剩下的，我再去想办法。不过批文的事，还有……”

对方乐呵呵地说：“你这个是正规地按章办事，各方面的条件和准备工作，也相继到位了，其他方面，你该申报的申报，该履行的手续履行，合理合法的事，谁还敢阻拦？对了，你说的，五万块，这钱你可不能少一分。要不，明天一早，我派人过来。”

“吸血鬼！”挂掉电话，秦所长苦笑着骂了一句。接着，他又拨了好几个电话，一番讨价还价，总共拿出去二十多万，事情总算落实了。几个人分别在电话里表扬秦所长亲力亲为、鞠躬尽瘁，同时无一例外的，都是明天早上会派人过来，说是送手续文件过来，实际上是为了拿钱。

打完一个电话，送出去一笔钱，秦所长就笑着骂一句“吸血鬼”，听得朱笑东浑身起了一层鸡皮疙瘩，还真以为有吸血鬼。

送出去二十多万，事情算是办妥了。秦所长虽然有些心疼，但还算顺利，总的来说，各方面都抱着支持的态度，相比向他们要钱的时候，态度已经有了一百八十度的大转弯。

当着朱笑东和徐大方的面，办妥了批文的事，接下来就等着出发了。朱笑东巴不得立即动身，徐大方却有些犹豫，他对秦所长说，现在什么东西都涨了，以前耽误一天，工钱才五十块，现在五十块钱才能买多少东西？

秦所长好说歹说，承诺再加二十，就是带个路，还跟着一起吃喝，这也是钱啊。

朱笑东脑袋都听大了，劝道：“徐大哥，秦老前辈，听我说一句。这样吧，这一趟无论有没有收获，每个人我给两万补贴，要是时间稍长，完事后我再给五万奖金。”

“这怎么好意思。”秦所长不好意思地说道。

“七万？你是说完成任务，我们就能拿七万？”徐大方破天荒用正常人的语速问道。

朱笑东笑了笑，转头问秦所长：“不知道秦老前辈打算找几个人一起去？”

要去探寻古墓，不图人多起多大作用，就图个热闹。朱笑东当年被司慧朋和袁小忆推进过万人坑，现在一想到要进古墓，心里就有阴影。钱是小事，就算一起去十个八个，也就百十来万的事，朱笑东不差这点儿钱，但安全要放在首位。

朱笑东知道，秦所长不会干偷偷摸摸的事儿，既然是名正言顺的，到时候肯定少不了官面上的安全人员。有他们在，多花点儿钱是小事，别到时候哪儿哪儿都不让碰，那可就耽误大事了。

秦所长叹了一口气，说朱笑东当真是做大事的人，什么事都想到前面去了。人员方面，细细算来，徐大方知道路，报信有功，肯定少不了他那份儿。另外，肖凌是秦所长的得意门生，又是老友的女儿，得去见识见识，现场学习是必需的。秀姐是自己的女儿，去的话可以给大家做饭，不过这得朱笑东点头答应才行。

朱笑东笑了笑，秦所长话都说到这份儿上了，还能不答应？

秦所长欣喜若狂，要是用研究所的钱，处处都得受管制，但是朱笑东出钱请人，那就是另外一回事了。凭力气挣钱，走到哪儿都是这个理儿。

徐大方摇头叹气，自家那伢仔还小，担不得重任，堂客又不争气，偏偏这几天害了病，走路都不大稳当，白花花的钞票眼睁睁看着被别人挣了去。

秦所长说，当地官面上的人，少说也得去两个，还得找两个身强力壮的帮着背些物品。

朱笑东很干脆地说道："其他的不用说，背东西的得多叫上两个，最好是有些身手的，这事可不是闹着玩的，遇到什么危险，有些身手容易应对。对了，秦老前辈，有句话我可得说在前头，安全方面的事，我可不敢保证，秦老前辈找人的时候可得先说清楚。"

秦所长一脸赞赏地点了点头。刚见到朱笑东时，秦所长还以为朱笑东就是个有点小钱的纨绔子弟。到电脑上查一百万到没到账时，他顺便搜了一下朱笑东的资料，朱笑东的身份让他着实吃了一惊。

知道了朱笑东经历，秦所长这才推心置腹。

商量了许久，把人数定下来，出发的日子定在第三天。明天还有很多事情要处理，秦所长要亲自办理批文、划拨款项、组织人员，朱笑东也要去采购一些装备，只有一天，时间还是挺紧的。

商量妥当之后，朱笑东给杨薇打了个电话。杨薇跟王晓娟、胖子正窝在王长江家里，虎子已经回陶都了。

朱笑东把这边的事简单跟杨薇说了一下，问了家里的情况。

杨薇报了平安，说家里很好，也没出什么乱子，又简单把自己找关系暗中调查的事，说了一遍，随后对朱笑东说："胖子都被你带坏了，才在家待了一天，就像有老鼠在挠他的心肝似的。"接着说道，"那位还好吧？你可不能跟她走得太近，她那么漂亮，我可不放心。”

朱笑东赶紧说：“这样吧，跟王晓娟商量商量，让胖子给我送点东西过来，顺便让他来监视我。”

杨薇“咯咯”笑了一阵，把胖子叫过来。

一听说朱笑东叫他，胖子激动坏了，拿起电话先“啪嗒”一声，给朱笑东隔空来了个热吻，带着哭音叫道：“亲哥啊，没你的日子，我都不想活了！哥，我什么时候能过去啊？”

“好了，好了……”朱笑东忍不住笑了半晌，才说道，“胖子，我要些东西，我说你听，记好了，明天给我送过来。”

“明天？”胖子还嫌明天太慢。

朱笑东不理胖子，说了几样这边不容易买到的东西，末了，又让胖子带点钱过来。

第二天，秦所长一大早就去了单位。秋可仪和秀姐要去镇上买炊具，朱笑东跟她们一起去接胖子。

东西很快就买好了，几人到了车站，老远就看到胖子正在四处张望。胖子看见朱笑东，一把扔了行李，张开双臂扑到朱笑东面前，搂着朱笑东打了个转，放了朱笑东，手臂一伸，又要去搂秋可仪。

秋可仪吓了一大跳，红着脸惊慌失措地躲到秀姐背后。秀姐躲避不及，被胖子拦腰抱了个正着。秀姐又羞又急，挣扎着腾出一只手来，“啪”一声拍在胖子的脑门上。

秀姐在家帮香兰婶做些田里的农活，有些力气，但是单凭她这一巴掌，也不可能把胖子怎么样。谁知胖子挨了这一下，先是一怔，紧接着脸色一白，“咕咚”一声倒在地上，连叫都没叫一声，四肢一伸，嘴里就咕噜咕噜地冒白沫，就像羊癫疯发作了一样。

朱笑东吓了一大跳，赶紧去扶胖子，怎么也扶不起来。胖子躺在地上，像有好几百斤一样，朱笑东搬胖子的一条手臂都搬不起来。

秀姐见胖子倒地不起，也吓了一跳，片刻后才醒悟过来，赶紧拿手机给秦所长打电话，不等秦所长问话，秀姐就哭着说："爸，快过来，我闯祸了……"

秦所长直接问她在哪儿。

秀姐抽泣着说："就在车站，快点啊，爸，我用的是'千斤闸'，那……那家伙……就……就快了……"说到后来，秀姐已经泣不成声了。看样子，她这无意的一拍，后果极其严重。

朱笑东知道是秀姐对胖子动了手脚，很是恼怒。胖子对朱笑东来说，是亲人，不过是过于亲热了些，秀姐也不该下这么重的手啊。

见胖子浑身是汗，片刻间衣服都湿透了，急得朱笑东都要跳起来了。

路人围拢过来，看着地上的胖子，摇头叹气，那样就像是胖子的大限已到似的。

朱笑东心急如焚，不停地叫胖子，按摩胖子的虎口、人中。

秦所长终于到了，看了胖子一眼，一脸诧异。过了片刻，才蹲到胖子跟前，伸手托起胖子的后脑勺，低喝了声"开"。

秦所长"开"字吐出，胖子随着秦所长的手臂直起了腰，坐了起来，吐了口气，嘴里也不再吐白沫了。

坐了一会儿，秦所长对秀姐道："丫头，找辆车来。"

秀姐点点头，分开人群，去找出租车。

朱笑东跟秦所长一起扶住胖子，大声问："胖子，你怎么样？"又问秦所长，"秦老前辈，他……他怎么样？"

秦所长看着胖子，低声对朱笑东说："这位兄弟不仅是挨了我那丫头的'千斤闸'……这里不是说话的地方，到我们研究所再说。"

"啊？"朱笑东瞬间就听明白了，胖子除了挨了一记"千斤闸"，还遭了别人的暗算。是谁？为什么要暗算胖子？胖子初来乍到，这里又没个熟人，怎么会有人暗算他呢？

秀姐找来出租车，秦所长和朱笑东把胖子扶进出租车后座，回头去找胖子带来的行李，发现三箱子的行李不翼而飞。朱笑东问围观的人，竟然没一个人看见。

出租车只用了两三分钟就把朱笑东、秦所长、胖子送到了研究所。胖子已经恢复了意识，只是感觉很累，就像赶了五百里路一样，浑身软绵绵的，一点劲儿也使不出来。

朱笑东和秦所长半扶半抬，把胖子弄进了秦所长的办公室。

胖子躺在条椅上，笑了笑："邪门，突然觉得好像有座山压在我头上一样，压得我骨头都咔吧咔吧响，亏得胖爷我命大。"

朱笑东拍了胖子一巴掌，没好气地说道："还命大？喜欢胡闹也不看看地方，你知道这是什么地方吗？再胡搞，都不知道自己是怎么死的。"

朱笑东把胖子扶起来坐好，跟胖子介绍了秦所长和秀姐，秋可仪算是熟人。

胖子伸手，跟秦所长使劲握了握，咧着嘴笑着说："叔，这以后，咱爷俩就算是认识了，我在这儿要有什么事，叔你可得帮我担着。"握着秦所长的手，一阵猛摇。

秀姐红着脸，站在一边。胖子的手伸出去一半，又缩了回来，多半是想起挨了秀姐一巴掌，现在还后怕。

秀姐已经不哭了，红着脸上前一步，对胖子说道："对不起，你当时真的吓着我了，我也是……"

胖子咧嘴，勉强地笑了笑，说："妹子，你练过的吧？说说，练的是铁砂掌？八卦莲花掌？还是降龙十八掌？咋那么大劲儿，有空，咱兄妹俩切磋切磋。"

朱笑东赶紧跟秦所长说：“对不起，我这兄弟就这德行，满嘴跑火车，成天就爱胡说八道。”

因为是朱笑东的兄弟，秦所长也很客气：“没关系，我家丫头那两下子我还是知道的，她用的‘千斤闸’还真没办法让这位兄弟吃这么大的亏，这位兄弟是被人用了‘拖山榨’的方术。”

朱笑东昨天就知道方术的厉害了，此时秦所长说出来，一点儿也不觉得奇怪，大概能理解是怎么回事儿。

胖子却不明白，嘻嘻笑着问秦所长：“看来，我这回是进了武术高手的窝了。我只知道有‘千斤坠’，还有‘隔山打牛’，据说这些都需要极为高深的造诣，才能施展出来。不知这‘千斤闸’，还有‘拖山榨’，又是哪个门派的功夫？叔，你们又是何门何派的高人？”

“你还闹！”朱笑东没好气地拍了胖子一下，说，“你真想知道，就闭上嘴，听秦老前辈说。”

秦所长毫不在意地笑了笑，说：“不知者不怪，这位兄弟不知道其中的利害，也怪不得。其实，‘千斤闸’‘拖山榨’是两种方法相同，但效果相差极大的方术，这位兄弟……”

秦所长指了一下办公室角落的一把小木椅子，说：“你想切磋，就去把那把椅子搬过来。”

想让胖子这种人服气闭嘴，最直接的办法就是让他见识一下什么叫厉害。秦所长识人无数，为免胖子啰唆，想要胖子亲自试一试。

角落里那把木椅，是老式的，几根木条，一块木板，结构简单，却很坚固，重量最多也就七八斤，两三岁的小孩都能拖动。

胖子嘿嘿一笑，大大咧咧地说：“知道叔是高手，别说叔让我搬把椅子，就是叔让我上刀山下火海，胖子我也在所不辞。”说着，胖子站起来，两步过去伸手去提那椅子。

一把七八斤重的椅子，胖子一只手就能拿走。但是，胖子失算了，他一只手提椅子，椅子纹丝没动。他抓了抓脑袋，知道椅子有古怪，当下不动声色地蹲下，四处找机关。

朱笑东又好气又好笑，瞪着胖子，看他能搞什么花样。

秋可仪跟秀姐两人满面笑意地看着胖子，就像看被耍的猴子一样。

秦所长端起茶杯啜饮，微笑不语。

地面是水泥地，连瓷砖都没铺，看不出地面到底和椅子有没有机关连着。既然秦所长让他来搬椅子，那这椅子肯定有古怪，胖子想把古怪找出来，这样就可以在几人面前显摆了。

胖子找不到机关，双手抱着椅子，又扯又拽，就像一只左转右转的猴子，可是始终没办法撼动椅子。

胖子气坏了，心想：不就几根木条么，我搬不动你，还拆不了你？于是，胖子咬着牙，伸出双手揪住小椅子靠背的横梁，使出吃奶的力气横着一拉，满以为这一下连椅子的靠背都会拉断，没想到，几根手指般粗的木条，不但没拉断，反而因为他用力过猛，力道反弹，他自己一下子趴在小椅子上，还好没受伤。

搬不动，又折不了。胖子爬起来，抓了抓脑袋，望着秦所长和朱笑东，“嘿嘿”干笑。

秦所长放下茶杯，笑着对朱笑东说道：“你去试试看？”

朱笑东点头，走到那小椅子边，伸手一提，小椅子随手而起，哪像胖子那样费力。朱笑东在胖子诧异的目光中走了两步，轻轻把小椅子放在秦所长面前。

胖子诧异的不是椅子，而是才一天没见，朱笑东竟然变得如此厉害，自己都搬不动的椅子，朱笑东居然信手提了起来，不费吹灰之力。

胖子不甘心，跟过来，又去搬那椅子，发现那椅子依旧沉重不堪，仿佛跟地板铸在一起了似的，推拉拖拽难动分毫。

这时，秦所长笑着说道：“注意了，‘拖山榨’来了，别被伤着。”

说话间，只听那小椅子“咔嚓”一响，就像有千万斤力道压在那小椅子上般，小椅子瞬间被压得四分五裂，散成一地碎片。

看着满地碎裂的木屑，胖子怔了半晌，尴尬不已地笑着说：“这……这是什么功夫，是哪个门派的，这么厉害。老叔，可不可以教我？”

秦所长今天特别高兴，再加上也想在胖子面前弄出点动静来，好让这胖子老实些，所以露了一手“拖山榨”。

秦所长笑而不语，他知道朱笑东会慢慢跟胖子解释的。

朱笑东简单地跟胖子解释了一下自己之前遇到的奇事。朱笑东还没说完，胖子便捶着自己的脑袋，懊丧至极地说：“东哥，你知道我不想待在家里是为什么吗？我就是喜欢这些奇闻奇事，特别刺激。你说，我晚来一天，错过多少精彩，唉……”

朱笑东正色道：“胖子，这次，你可得小心，到时候，肯定有你受的。”

休息了一阵，胖子恢复过来，想起自己丢的东西，一阵懊恼。朱笑东带着胖子重新去买装备，只待明天一早出发，去老龙湾，寻找古墓，探墓取镜。

晚上，秦所长回来，把人员跟朱笑东讲了一遍，包括胖子、秀姐、肖凌、秋可仪、徐大方，派出所那边会来两个人，一个是所长段鹏的舅子，一个是他兄弟，除此之外还有四个身强体壮的，专门负责背装备和食物，一共十三个人。

朱笑东没有异议，多几个人也无所谓，花不了几个钱。

第二天一早，最先赶到的是肖凌，她昨天晚上都没睡着，天没亮就往这边赶。接着，徐大方和四个专门背负装备、食物的人也来了。只有段鹏的舅子和他兄弟磨磨蹭蹭，快十点了，两人才开着一部破长安出现。

段鹏的舅子屈子常四十来岁，一身便服，配了一把破手枪，满脸胡茬，见了秋可仪还装嫩。段鹏的兄弟段海跟段鹏像一个模子里刻出来的。

这两个人一出现，胖子没来由地生出厌恶感，耽误大家的时间也就罢了，两人一下车还摆出一副高高在上的样子。

两人从后座拎出两个背包，扔到朱笑东跟胖子脚下，看样子是要其他人帮他们背着。

胖子差点骂人，朱笑东忍着，一把拉住胖子，转头对大伙儿说道："既然大家都到齐了，我先前说过，每个人先给两万，完成任务之后，还有五万块。大伙儿过来拿钱吧。"

除了屈子常跟段海，其余人欢呼着跑了过来。

钱是胖子昨天刚取出来的，每扎钱上的封条都没动，二十几万，拿在手里，确实很扎眼。屈子常跟段海眼睛盯着胖子手里那两摞钱，恨不得全部据为己有。

胖子分发钱的时候，朱笑东在旁边叮嘱大家："这是预支给大家的劳务费，在完成任务的过程中，大家要是发现有什么危险，第一是注意自己的安全，第二个是要通知大家。如果有人中途吃不了苦，或是有特殊原因退出，照样可以拿到一万块奖金。最后，大家一定要注意安全。"

朱笑东说了一通，谁也没理他，大家正忙着数钱。

屈子常跟段海也拿了两万，这两人拿着钱，还望着朱笑东和胖子，不停用钱拍打着另一只手，一脸不满足。

发完钱，朱笑东给大家半个小时时间回家放钱。

一切准备妥当，秦所长找了一辆车，把所有背包、装备一起运到离老龙湾最近的地方。打发走车子，秦所长分配每个人该背的背包。

朱笑东和胖子一看这些背包，顿时傻眼了，除了一百多斤的粮食，其余的全都是秦所长带来的工具、仪器、箱子、袋子，每个人少说也得背两个背包。

看着这一大堆背包，屈子常跟段海连忙拿起自己的背包背了，大摇大摆坐到一边抽烟聊天，对其他人视而不见。

几个专门背负装备的人很淳朴，主动背包，不怕重。

分好背包，众人顺着山路前行，好在不算难走。徐大方也不再慢吞吞的，背了三个背包，一边走一边指路。秦所长背了四个背包，招呼大家小心，不要碰坏了工具、仪器，连三个女孩子也不例外，都背了两个背包，很是吃力地跟着。

胖子对食物有特殊的感情，一百多斤食物他跟朱笑东两人分着背，还帮秦所长背了两样工具。好在这里海拔低，比在高原上轻松多了。

屈子常跟段海两个人只背了他们自己的两个小背包，一路上，两人不是找秋可仪说笑，就是去找肖凌的麻烦，对秦所长的女儿秀姐，他们两个倒是没敢纠缠。

走完山路，前面的路就荒芜了，徐大方找了个平坦的地方，让大家休息，生火煮饭。

这段路上，偶尔还能见着一户人家，再往前走就进入了茂密的森林了，见不到住户了。这一带算不上原始森林，只是山大人稀，近几年大山里的人家大多搬到城里了，因此这一带跟原始森林差不多。

老龙湾不是地图上的正式名称，而是很多年前，这一带居住的几户人家私下里这么叫的。据说有人在一个山洞里发现了一些奇怪的东西，有巨大的骨头，还有金光闪闪的巨龙，人们才起了这么个名字。

前一阵子，有人偷偷从里面带出来些东西，卖了不少钱，至于到底是什么人带出来了什么东西，没人知道。

秀姐煮好了饭，让大伙开饭。胖子一看那饭菜，顿时就皱起了眉头，这和在秦所长家吃的完全不一样啊。

饭是白花花的米饭，一粒粒珍珠似的，看着就诱人，只是下饭的菜不怎么样，一碗细细的辣椒，撒了精盐，倒上一点酱油，这能下饭么？这也怪不得秀姐跟秋可仪，有道是巧媳妇也难为无米之炊，这次出来，为了多带些粮食，没准备菜蔬。再说，这个地方，连水都是自带的矿泉水，就算有菜，也没水洗。

胖子艰难地咽下米饭，喝了几口矿泉水，转头跟朱笑东商量弄点野味尝尝。这里是森林，草木茂盛，应该有野味，遇到就抓两只，自己亲自动手，做顿烧烤吃，也不至于每顿饭只能用辣椒下饭了。

朱笑东瞥了屈子常跟段海一眼，示意胖子别胡思乱想，这趟来，麻烦肯定不会少，别再节外生枝了。这趟跟以往不同，有人盯着，做什么事都要小心。

进了山，秦所长就成了带队的，哪个人走在前面，哪个人走在后面，除了屈子常跟段海，秦所长都安排得妥妥帖帖。

朱笑东跟胖子得闲，只跟着走就是了。

第四章
山　魈

吃完饭，天色尚早，秦所长说离计划的第一站还有近五公里，争取在天黑以前走完五公里，然后早点休息。

胖子看了看时间，才下午两点，差不多七八点天才会黑，五公里不算什么。但朱笑东却摇了摇头，接下来的路不好走，关键是秦所长带的东西太多，屈子常跟段海又不肯帮忙，五六个小时，要走完五公里，怕是有些吃力。

胖子厌恶地看了一眼缠着秋可仪的段海，几次想上前去教训那家伙，朱笑东死死地拉着他，告诫他说，这里看似平静，实际上危机四伏，千万别惹麻烦，忘了他差点儿被人用方术干掉了？

胖子忍着一肚子气，说："有机会，一定让那两个家伙吃点儿苦头。"

"有机会再说。"朱笑东劝道。

路越来越难走，根本就是在树林里开路，行进的速度自然很慢，两个小时也未必能走一公里。

密林里光线不足，才走了不到三公里，视线就暗了下来，看不了多远。秦所长没办法，只好选了个还算平坦的地方，稍微清理了一下，安营扎寨。

煮饭的时候，胖子在营地周围转了一圈，回来的时候，手里拿了半捆野葱。没洗，只把第一层葱皮撕掉，取了里面的葱白，掐成几段，然后跟辣椒拌在一起，下饭菜一下就美味了很多。

用野葱拌辣椒，是农村人的一道家常菜，味道不错。除了段海嫌胖子弄得不干净没动筷子，其他人都吃得赞不绝口。

段海见没人附和他，顿时不高兴了，一碗饭也没吃完，本来是想冲胖子发火的，偏偏胖子装傻，不理他。段海想找其他人出气，除了朱笑东，其他都是本地人，他不敢随便发火。

段海强忍着怒气，想着找机会收拾胖子。

秦所长吃完饭，忙着把自己的宝贝仪器、工具收进帐篷，收拾完，也不让人守夜，倒头就睡。

这也难怪，秦所长年纪大了，一路走来，早已筋疲力尽。再说，他们不是专业在野外混日子的，对这样的树林，也感觉不出有什么危险，所以没安排人守夜。

晚上倒也平静。第二天一早，秀姐用最后一点水煮了早饭，让大家吃了，接下来只能看运气了，如果再找不到水源，就算有米，也煮不出饭了。

吃过早饭，一行人继续艰难地向老龙湾进发。

不料，到了中午，天气突然变坏，天色阴沉沉的，看样子用不了多久就要下雨了。秦所长有些奇怪，出门前他特地看了一下最近几天的天气预报，明明说最近一个星期不会下雨的，怎么突然就变天了呢。秦所长正在奇怪，一阵大雾飘过，随即是一阵雨点，还好不是太大。

秦所长赶紧吩咐大家就近找平坦的地方，安营扎寨，把仪器先放进帐篷，以免淋湿。一边安排一边哀叹，这么走下去，到老龙湾，要走到猴年马月！

朱笑东知道，现在说什么都没用，唯一能做的就是祈祷老天爷，这阵雨过去就算了，要不然计划就泡汤了。

胖子支好帐篷，望着发呆的秀姐，笑了笑问道："在想什么呢？"

秀姐苦着脸，说："这一路过来，都没发现哪里有水，待会儿大家饿了怎么办？"

胖子看了看天，这雨不大，想要接些雨水来煮饭，不大现实，但是没水，就煮不了饭。

这时，屈子常已经躺在帐篷里大声吆喝，要秀姐赶快想办法做饭，肚子都饿得贴到后背上去了。

徐大方跟那四个专门背东西的人，钻进帐篷，虽然没叫嚷，但也不大管事。

见秀姐为难，朱笑东拉了胖子，到屈子常跟段海的帐篷前，叫了几声："屈大哥……段海兄弟……"

南方的天气本就热，刚开始下雨，身处密林，那个闷热劲儿，别提多难受了。屈子常和段海听朱笑东在外面叫，恼怒地从敞篷里探出头来，低声骂了句："号丧啊……这又闷又热的，老子想凉快一下还要来搅和，找死吗？滚！"

朱笑东瞥了一眼帐篷里面，隐隐看到屈子常和段海脱得只剩下一条内裤，是挺凉快。只是，没有水煮饭，你舒爽了凉快了，又该喊肚子饿了，到时候，肯定又要骂人。

胖子见段海一脸凶相，拉着朱笑东走了，一边走，一边把段海骂了十来遍。

秀姐、秋可仪坐在那里发呆。胖子拉着朱笑东，找来两件雨衣，拿砍刀砍了几根树桩，将雨衣展开搭在树桩上，做成简易的雨水收集器。可惜，雨下得不大，半晌也没收集到多点儿水。

朱笑东叹了口气，跟胖子商量，看样子今天也走不了，出去转转吧，或许会有意外的收获。

胖子知道朱笑东的意思，这密林里野物不少，但是有那两个家伙盯着，很多动物都不能动，只能看看有没有野兔、山鸡之类的。

跟秦所长打了个招呼，秦所长一怔，摇摇头说："还是算了吧，这山高林密的，万一迷了路，到哪里去找你们。再说，这山都封了十几二十年了，要是碰到野物，危险得很。"

朱笑东迟疑了一下，问秦所长："秦老前辈，你看这雨下得不大，又没水煮饭，待会儿大家都得挨饿。我们想就近逮几只野兔、山鸡什么的，将就烤着吃上一顿，省得大伙饿。不知道秦老前辈还有什么好办法？"

说什么都是枉然，解决肚子温饱才是至关重要的，秦所长当然明白这个道理。犹豫了片刻，秦所长才迟疑着说："别的办法我也没有，这样吧，你们往前走个百十米，别太远。我想办法赶几只野兔、山鸡过来，别太贪心，能让几个人勉强吃一顿就成，千万别贪心。"

贪心？贪心什么？这里又不是雪山高原，更不是深冬腊月，打来的野味一顿吃不了就变质了，打多了也是白打。

几人的话让出帐篷小解的屈子常听见了，不知道是出于什么目的，他回到帐篷里把段海叫了起来，全副武装跑到秦所长和朱笑东面前，觍着脸说："我喜欢打猎，只是没什么经验，你们谁打过猎，给我们带个路，我保证，抓几只回来，让大家伙儿都解解馋。"

段海也拍拍腰间的手枪，一副老子有家伙的臭屁样子，催促朱笑东和胖子两人去撵，把野物撵出来，他们开枪打。

胖子气坏了，这家伙狗屁不懂，还让别人去撵野物，这不是把人当狗使！再说，他们拿枪打，伤了人怎么办！

一看胖子不乐意，段海刷一下把枪掏了出来。他早就看胖子不顺眼了，口里不干不净地道："信不信老子崩了你，让你去撵是给你面子，你他妈去不去?"

朱笑东往段海面前一站，沉声说道："兄弟，你们是被派来保护我们的，希望兄弟自重!"

段海显然不是什么好鸟，平日里仗着哥哥段鹏作威作福惯了，其实他根本不是警察，最多算是个协警，还不算是正式的。他虽然人比较混，但对朱笑东的身份还是颇为忌惮，毕竟刚刚还拿了朱笑东的钱。临走之前，段鹏还特地交代过他，这次出来就是让他赚点儿钱，别在朱笑东面前弄出什么岔子。所以，段海虽然拿着枪，但也不敢对朱笑东怎么样。

他说"崩人"，不过是说顺口了，最多就是吓唬吓唬胖子。

见朱笑东上前，屈子常出面打圆场："算了，大家都是一块儿的，就是想打点野味而已。只是这赶山打猎，我们都没见过，说错了话，大家要是见怪，那就是小气啦。"

说着，屈子常拉着段海远远退开。段海见屈子常出面，只得半真半假地跟着屈子常往后退，嘴里倒是骂得厉害："要不是屈老哥，看老子今天怎么收拾你这死胖子。"

徐大方等人可能平日里见识过段海的厉害，见段海跟朱笑东发生矛盾，躲在帐篷里都不出来。秦所长、秋可仪铁青着脸，看着段海。

胖子何曾受过这样的窝囊气，当下就要发作，被朱笑东狠狠一眼瞪了回去。

"小不忍则乱大谋，你记住我们来这里的目的，我不想把事情搞砸了。"朱笑东说道。

秦所长见段海被拉远了，这才松了口气，扬声说道："其实，我有办法让野物主动过来，用不着拿枪射杀。”

秦所长说话的声音有点大，当然是说给朱笑东和段海听的，说明自己有办法让野物自己过来，免得两人又争执。

在方术中，有个法门是专门针对飞禽走兽的，叫“箍山法”。在猎人赶山打猎的时候，施用此术，可令一座山的飞禽走兽按照自己的意愿，顺着一条道走，方便自己捕猎。只是这个法门当属“施术”，也就是比较邪的那一类。一旦施展出来，能捕到的猎物固然不少，但也可能引发一些不速之客跟着来，这就得看施术者能力大小了，能力强的自然不怕，能力弱的，弄不好会把自己搭进去。

本来秦所长也不愿用这样的方术，只是这一趟自己女儿是跟着来做饭的，虽说特殊情况，没有水，但是眼睁睁让十几个人饿肚子也不好。再说，弄不到吃的，也恐耽误大事。

权衡利弊之后，秦所长就想用“箍山法”撵几只野兔、山鸡出来，帮秀姐解围。

秦所长说完，让朱笑东拿砍刀去砍两根尺许长，酒杯粗细的木棍，又让朱笑东和胖子两人分别拿在手里等着。

秦所长选了两棵间隔大约两米宽的大树，用砍来的树枝，在两个大树上扎了一个“门”，就是在大树两米多高的地方，用藤条扎上一根木棍，再用树枝树叶稍微做了点儿装饰，让那地方看起来像一道门。

“门”做好了，秦所长让朱笑东跟胖子守在门两边，手里拿着木棒，待会儿见到有野物出来，就用木棒敲，至于能敲几只，就看运气了。

段海跟屈子常平日里谁都看不上眼，这会都冷眼看着，他们知道秦所长有些门道，但是没亲眼见过。

见朱笑东跟胖子两人准备好了，秦所长又叮嘱了一遍，让两人千万不得贪心。朱笑东跟胖子两人应了，秦所长才捏了手势，嘴里念念有词，念完，低喝一声："进"。

秦所长喝声毕，便转身离开"门"边，到离门七八米的地方坐下，换了个手势，闭目凝神，看样子似在准备以防万一。

朱笑东跟胖子在门边弯着腰，举着木棍，紧盯着那道"门"。在野外，下套捕猎，他们也不是一次两次了，收获最大的一次是在长白山，富国栋的套子陷阱捕获的猎物，让十几个人过了一个多月。

富国栋凭的是经验技术，那是硬本事。此时，秦所长煞有介事地立了个门，说是要用"箍山法"赶些猎物出来。这么神奇的事，朱笑东、胖子两个人还是第一次见，心中好奇得不得了。

段海跟屈子常也紧张地盯着那道"门"，尤其是段海，紧张得不知不觉间又把手按在装枪的皮套上。

过了五六分钟，朱笑东正准备松一口气，"门"边的灌木丛轻轻一摇，一只灰褐色不太肥大的野兔子警惕地望了望，然后一蹦一跳地朝秦所长的"门"窜了过来。

这只兔子浑然没发现门后边站了很多人，没接近门时，还跳了几下，停下来，竖起耳朵听一阵，接近那道"门"，突然所有的警惕一下子都没了，就像是回到自己家门前一样，还大摇大摆地撒了一泡尿。

看得朱笑东跟胖子两个又是着急，又是好笑。

进"门"时，兔子两只后脚着地，立起身子，两只前腿曲在胸前，竖着耳朵，好奇地瞪着眼睛看着朱笑东跟胖子，萌萌的样子，又好笑又可怜。

朱笑东一时间竟有些不忍，手里的棒子也打不下去了，这么可爱的一只兔子，只要自己一挥手，顷刻间就会被活活打死，实在太残忍了。

朱笑东举着棒子，看向胖子，哪知道胖子的表情比朱笑东还要古怪，好似已经不记得他手上拿的是根木棒了，倒像是根胡萝卜，还想把“胡萝卜”伸到兔子嘴边，去逗逗兔子。

兔子出了这道门，呆了片刻，突然间回过神来，“吱吱”叫了两声，往旁边一窜，眨眼间不见了踪影。朱笑东跟胖子惊讶地看着对方。

没怎么见过野物的段海，一见兔子出现，一颗心都提到了嗓子眼儿，等了许久，明明有机会，偏偏朱笑东跟胖子都没动手，白白放过一只野味。段海粗鲁地骂了一句，恨得不行，明明是他们提出要抓野味的，这时又假装心慈手软。

见兔子没了踪影，朱笑东跟胖子长出了口气，旋即想起自己是在狩猎，又有些懊丧。只好摆好架势，继续等。三四分钟后，两只山鸡扑棱着翅膀，叽叽咕咕地钻进门来，胖子扬起木棒，手起棒落，打了一只。

朱笑东犹豫了一下，另一只山鸡落到门这边，“咕咕”叫了一声，展开翅膀往前跑了两步，翅膀一扇飞进了密林。

胖子提着山鸡到一边去清理。段海拿了砍刀，疾步上前，站到胖子的位置，摆好架势，等野物从“门”里出来，大开杀戒。

屈子常也提了一把开山刀，来到朱笑东面前，“嘿嘿”干笑了两声，从朱笑东手里拿过木棒扔到一边，努努嘴，示意朱笑东走开，别在这儿碍事。

被屈子常夺了木棒，朱笑东也不在意，干脆去给胖子帮忙。

雨下得不徐不疾，如同三四月的杏花雨，说小吧，落在身上衣服一会儿就湿透了，衣服黏在身上有些难受。说大吧，他跟胖子做的简易的收集雨水的装置，到现在才收集了不到一碗水。

朱笑东找来些柴，回头去看屈子常跟段海，见两人打了一只兔子。兔子很肥，十来斤，足够两人吃一顿了，但是屈子常跟段海又盯上了两只快要钻进“门”的獾猪。

两只獾猪都不大，一两尺长，估摸着也有二十来斤，若是到手，差不多就够十几人吃上一顿了。

两只獾猪磨磨蹭蹭的，始终不肯钻进秦所长布下的“门”。这时，后面的灌木丛哗哗一阵乱响，山羊、野猪、獐子、麂子、山鸡、雉鸡……一下子涌过来不下百十只，像是受到惊吓般，争相朝“门”涌来。

“门”不宽，来的飞禽走兽又多，本来就拥挤不堪，偏偏每只钻进来时都有片刻惊怔，然后才往里钻。

段海跟屈子常两人从来也没见过这么多野物，兴奋地砍砍杀杀，早忘了秦所长的告诫。

这两人心狠手辣，刀刀落在动物的致命处。看着越来越多的野物，段海跟屈子常双眼血红，出刀又快又狠，刀刀毙命。不到一刻钟，山羊、獐子、麂子，被两个人砍死不下十只，山雉、野鸡，没了脑袋，还在乱蹦乱跳，也不下十几只。

不一会儿便尸积如山，血流成河，远远超出了他们的需要。可是，两个人依然红着眼，连溅落在头脸上的兽血也顾不上擦一把，疯狂地飞舞着开山刀无情地杀戮。

看着两人发了疯般砍杀，朱笑东、胖子、秀姐跟秋可仪都惊呆了，这还是人吗？完全就是恶魔。

段海一刀将一只麂子的脖子砍断，他手里的开山砍刀“当啷”一声从中间断成了两截，段海毫不犹豫地扔了手上的半截砍刀，一探手，把手枪拿在手里，“咔嚓”一声，推弹上膛，对准一头山羊“砰”一声开了枪，紧接着又是一串枪声。

本来秦所长捏着手势，闭着眼睛正在施术，听见枪声大吃了惊，睁眼看时，脸色一下子惨白。

地上的獐子、麂子、山鸡……不下二三十只，堆在那道门前有半人高，还有野物从那门里出来。段海跟屈子常见一只杀一只，完全没有停下的意思。

秦所长惨白着脸散了术法，指着段海、屈子常大声说道："快住手，快住手，你们……你们怎么可以这样！"

那些还没进"门"的野兽飞禽，没有方术控制，惊醒过来，纷纷惊叫逃散，霎时不见了踪影。

段海打完了枪里的子弹，来不及装填，把手枪插回枪袋，转身拿起胖子扔下的那根木棒，准备继续杀戮。眼见那群野兽飞禽突然逃走了，又听秦所长大声责问，忍不住恼怒地回头道："你为什么放了它们？"

屈子常也回过头，一头一脸鲜血，指着秦所长，怒道："你搞什么鬼！"

秦所长指着屈子常、段海，恼怒至极，斥责道："你……你……你们干的好事……"

已经失去理智的段海，提了木棒大踏步走到秦所长面前，一手抓住秦所长的衣领，一手扬起木棒，面容狰狞地喝骂："狗日的，我兄弟正开心，你搞什么鬼？信不信我把你脑袋敲开……"

秀姐见段海要对秦所长不利，尖叫一声，扑了过来。朱笑东跟胖子丢了手里的活儿，赶紧跟在秀姐身后，想要劝架。

徐大方跟那四个背包的，听外面闹得厉害，慌忙钻出帐篷，见段海跟屈子常模样狰狞，都远远地站着，不敢过来劝阻。

就凭段海，秦所长还真没把他放在眼里，要不是碍着段所长的情分，秦所长有三四十种方法让段海死得不明不白。

秦所长脸色惨白，说："小段，你……你们……你们惹下大祸了!”

段海扬着木棒，使劲一推秦所长，怒骂：“去你妈的，老子惹祸不惹祸，关你他妈……”

还没骂完，段海突然松开秦所长，往后退了一步，一脸的狰狞突然化成恐惧。

正准备过来教训秦所长的屈子常，脸上也露出恐惧的神色。

朱笑东看到，秦所长背后突然出现了一个很老很丑很阴森的妇人。

妇人脸上的皱纹跟枞树皮似的，一头雪白的头发所剩无几，半遮半现地露出两个类似眼睛的黑洞，鼻子比嘴唇还低，一张嘴是一个黑黝黝的大洞，看不见一颗牙。

老妇人身上穿的是惨白瘆人的裹尸布，两只手伸出来就是两根骨头。如此丑陋的一个人，偏偏让人能感觉出来是一个女的，一个老得不能再老的妇人。

老妇人就像童话故事里的女巫，活生生地出现在众人面前。

老妇人开口说话：“我跟你们素无瓜葛，你们凭什么杀我豢养的家禽牲畜!”声音就像砂石划过钢板一样，尖锐刺耳，让人心惊肉跳。

秦所长回过头，见到女巫一样的妇人，脸上一阵抽搐，捏了手势，一弯腰，一只手撑地，身子倒立起来，勉强抬头，回答：“我等路过宝地，无水做饭，还需赶七日路程。今日借得牲口数头充饥救命，他日十倍奉还，还望山魈成全。”

朱笑东心中惊悸，他明白，秦所长定然是用方术在跟山魈讨价还价。朱笑东曾听人说起过山魈的来历，有好几种解释，多部典籍均有记载。传说，它可以跑得比豹子还快，可徒手撕裂虎豹，乃是山中霸王，且寿命非常长，《聊斋》《山海经》中均将其说成魔怪。

有些地方说山魈是一种灵长类动物，长相丑恶，形似鬼怪，性格暴烈，被称为最凶狠最大的猴，极具攻击性。还有些地方说山魈是一种猴子，高矮不过几十公分，红毛，喜欢逗人，但多半不凶恶狠毒，更不会置人于死地。

但眼前这玩意儿跟那些记载和传说可不太一致，倒是跟《西游记》里的鬼怪有些相近。

那山魈显然是心痛它的家禽牲畜，听秦所长说来日以十倍奉还，利益诱人，便叹了口气，说："既然哥哥有心，开口告借，如是不应，那就伤了和气，也罢……"

正说着，屈子常掏出手枪，"哗啦"推弹上膛瞄着山魈，一声断喝："去你妈的，什么鬼玩意儿，装神弄鬼地吓人，看老子把你崩了!"说着，举着手枪冲了过去。

恰在这时，秦所长体力不支，"啪嗒"一声倒在地上。倒霉的是，秦所长的脑袋一下子碰到地上，被自己的体重砸晕了。

那山魈见秦所长突然摔倒，后面的屈子常又恶狠狠地扑过来，立刻变了脸色，刮阴风般哼了一声，身子一横双脚一纵，凭空跃起，脚挂在一根树枝上，嘴里发出夜枭般的鸣叫声，刺得朱笑东等人耳膜发痛。

屈子常一只手捂着耳朵，另一只手举起手枪，"砰砰砰"一连开了三枪。一颗子弹打进山魈那没牙的嘴里，一颗打断了山魈挂在树上的一只脚，另一颗不知道飞到哪里去了。

山魈暴怒，张嘴吐出那颗子弹，连断了的脚也不要了，凭空飞扑下来，当头向屈子常抓去。

段海由惊恐变为愤怒，看屈子常两枪崩断山魈一条腿，知道她也是怕枪的。段海抽出手抢，一时忘记手枪里的子弹早就打光了，举着手枪对准山魈，高喊："我命令你不许动，趴在地上，双手抱头!"

徐大方等人见到山魈出来，五人一声惊叫一头钻进帐篷，各自扯了毯子蒙在头上，死命挤作一团，大气都不敢出一口。

肖凌、秀妞、秋可仪三个女孩抱成一团，惊叫不已。

稍微镇定点儿的只有朱笑东和胖子。朱笑东见那山魈跟屈子常打了起来，想上前帮忙，却被胖子一把拉住，幸灾乐祸地低声说："东哥别慌，这俩小子不落教，让他们先吃点苦头再说……"

胖子说着，回身找了两把砍山刀，给了朱笑东一把，慢悠悠地笑着说："看人打架都看腻了，遇上鬼打架，这还是头一遭，精彩之处，岂容错过。"

朱笑东无言，胖子这家伙什么事都放在脸上，看不惯屈子常跟段海，非要挂在嘴上，这可不是什么好事。怎么说这两个人都是人家派来保护他们的，要是有什么闪失，麻烦肯定不会小。

胖子说完，掏出手机，打开录像，还想把"鬼打架"的过程录下来。胖子还说，好几次都是因为太激动忘记拍摄下来了，今天机会难得，要不拍下来，会遗憾一生。

另一边，山魈凭空落下来，去抓屈子常。屈子常仰头向天，"砰砰……"一连五枪，五颗子弹，每颗都在山魈身上钻出一个透明窟窿。山魈好似受到的影响不大，依旧凄厉地叫着，两根骷髅般的手搭在屈子常的肩头，张嘴向屈子常的头咬去。

段海一连扣动十几下扳机，都没有子弹射出来，过了半晌才想起来，枪里的子弹早就打空了。眼看屈子常危险，段海一边大叫"袭警……来人……"一边扔了空枪，捡起先前打杀野物的棒子，窜到屈子常和山魈身边，照着山魈的头全力砸下去。

屈子常双肩被山魈抓着，屈子常拿出拼命的劲头，扔了手枪，双手掐着山魈的脖子，使出吃奶的力气，死命将山魈那喷着腥气的嘴巴推离自己的头脸。

段海“啪”一棍，正打在山魈后脖子上，打得山魈一怔。屈子常几根手指的指尖立刻血肉模糊。

十指连心，屈子常双手一软，山魈的脑袋跟屈子常来了个亲密接触。还好，山魈此时侧头去看打它的段海，不然屈子常就要在山魈脸上实实在在地亲一口了。

山魈恼怒至极，放开屈子常，单腿在地上一蹬，身子扑向段海。段海可没屈子常胆大，见山魈扑倒，大叫一声，扔了手里的木棒，转身向朱笑东他们这边跑过来。

段海大叫着跑到朱笑东面前，山魈从段海背后一跃而起，把段海“扑通”一声扑倒在地。段海挣扎着往前爬，山魈一口咬下去，正咬在段海屁股上，咬得他一声惨叫。

只见山魈一抬头，一大块皮肉，连同段海屁股上的裤子被山魈咬在嘴里，咯吱咯吱嚼两下，连肉带碎布片吞了下去。

段海被山魈按住，死命挣扎也无法动弹半分，嘴里一直惨叫不断。

被段海打伤了五六根指头的屈子常疼得昏了过去。胖子拿着手机录像，不肯出手。三个女孩子搂做一团，除了惊叫，连躲都忘了。徐大方跟那几个背包的，用毯子蒙住脑袋，挤成一团。秦所长因为先前跟山魈谈判未果，自己一头撞在地上，爬不起来。如果没人上去帮忙，段海肯定会被山魈一口一口吃干净。

山魈吞下段海的肉，接着脑袋一点又去啃第二口。还没咬到段海，朱笑东照着山魈的脑袋，死命砍了一刀。

山魈感觉到这一刀的厉害，松开段海，伸出爪子想去挡，只听钝刀劈中木柴般发出一阵闷响，朱笑东的砍山刀正好劈在山魈的小臂上。要是朱笑东的力气再大一点，一定能将她枯骨般的小臂劈断。

山魈猛地往后一退，砍山刀从朱笑东手里脱落。

第五章
毒　蛊

胖子见朱笑东赤手空拳，连跟山魈一搏的本钱都没有了，也顾不得录“鬼打架”的精彩镜头了，揣起手机，拖了砍山刀，大吼一声，扑了过来。

山魈放了段海，又要与朱笑东拼命，没想到横里窜出了胖子，“咔嘣”一声，胖子一刀砍在山魈仅有的那条腿的膝盖上。这一下，胖子算是找准了要害，虽然没能将山魈仅有的一条腿劈断，但是这一刀也嵌进山魈的膝盖骨里，山魈再也没有原来那么灵活了。

段海顾不得屁股的疼痛，爬起来径直扑到徐大方他们的帐篷边，一低头像鸵鸟一样钻了进去。帐篷里一阵慌乱，里面的人还以为是山魈扑进来了，一阵扑打又把段海给蹬出来了。随后，徐大方等五人各自顶着毯子，钻出帐篷，到处乱窜。

山魈一只手上带着刀子，唯一的一条腿上也带着刀子，放了朱笑东转身去找胖子拼命。朱笑东乘机捡了根茶杯粗细、四五尺长的木棍，对准山魈的那条腿，狠命砸了一棍子。又是一声闷响，山魈唯一的一条腿断成两截。没有腿的山魈只能靠两只手在地上移动。

山魈舍了胖子，又扑向朱笑东。不过这时山魈的威力已经大大减弱。

朱笑东抽回木棍，一棍抽向山魈的脑袋，没想到山魈双手一抓，居然将木棍抓住了。朱笑东使出吃奶的力气，挑起山魈，抡圆了臂膀，狠命一抛，本想借力将山魈狠狠地砸在地上，没想到山魈居然飞了出去。

不过山魈也没飞多远，刚巧落在段海身上，半截被屈子常打断的腿重重戳进段海的屁股。

胖子捡了一把趁手的砍山刀，飞扑到山魈面前，咔嚓一声，砍断了山魈的一根手臂。山魈仅剩下一条手臂，依然十分凶恶，一只手撑起身子，扬起脑袋，张开血糊糊的嘴巴，狰狞地冲着胖子狂叫。

胖子见山魈不能动弹了，有些得意，撇着嘴说道："嘿嘿……跟我玩，胖爷我可是身经百战，枪林弹雨里摸爬滚打出来的。"

一句话没完，山魈用仅有的一只手在地上一撑，整个身子飞了起来，直扑胖子。胖子见山魈扑到，一把将砍山刀直直地刺进山魈的嘴里。

胖子以为这一刀下去，山魈不死也得半死不活了，正得意，就听一阵"咯嘣咯嘣"的金属碎裂声。山魈咬着砍山刀，嘴巴一张一合，像咬冰棍一样，把砍山刀咬成了碎片。

吐出砍山刀的碎片，山魈示威般摇着脑袋冲胖子又叫了一声，声音凄厉刺耳，让人心惊胆战。

胖子手里没了家伙，朱笑东本以为他会躲开，没想到胖子一弯腰，大张着嘴，冲着山魈也发出一声大吼，声音比山魈还大，还凄厉，就像一只暴怒的野兽，把朱笑东都吓了一跳。

听了胖子的狂叫，山魈趴在地上，竟然露出一丝惧意，低低地呜咽起来。

胖子两只眼睛瞪得像牛眼，死死地瞪着山魈，虽然不再吼了，但胖子一脸狰狞，也挺吓人的。在胖子的逼视下，山魈开始左顾右盼，似在寻找退路。

见山魈不但没了气焰，反而害怕起来，朱笑东吐了口气，刚想让胖子宽宏大量，得饶人处且饶人。不想，被山魈和胖子的叫声惊醒的屈子常，忍着疼痛，抓起一根木棍，几步跑到山魈旁边，从背后一棍捅了下去，山魈活生生被钉在地上。

山魈嘴里发出一阵哀嚎，断腿和手臂一阵乱动，几分钟后渐渐变成抽搐，最后一动不动了，想来是死了。

直到这时，秦所长才醒过来，摇摇晃晃地站起来，一边四处打量，一边大声问："山魈呢……大家快跑!"

眼看山魈化成了一堆尘土，秀姐才战战兢兢地跑过去，拉住秦所长，低声说："爸……那东西……那东西……死了……"

过了半天，秦所长才回过神来，诧异地低声问秀姐："什么……死了……不可能吧，那东西，那么厉害……"

见秀姐不住点头，表示山魈真的被打死了，秦所长急切地问道："尸体呢，尸体在哪儿？这可是极有研究价值的标本，千万损坏不得。"

秀姐回头，往胖子和朱笑东那边指了指，没说话。

秦所长一阵狂喜，撇开秀姐，直奔朱笑东和胖子而来，大声问道："在哪里？在哪里？"

朱笑东摇摇头，指了指地上的那堆土，示意秦所长自己看。

秦所长低头，看见一片人形的土，背部还插着一根山桃树木棒，疑惑地望向朱笑东，又看了看胖子跟屈子常，一脸的无法置信。难道传说中奇诡无比的山魈，就这么被几个什么方术都不懂人干掉了？化成了一堆尘土？

这会儿，屈子常又是后怕，手痛也发作了，抖着手转身到帐篷里去找药，顺便看看一直闷声不响的段海。

秦所长一脸惋惜，责备胖子："这东西是传说里的东西，比干尸、木乃伊珍贵多了，你们怎么就……唉……"

胖子"嘿嘿"一笑，问秦所长："这玩意儿到底是什么来历，看起来还挺恐怖的。"

秦所长蹲下身子，伸手拈起一撮山魈化成的尘土，半晌答道："苗疆一带，养蛊、下降头之类的奇术，你们多半也听过吧？这山魈，多半是中了蛊术的人，如果下蛊之人死了，被下蛊的没人控制，就成了山精野怪。"

"这么说，这山魈倒是可怜人了。"朱笑东叹了口气，"也好，今天终于让他尘归尘土归土了。"

秦所长猛然抬起头，望着朱笑东说道："小朱，你们两个我倒是看走眼了，想不到你们两个也是高人。是我老眼昏花，居然没看出来……唉……看来，我真是老了。"

胖子"嘿嘿"干笑两声，说："那是，我们经历过的，比这凶险多了。就这么个山魈，嘿嘿……我还真没看在眼里！"

朱笑东瞪了胖子一眼，赶紧对秦所长解释："秦老前辈，不要听他胡说，他就爱胡说八道，说起来就没边儿。今天这事，不过是碰巧，让他捡了个便宜。"

"不要妄自菲薄。"秦所长笑了笑，"按说，这山魈是被蛊术害死的人，又具有一定的智慧，是至阴至邪的东西。普通人见了，都是避之不及，就算是我也得低头，你们却能将它置之死地，这份胆识，一般人望之不及。"

胖子挠了挠脑袋，还有点儿不好意思，笑着说："其实也没什么，秦叔您可别夸我们了，我们就是对生死之事看得开些，也经历过不少，所以……”

朱笑东嗔道：“胖子，你不吹牛会死啊！去，一个小时，整不出来一顿像样的烧烤，我吃了你……”

对朱笑东的话，胖子还是不敢违拗的，朱笑东不让他吹牛他也不在意，反正烧烤也是他的强项。等他把野味烤出来，想不给他吹牛的机会都不行。

徐大方等人听说山魈被灭了，一个个顶着毛毯探头探脑地从大树后、草丛里相继钻了出来，点点人数，还好，全都在。再看身上，也还好，除了慌乱中被荆棘刺拉出几道小口子之外没受什么伤。

唏嘘了一阵，众人想起段海跟屈子常两人。秦所长又生气又心痛，这两个家伙，仗着手里有武器，根本不听他的话，弄到现在这个地步，咎由自取。但是，一个队伍里的成员伤成这样，秦所长也很痛心。

见屈子常笨拙地拿着绷带缠手指，肖凌赶紧过去帮忙。

秋可仪跟秀姐两人跟胖子去拾捡柴火，清理动物内脏。这些事，农家姑娘早就见惯了，也不害怕。刚刚经历了奇诡之事，两人还心有余悸，胖子临危不惧，让秀姐跟秋可仪多少有些安全感。

段海脑袋还躲在帐篷里，屁股撅得老高，人已经晕过去好一阵了。屁股上被山魈咬掉皮肉的地方血肉模糊，鲜血直流。

秦所长叹了口气，叫人帮段海处理了伤口，看了看时间，打算把两个受伤的送回去。叫来四个背包的，让他们先把段海与屈子常送回去。

四人不想去，秦所长许诺每人加五百块钱，让他们把段海跟屈子常送到小路尽头，打电话报警，等他们被接走，再回来背东西。

四个人倒不是想要那五百块钱，而是担心让他们送人回去之后，就不让他们再跟来了，那样的话，眼看到手的五万块就没了。

在小县城，五万块钱可不算是小数目。四人见秦所长还请他们背包，欣然同意。砍来几根树枝，做成简易的担架，把段海用毯子裹了，放到担架上，准备把他抬回去。

胖子烤好了一只小獾猪，让几人吃了再走。闻着烤肉的香气，四个人也不客气了。半天都没吃上东西，又累又惊，还真饿了。

一只獾猪，烤熟了也有十几斤。屈子常拿了他那份，默默地吃了起来。半途折返也是没法子的事，他和段海都受了伤，再跟下去，也不见得有什么好结果。屈子常心里早就盘算好了，回去往医院一躺，医疗费、营养费、精神损失费……都得他们出，他这也算是因公受伤了。

几人把烤肉吃完就走了。

胖子又烤了一个三十来斤的麂子，给剩下的人吃。一边烤，一边顺手剥了一只獐子预备着。剩下几人闻着烤肉的香味，将刚才的恐惧都忘了，吞咽着口水，只等分肉吃。

渐渐的，雨小了，不过还是没停，两个简易的雨水收集装置收集了不到两斤水。秀姐把收集来的雨水装进塑料壶里备用。

胖子烤了两个多小时，一头麂子、一头獐子，都没够几人吃。在众人的强烈要求下，本来要停手的胖子不得已又剥了只野兔，烤好给众人吃了，这才了事。

朱笑东吃完，对剔着牙的秦所长说："秦老前辈，我看段海跟那个屈子常心眼不少，他们回去后，咱们可能就要有麻烦了，不知道秦老有什么打算?"

"麻烦？什么麻烦?"秦所长一脸茫然。

朱笑东摇了摇头："这两个人的人品……秦老应该也看出来了，他们俩都受了伤，等我们回去……"

秦所长怔了怔，这事他还真没想过。他这人虽然会方术，但其实还是个学者，对这些钩心斗角的事很厌恶，所以才在所长的位置上干了二十多年。

段海跟屈子常回去之后，究竟会给自己招来什么麻烦，秦所长还真不知道。

本来，这事对朱笑东来说，无非是多拿点钱，算不上什么大事儿，但是段海跟屈子常太令人讨厌了，朱笑东就是有钱也不想给他们花。

秦所长叹了口气，说："没办法，现在只能走一步看一步了。万一他们发难，也只能见招拆招了。不过，这件事本来就是他们做得不对，应该翻不出什么大浪来。"

见秦所长一脸自信，朱笑东叹了口气，不再提此事。

徐大方提议，越往里走水源越不好找，为了避免以后出现缺水无法做饭的情况，不如让胖子多烤几只野物，实在找不到水，也可以拿来充饥。徐大方一方面是为大家以后的食物考虑，一方面是因为胖子的烧烤实在是太诱人了，他吃得意犹未尽。

"这个提议是好，只是现在的天气……"朱笑东一脸犹豫，这一带气候潮湿闷热，比不得高原雪山。在这里，烤熟的肉一天不吃就坏了，就算胖子烤了，也是浪费力气。

秦所长叹了口气，说："这么一大堆野味，我们不吃也是浪费。这样吧，还是麻烦小朱多烤几只。至于储存方法，我来想办法，问题不大。"

胖子本来就对吃情有独钟，眼前有这么多美味，自然舍不得浪费，听秦所长有办法，兴高采烈地拿着刀就忙活起来。

秀姐、肖凌仰慕胖子的烧烤手艺，这要是能学到胖子的手艺，以后什么都不用做了，在大街上摆摊烧烤都能糊口了，所以两人主动给胖子打下手。

徐大方一见，大喜过望，带着秋可仪一起去捡柴火。

火堆旁，就剩秦所长跟朱笑东两人。

朱笑东问秦所长，先前听秦所长说苗疆养蛊、下降头，到底是怎么回事？

秦所长笑了笑：“每个地方都有特别奇诡的事，养蛊、下降头、养小鬼本是苗疆、东南亚一带特有的巫术。我没亲眼见过，但是听过不少，也看过一些资料。资料上说，蛊在苗族地区俗称‘草鬼’，它能附在女子身上，害别人。那些养蛊的女人被称为‘草鬼婆’。有苗族学者调查后认为，苗族笃信蛊术，只是各地轻重不同而已，也因此分为青苗族和黑苗族。

“蛊术在中国古代江南地区广为流传，最初，蛊是指生于器皿中的虫。后来，谷物腐败后生的飞蛾，以及其他物体变质生出的虫也被称为蛊。古人认为蛊有神秘莫测的能力和很大的毒性，所以又叫毒蛊，可以通过饮食进入人体引发疾病。患者如同被鬼魅迷惑，神志混乱。”

“制造毒蛊的方法，最为著名最为普遍的，是将多种带有剧毒的毒虫，比如蛇、蜈蚣、蟾蜍、蜘蛛，还有蝎子放进一个瓮里，埋在地下，使其互相啮食、残杀，最后剩下的唯一存活的毒虫便是蛊了。”

“最后的蛊虫通过养蛊人术法炼制，就可以像鬼怪一样来去无踪。造蛊者可用法术遥控蛊虫，给施术对象带来各种疾病，甚至害死他。养蛊炼蛊大多都是为了害人，黑巫术危害极大。像先前我们遇到的那个山魈，就是被人下了蛊，或者，它本就是养蛊的，被比它高明的养蛊人害死了，死后都不得安宁……唉……”

说到这儿，秦所长叹了口气，他对那个已经化为尘土的山魈仍有一丝怜惜。

胖子又剥了好几只野兽的皮，把内脏和皮毛扔进土坑里埋了，和肖凌、秀姐把能吃的全抬到火边，准备第二轮烧烤。

秦所长一看那些兽肉，慌忙对胖子说：“先别烤，这肉有问题!”

胖子好奇地问：“刚刚剥出来的，会有什么问题？不可能这么快就腐烂了……”

说着拿起一只獐子，凑到鼻子底下闻了闻，又转头对秦所长说：“没什么味啊，这不好好的么?”

秦所长摇摇头，让秀姐拿来一把砍刀，用刀轻轻划开獐子的腿，獐子大腿肉一翻，露出獐子的腿骨，只见腿骨上有东西在蠕动，是像蛆一样的虫子，极快钻进肉里。

秦所长一连选了几个地方划开，每一刀都划到骨头，都有那种白白的，像蛆一样的小虫子在蠕动。朱笑东、秋可仪等人想起先前抢着吃的野物，忍不住一阵干呕。

胖子瞠目结舌，好一会儿才呐呐地问道：“叔……叔……怎么……变质得这么快?”

秦所长摇摇头，说：“不是变质快，是山魈死后作祟，化成蛆虫一样的东西。”

“山魈作祟?”几个人大惊，齐声问道。

“山魈养的是虫蛊，或者被人下了虫蛊，死后，虫蛊现了原形，就是这模样。”秦所长解释道。

“那我们……有没有……”胖子一脸急切。不要说中蛊，就是看着那些虫子，胖子就起了一身鸡皮疙瘩。

朱笑东却问道：“怎么解，有解法没有?”

秦所长淡淡一笑，说：“没事。这种虫蛊虽然行动极快，但我们吃前几只野物的时候，它们还没钻进去，我敢保证。至于解法，我也不知道。为了不贻害他人，还是把这些全都烧了吧。”

虽说秦所长说它们吃的烤肉里没有蛊虫，但是几个人还是不放心，因为那虫子实在是太恶心了。

秦所长见大家将信将疑，笑了笑："这种蛊虫有繁殖周期，你们去看看那堆野兽，最上面的肯定没有这东西!"

胖子为求心安，忙不迭地跑过去，一刀划开最上面一只野猪的腿，细细察看，果然没有蛊虫，接着选了中间一只野兔，划开腿，还是没有。

胖子吐了口气，又划了几只中间的野物都没蛊虫，只有底层的野物生出了蛊虫，越接近地面蛊虫越多。

一见果如秦所长所说，胖子的心思又活络起来，想从蛊虫嘴里抢几只野味下来。

朱笑东一摆手："算了吧胖子，想着都恶心，万一吃一只，这辈子不就交代在这儿了，还是烧了吧。"

秋可仪、徐大方、秀姐和肖凌几人早就恶心的不行了，拖过来不少柴，放到野物旁边。秦所长笑了笑，说："蛊虫虽然厉害，但是养蛊之人死了，这些蛊虫又是刚刚开始繁殖，毒性和邪性都不大，只要及时处理，没有多大危害，不沾到皮肤上就行。"

几人齐心协力，很快就弄够了柴，秦所长施展方术，动用"油池烈火"烧起来。"油池烈火"果然厉害，火焰不怎么高，却异常猛烈，半人来高，刚刚砍来的木柴顷刻间像是烧着的汽油般。

朱笑东想起王长江家里那场大火，那场大火也是这样，除了灰烬什么都没留下。朱笑东记得很清楚，王长江家里那场火，刚开始起火时，好几个地方先是冒浓烟，然后才烧起来，比这个差一些。

细细回想，王长江家从起火到无法控制，差不多有两三分钟，朱笑东他们就是趁这个时间逃走的。秦所长刚才施展的"油池烈火"，不到半分钟便熊熊燃烧起来。朱笑东比较着两场大火，一时间百思不得其解。

这趟跟秦所长出来，朱笑东总觉得有些地方不对劲，可是又说不出哪里不对劲。

秦所长捡起一根木棍，转着圈拨开灰烬，细细检查了一遍，确认蛊虫没有遗留，这才扔了木棍，回帐篷里去了。

第二天一早，送段海跟屈子常回去的四个人回来了，带了两个穿便装的年轻人，他们不是段鹏派来的，而是县里派来的。

一个板寸，二十三四岁，脸上棱廓分明，一看就是军人出身，叫张东明。一个圆头圆脸，一脸笑模样，很招人喜欢，叫李阳。

两人背着长条形的背包，但是不大，见了秦所长和朱笑东，很亲热地打了招呼，见秦所长他们的背包多，争着抢着跟大家分担。

见识过段海和屈子常两人的傲慢，这两个人简直是大家的福音，一行人很快融洽起来。

快到中午，经过一面石崖，石崖上有一条浅浅的裂缝，里面流出泉水。秦所长让大家提前休息，以便秀姐接水储备。

选了宽敞、平坦的地方，李阳帮秀姐接水，张东明跟胖子四处游荡，找野菜下饭。秦所长跟朱笑东一起拾柴火，交给秋可仪。徐大方跟着秦所长和朱笑东一起，一边捡柴火，一边解说老龙湾的位置。

从这里到老龙湾，走近路还有一天半的路程，要是绕道的话，起码得多走三天。

“怎么回事?”朱笑东问道。

徐大方说：“再走半天，有一处断崖，走近路的话，就得从断崖绝壁过去，很危险。断崖上面有条栈道，据说以前有人抬着一口柜子从那上面走过。要想绕开那堵断崖的话，就得翻两道山梁，过一道深涧，危险就在那道涧上。”

“要怎么走?”朱笑东问秦所长。

秦所长沉默不语，无论是捷径还是绕道，都存在一个难题，背包太多。翻山越岭，密林穿行，最怕带的东西多。丛林里藤藤蔓蔓甚多，原本该一天走完的路程，他们走了两天。徐大方说还要一天半，以他们的速度，三天恐怕都到不了。走捷径，背着这么多背包，太危险。绕道也危险，在了无人烟的深山区多待几天，危险也很多。时间长了，谁知道还会不会遇上什么山精树鬼。

沉默许久，秦所长也拿不定主意，只好等开饭时，大家一起商量。

胖子和张东明很合得来，算是又多结识了一个朋友。李阳跟秀姐等人也混熟了，烧火煮饭时不时搭一把手，有说有笑的，比段海跟屈子常在的时候热闹多了。

开饭的时候，多了两个菜，一个野葱拌辣椒，一个爆炒车前子，不多，但足够下饭了。吃着吃着，徐大方突然吐了起来，大家还以为是饭菜不合徐大方的胃口。秦所长看了徐大方片刻，突然说道：“徐老弟，你是不是藏了昨天没吃完的烤肉?”

徐大方一阵惊慌，吐得更厉害了，话都说不出来了。

秦所长叹了一口气，说：“徐老弟，你不该贪吃……”

徐大方吐了几口，勉强说道：“我就只……是把没吃完的……一条兔腿收着，今天早上……我看过，没……问题的……”

其他的人见秦所长摇头，顿时大惊。

朱笑东赶紧问胖子：“你是不是也偷藏了，快说!”

胖子脸色难看，但是依然坚定地说：“东哥，你连我都不相信么，我是偷藏食物的人么?”

“有什么不正常的感觉没有?”朱笑东又问。

胖子脸色难看，虽然脸上还带着笑，但是那样子比哭还难看：

“东哥，也没别的，就是胃有点难受，想吐……”

说着，胖子也“哇”一声吐了起来。

这时，秋可仪、肖凌甚至秀姐，都先后吐了起来。

朱笑东吓了一跳，赶紧扶着胖子，又是捶背又是抚胸，问：“胖子，你怎么样了？你到底怎么样了？”

胖子吐得一塌糊涂，哪里还有能回答朱笑东，苦水都吐出来，才好了些。

见胖子不吐了，朱笑东拿来清水给胖子漱口，谁知胖子就喝了一口，又开始吐。

朱笑东急得额上青筋乱跳，拉着秦所长直问：“是不是蛊虫搞得鬼？秦老前辈，怎样才能解？”

秦所长急得抓腮挠耳。

张东明跟李阳，还有四个专门背包的人面面相觑，不知道发生了什么事。

过了一会儿，秦所长突然想起了什么，赶紧去翻徐大方的背包，翻找半天找出一团纸包着的烤肉，少说也有半斤。

看到那团烤肉，徐大方吐得更厉害了。秦所长拿着徐大方私藏的肉，脸色凝重，这块肉表面金黄油亮，没有变质，虽然隔夜了，还是透着淡淡的香味，让人忍不住想咬一口。秦所长知道，这一口咬下去，是会要人命的。

徐大方吐了一阵，回过头再看那块烤肉，脸色变得很诡异，本来就一脸病态的苍白，这时竟泛着青光，半张着嘴，紧紧盯着那块烤肉，就像饿了几天的狼狗看见主人手里拿着一根骨头。只是不知道为什么，徐大方不敢去抢。

秦所长小心翼翼地把烤肉放在一块平整的石板上，咬破右手食指，用血画了一个圈，将烤肉圈住，转身拿过一把砍山刀，慢慢片开外表金黄油亮的烤肉。

朱笑东屏住呼吸，紧紧盯着砍山刀，唯恐漏了什么。张东明跟李阳，还有四个背包的，虽然不知道发生了什么，但是见到昨天晚上在山上过夜的人大多呕吐不止，都猜到是那块烤肉的问题，离得远远的，注视着秦所长动作。

烤肉被秦所长划开，所有人都抽了一口凉气。这烤肉金黄油亮，表层很密实，像一个结实漂亮的盒子。

秦所长剖开之后，里面装的却是满满的蛆虫，还有流质液体，黏黏糊糊，十分恶心。这么恶心的东西竟不臭，相反，还有一股淡淡的香味，就像檀香。黏黏糊糊的液体中无数蛆虫蠕动，其中一条蛆虫体形硕大，足足比其他蛆虫大三倍，就像一条快要吐丝的桑蚕。此时，那条硕大的蛆虫抬着头四处望了一下，显得有些惊慌。

“原来是金蚕蛊!”秦所长低声惊呼。

这条金蚕蛊，灵气十足，有些智慧，但是绝对不像一般人想的那么可爱，这或许跟养蛊、施蛊的人有关系。

回想山魈的样子，大家就知道，这条所谓的“金蚕”必是穷凶极恶，绝不是什么好货。

第六章
金蚕蛊母

徐大方低呼一声："是蛊母！"

金蚕本来很喜欢血，但是秦所长画下的那道血圈子，却让它畏惧。它蠕动着爬到血圈旁边，想要爬出圈子，但又不敢碰那血，突然"吱吱"叫了两声。

原本拼命想钻进那半块兔肉藏起来的蛆虫一怔，随即从藏身之处钻了出来，爬到金蚕身边，伏下身子。金蚕把身子一横，爬上那几条蛆虫的背，让几条蛆虫抬了，如同骑着马一样，往秦所长画的圈子闯去。

秦所长认得金蚕蛊，画下血圈子时就下了咒。这金蚕蛊非常邪门，要是出了圈子，只怕他们十几个，一个也跑不了，都得变成那山魈的模样。

见金蚕蛊母居然这么聪明，朱笑东紧张地看看秦所长，又去看金蚕。

几条蛆虫驮着金蚕，竟似不堪重负，缓缓地爬到血圈子旁，离秦所长的血还有半寸，便驻足不前了，似乎很怕那道血。

背上的金蚕又“吱吱”叫了两声，像是在命令，或者给自己的坐骑打气。那几条蛆虫犹豫了半晌，驮着金蚕一分一分地靠近圈子，离圈子越近，爬行速度越慢，像是前方有很大的阻力一般。

半寸，几条蛆虫足足爬了五分钟。那些蛆虫一接触那血，便像是受到烈火炙烤一般，头尾一弓，狠狠一弹，将金蚕掀下背，然后以极快的速度掉头往回爬。

金蚕很是气恼，立起身子，“吱吱”大叫。但是那些蛆虫自顾自地往回逃命，哪里理金蚕的命令。

金蚕大怒，顿时凶相毕露，张牙舞爪，追上那些蛆虫一口咬住，脑袋一甩，那条蛆虫就断成了两截。眨眼工夫，临阵逃脱的几条蛆虫全都被金蚕一一咬断，死在石板上。

朱笑东等人看到金蚕的狰狞狠辣，咋舌不已。想不到这小虫子如此狠毒，说翻脸就翻脸，瞬间痛下杀手。

金蚕又叫了几声，剩下的虫子畏畏缩缩、慢慢吞吞地游到金蚕身旁。

这次驮起金蚕的蛆虫有十几条，爬向那道血迹。所有的蛆虫都弃了藏身之地，跟在金蚕后面，像是要从秦所长布下的方术血痕中杀开一条血路。

前面的蛆虫刚触及那道血痕，就发出一阵“噼噼啪啪”的轻响，那些当头触及血迹的蛆虫竟然爆开了。

一时之间，响声不绝，血肉横飞。虽然惨烈，但是那些蛆虫因为惧怕金蚕，不得不前仆后继。

那条金蚕见没办法冲出去，干脆退到一边，做起了监军，监督那些冲锋陷阵的蛆虫，发现有不肯上前的，上去一口咬成两截，甩到一边。

在金蚕的督促下，秦所长布下的那道窄窄的血迹防线，虽然爆了无数蛆虫，但是后面的蛆虫，踏着前面留下肉屑铺成的道路，眨眼间就突破了一半。

秦所长在一旁捏着手势，头上直冒汗，看来支撑得甚是辛苦。

胖子缓过神来，回头看去，立时就明白过来，秦所长正在施法，想要克制金蚕。胖子忍不住叫起来："叔，那玩意儿快要出来了。快，再给它画一圈大的，困死这王八蛋……"

秦所长一边苦苦支撑，一边咬牙说道："不行啊，我斗不过它。你们……还是快逃吧……能逃多远算多远……"

胖子虽然脸色发绿，但他还是叫道："叔，别开玩笑，胖子我也是身经百战，从枪林弹雨里摸爬滚打出来的……区区几只小毛虫，哼哼……再说，胖子我从来没有丢下兄弟，独自逃命的习惯，对吧？东哥。"说得义正词严，众人听了对胖子好感大增。

胖子说完，马上问道："我们要跑多远，这毛毛虫才伤不着我们？叔你还能顶多久？能不能撑到我们到达安全的地方？"胖子高大上的形象瞬间崩塌，毁得一干二净。

朱笑东吐了口气，低声责怪胖子："胖子，你又胡说八道。快想办法，秦老前辈快支持不住了。"

胖子"嘿嘿"一笑，说："我既不会蛊术，又不会巫术，我哪里想得到办法。既然圈不住，就和它干一场不就得了，大不了……大不了，就……"

说着，也不看那些腿肚子打战的人，拿了砍刀，径直走到那块石板旁边，扬起刀一比划，就要向金蚕斩落。

秦所长低喝一声："不可！"

吐得上气不接下气的徐大方也颤声说道："刀下留虫！"

见秦所长和徐大方都不让，胖子有些不解，举着刀子，回头疑惑地看着两人。

秦所长头上冒汗，说：“你这一刀下去，我这‘金钟罩’就破开一道缝隙。缝隙一生，金蚕立刻就能出来！”

徐大方踉踉跄跄连滚带爬地过来，拉着胖子，几乎是乞求着说：“小哥，不敢相瞒，我……也是……被人下过蛊毒的人，听人说，要是能抓住一条金蚕，我这蛊……病……就能治好。求小哥，手下留情……我有收它的法子……”

“你……”胖子一听徐大方也中过蛊毒，心中发慌，挣脱徐大方，一连后退好几步，像是要避开禽流感一般。

金蚕驱赶着一众蛆虫即将破围而出，秦所长苦苦支持，但是限于方术功力，布下的“金钟罩”即将告破。只要“金钟罩”一破，金蚕出来，以它那邪毒的性格，首当其冲就是秦所长。

眼看秦所长支持不住了，徐大方哆哆嗦嗦地从怀里拿出一个裹得很严实的红绸小包，放在手掌中，一层层慢慢打开。

看着徐大方慢吞吞的样子，朱笑东有些焦急，徐大方的“慢”朱笑东是见过的，说话都比正常人慢好几倍。要是在平时，最多不过心急一下，但是现在，情势如此危急，他再这样慢下去，如何了得。

好不容易等徐大方完全打开红绸，拿出来一条两寸长两头密封的竹管，徐大方慢慢拔开竹管的塞子，将竹管放到鼻子下面嗅了嗅，这才小心翼翼地走到石板边。

徐大方慢得众人的心都揪在一起了。

小竹管里装的是淡黄色的药粉，徐大方小心翼翼地将药粉在秦所长的“金钟罩”周围撒了一圈。

药粉一撒，方圆丈余顿时升起一股恶臭，众人都忍不住遮鼻掩口。徐大方撒完药粉，金蚕率领的蛆虫已经有好几条突破“金钟罩”率先爬了出来，金蚕一见有了出路，但是还不够自己通过，便驱赶余下的蛆虫奋力突围。

秦所长脸色苍白，“唔”一声吐出一口血。

秀姐见秦所长吐血，强忍着胃部抽搐，叫了声爸，就要扑过来。朱笑东见秦所长方术无功，一把夹起秦所长，半拖半抱将秦所长搬到秀姐身旁。放好秦所长，朱笑东拿了一把砍刀，返身去看那金蚕。

几条刚刚突破“金钟罩”的蛆虫，突然身体僵直一动不动，想来是被徐大方恶臭的药粉给熏死了。“金钟罩”一破，金蚕大喜，但是突然被那股恶臭熏得难受，叫过几声，一阵蠕动之后退回圈子中间，似是想躲开这铺天盖地的恶臭。

朱笑东、胖子等人掩住口鼻，见金蚕倒退，大喜。看来，徐大方的药粉比秦所长的方术管用。

那金蚕退到圈子中间，停顿片刻，一动，从尾部排出一滴形如露珠的透明汁液。顿时，众人闻到一股淡淡的檀香味，很淡，在铺天盖地的恶臭中不易察觉。

见那金蚕排出汁液，本来就吐得脸色发青的徐大方脸上立时就黑了，估摸那药粉对金蚕作用不大。

金蚕排完一滴，稍等片刻，见檀香味还不足以克制那股恶臭，又一阵蠕动，又排出一滴露珠般的汁液。恶臭中，那股檀香味儿顿时浓了不少。

徐大方青中带黑的脸色一凝，把小竹管里的药粉全部洒在石板上。

药粉虽然撒得多了，但是那股恶臭气味却一点儿没增加，反而檀香味儿越来越清晰，被熏得几乎作呕的朱笑东等人都舒爽了一些。

见恶臭渐渐被檀香味儿压制，胖子忍不住回到石板边，挨着朱笑东站着，细细观看金蚕的举动。

徐大方又从怀里掏出一个发黑的布包，打开布包，里面还是竹管，只是比先前那根粗上少许。

拔开竹管上的塞子，里面是红色的药粉，徐大方也不去嗅了，直接在第一道淡黄的药粉圈子外边撒下第二道圈子，药粉撒完，圈子刚好合拢。

撒完这管药粉，徐大方的脸色瞬间变成灰黑色。他中的蛊毒，平日就是靠竹管里的药物压制的，现在竹管离身，他体内的蛊毒有发作之势。

红色药物撒出，空气里立时弥漫着一股怪味，像是甜香里带着一丝辛辣，让人闻着极不舒服。

金蚕大约也闻到这股气味了，身子一阵蠕动，排出一串汁液，顿时，檀香味大盛。闻着这檀香味，徐大方脸上一片死灰，又伸手往怀里摸去，估计是还有更厉害的药物。

不想这股怪味刺激了胖子的鼻子，鼻子一痒，忍不住打了个喷嚏，“阿嚏”一声，一股气流喷出，吹到石板上，把徐大方辛辛苦苦布下的两道防线喷得干干净净，无影无踪。

药粉被胖子一个喷嚏吹了徐大方一头一脸。徐大方原本死灰的脸色，此刻变成了死黑，脸上像是被泼了一瓶墨汁，黑得发亮。

金蚕的檀香味大盛，已经完全掩盖了其他味道。看来，金蚕在胖子的“帮助”下，完胜徐大方，那些小蛆虫沾上徐大方的两种药粉，连蠕动都没动，全部僵死在石板上。

徐大方见自己赖以保命的药粉被胖子一个喷嚏全吹到自己脸上了，“嗷”一声，心说这次再也保不住性命了，一屁股坐到地上，脑袋一摆，晕了过去。

金蚕再次吱吱低鸣，但绝对不是为它战死的手下哀悼，而是得意，得意它战胜了徐大方。

胖子打完喷嚏，见金蚕得意，忍不住扬手就是一刀拍了下去。

其实，胖子心里也有些慌，本来是要用刃口砍的，情急之下，想到刀面大些，“啪”一声拍了下去。正在得意的金蚕被胖子拍了个正着。

本来这硬碰硬的地方，金蚕挨了一拍，应该被拍成肉酱的。谁知胖子拿起刀，发现那条金蚕只被自己拍得直挺挺地趴在石板上，却没受多大的伤。可能是突然被胖子一拍，金蚕有些发蒙，趴在石板上，半晌才抬起头。

胖子见它抬头，又是“啪”一拍，将金蚕拍得又趴了下去。如此三次，金蚕虽然没被拍死，但也被拍得七荤八素，晕头转向。刚刚抬起头，胖子又是“啪”一刀，把金蚕拍得僵直了半晌。

胖子忍不住笑了，用刀指着金蚕说：“原来你这家伙也是凶的怕横的，横的怕愣的，愣的怕我这不要命的啊。嘿嘿……再吃我一拍……”说着，又是“啪”一刀，拍得刚刚想抬头的金蚕吐了一口黑色液体出来，这口液体一出，原本白色的金蚕身体变得白中泛黄了。

胖子“嘻嘻”一笑：“你就一条毛毛虫，还想成变色龙啊？我让你变……”说着，再一刀拍下去。

那金蚕被拍得又吐一口汁，这次吐出来的汁液，颜色是淡黑的。吐完这口汁液，金蚕的身体没了白色，变成微黄。

“咦？”胖子大奇，笑着说，“你还真会变色儿啊？我看看，我看看，你到底会变成什么色……”

接着，又是几刀拍下。胖子手上的力道放轻了许多，倒不是胖子舍不得将它拍死，而是胖子真的想看看，金蚕挨了打，到底会变成什么颜色。

每挨一刀，金蚕吐出来的黑色汁液颜色就淡上一分，挨了四五刀，吐出来的汁液，就不带一丝黑色，而是鲜艳的黄色了。每吐出来一口汁液，金蚕就变黄一分，吐完四五口汁液，身上的颜色变成了金黄，黄中透亮，成了名副其实的“金蚕”。到了这种金黄，金蚕的颜色就不再变了。

胖子等了一阵，见金蚕的颜色不变了，便没了兴趣，抡起刀子，笑着说道：“看来，你也就这点本事，胖爷我就送佛送到西，赶明儿，再请人来超度你吧！”

说着，一刀砍了下去。刀子还没砍下去，朱笑东伸手托住了胖子：“且慢，胖子，你看看这东西，好像挺有趣的。”

胖子一撇嘴：“什么有趣，留着害人，待我一刀结果了它，省得大家担惊受怕。”

“不是，胖子你看……”朱笑东放开胖子，指着石板上的金蚕说道。

石板上那条金光灿灿的金蚕，这时居然冲着胖子弓起身子，低着脑袋，紧接着又伏到石板上，片刻，再撑起身子，微躬，低着脑袋，再伏到石板上。如此起起伏伏，就像在对胖子施行五体投地的大礼一般。

胖子微微一怔，随即笑着说：“你这是在向我投降啊？嘿嘿，我们虽然有优待俘虏的传统，但是谁知道你是不是诚心投降，你要是诈降，胖爷我岂不是要上你的当？”说着，胖子又要扬刀下手。

这时，徐大方缓缓睁开眼，先是见到石板上一团金黄，接着看见胖子扬刀要劈，顿时大叫：“胖爷，死不得……”

胖子一怔，手上一缓，这一刀始终没劈下去，懊恼地对徐大方说道：“胖爷我当然死不得，我要死了，我老婆咋办？我儿子咋办？”

徐大方急声说：“不是胖爷死不得，是胖子兄弟你使不得，呸呸，不是，是我使不得，也不是……”

徐大方平日里慢条斯理惯了，要他快速表达出心里的想法，还真有点儿难为他了。

在一边休息的秦所长缓过一口气，也急忙赶了过来，对胖子说：“胖子兄弟，别杀它，这东西留着，有大用。”

胖子有些恶心地说道：“有用？有什么用？这家伙除了让我恶心还能有什么用？”

“不……”徐大方赶紧说，“这金蚕本性不坏，只是受了邪人蛊惑。胖爷用了无上妙法，使得它本性回归，不但可以让人消灾避难，还可以治病救人……”

“无上妙法？”胖子心里都快笑抽了。自己拍打金蚕时，徐大方已经昏过去了，浑然不知自己就是一顿胖揍，把金蚕打成这样的，还以为自己是高手，会什么“无上妙法”。

金蚕不住叩头施礼，但胖子始终不肯相信它，担心这家伙是在诈降。

秦所长见胖子这么说，当下说道：“这金蚕其实是有灵性的东西，它肯叩头，便是在认主，胖子兄弟，不妨试试。”

“怎么试？”胖子好奇地问，自己可从来没养过蛊，蛊虫认主这事都没听说过，怎么试？

“徐兄弟身上中过蛊毒，你不妨让金蚕去帮徐兄弟解毒。”秦所长很有把握地说道。

胖子虽然觉得恶心，但是好奇终究占了上风，当下要秦所长教他如何用金蚕解毒。

其他人见危险解除，都松了一口大气，始终对这金蚕蛊不大放心，虽然不再惊慌失措，但是也不愿靠近，只远远地在一边看。

金蚕到底是奇异之物，它肯认主，那便是真的认主了。只是养金蚕甚是麻烦，再说，胖子对养蛊也毫无兴趣，不过是他亲手降服的金蚕，是养是送由他做主。秦所长的话终于打动了胖子。

秦所长让胖子把手伸到金蚕面前，还在不住叩头施礼的金蚕呆了呆，然后就温顺地爬上了胖子的手指。

胖子一接触冰凉的金蚕，顿时又恶心起来，除了恶心，还有一丝害怕。

说来也奇怪，那金蚕碰了一下胖子的手指，似乎感觉到胖子的心理变化，犹豫了一下，在胖子指上一弹，又落到石板上，直着身子，呆呆地望着胖子。

胖子见金蚕甚是乖巧，强忍着恶心和害怕，再次把手指伸到金蚕面前。顿了一会儿，那金蚕才试着用头去接触胖子的指头，好似生怕再吓到胖子般。

一只虫子竟然乖巧到如此地步，这让胖子甚是讶异，好奇地看着金蚕。金蚕试了十几次，见胖子不再害怕，顺顺当当地爬上胖子的手指，爬到了胖子的掌心便停了下来，扬起脑袋，似乎在等胖子下一步指示。

这金蚕虽然乖巧，胖子也甚是喜欢，但是胖子的潜意识里，终究还是有些害怕这东西，好在秦所长说可以送人，胖子决定把它送给徐大方，免得自己恶心。

金蚕蛊虫大约是知道了胖子的意思，好像很失望，又不敢拂逆胖子的意思。只好在胖子掌心一曲，又行起了五体投地的大礼，似在哀求胖子收留它。

可惜胖子不养蛊虫的心意已决，任金蚕如何叩头也不理，缓缓把它送到徐大方面前。徐大方狂喜，迫不及待地把手伸到金蚕面前。

金蚕在胖子手里起起伏伏，一连叩了十几个头，始终没感觉到胖子有收留它的意思，这才缓缓地停了下来。

胖子把金蚕放到徐大方手里，那金蚕虽然不愿，但也不敢忤逆胖子，可能是感觉到徐大方对自己的呵护之意，犹豫片刻，终于乖乖地躺在徐大方的手心里。

徐大方见金蚕归顺了自己，这是胖子的恩赐，当下隔着石板“扑通”一声跪倒在地，要给胖子磕头。

胖子胖乎乎的大手一挥，说什么也不肯受徐大方的跪拜，拉起徐大方，要他赶紧用金蚕治疗蛊毒。

徐大方感激涕零泪流满面，说了无数感激胖子的话，这才单手解开衣服，露出胸口，把金蚕放到胸口。

朱笑东看徐大方的胸口有一条黑色的线条不住蠕动，敢情徐大方脸上的黑气，是那黑线条所致。金蚕趴到徐大胸口，那黑线蠕动得更厉害了，好似感应到金蚕，急着想躲开一般。

黑线蠕动得越厉害，徐大方的脸色越黑，最后居然跟非洲人一样，黑得像是黑漆上了光一般，锃光发亮。

金蚕在徐大方胸口爬动，找到黑线的一头，毫不犹豫的一口咬了下去。

只这一口，那黑线在徐大方胸上蠕动得更剧烈了。徐大方脸上除了黑气，还冒出一股死气，想来是痛苦至极。徐大方拼命咬牙忍着，一动也不敢动，任凭那黑线在胸前挣扎。

金蚕叮在徐大方的胸口一动不动，身子渐渐变粗，像是在吸食那条黑线，身上的颜色也渐渐发黑。

看着这诡异的一幕，朱笑东等人大气都不敢喘，唯恐惊到那只帮徐大方治病除蛊的金蚕。

吸了足足半盏茶，原本不大的金蚕，身子也涨得像人的拇指一般大小，这才松口。徐大方脸上黑气尽除，又恢复了一脸惨白，痛苦也消失了。徐大方伸手接下金蚕，取出一根竹管，想要把金蚕放进竹管里。

那金蚕在血肉里住习惯了，让它进又冷又硬的竹管，自然不愿意。

胖子见金蚕调皮，笑骂道：“小孩子不听话，就该狠狠地抽屁股，抽到他痛了才会听话。这小毛虫也是这般，不听话就打，打到它听话为止。”说着，拿起砍刀，“啪”一声拍在石板上。

金蚕大约是被胖子拍怕了，听到砍山刀拍石头的声音，居然吱溜一下挤进那根又冷又硬的竹筒里去了。

由于吸食了徐大方胸口上的黑线，身子变得又胖又大，钻进竹筒的时候显得很笨拙，看得胖子和朱笑东等人一阵大笑。

徐大方脸色恢复，穿好衣服，又要对胖子说些感激的话，朱笑东阻止了，问：“徐大哥，你这蛊毒解了？”

徐大方摇摇头，用最快的语速回答说：“我这蛊毒被人下了二十多年了，就算是金蚕，一次两次也解不了。再说，金蚕吸食到一定程度，需要慢慢化解，否则，他体内的毒素积多了，就会出现山魈那种情况，害人害己。”

“是这样啊！”朱笑东淡淡地笑了笑。金蚕化解蛊毒，怎样化解，不是朱笑东关心的，他只是用话题引开徐大方要说的那些感激的话，朱笑东最怕这个了。

见徐大方又要张嘴，朱笑东赶紧问胖子：“你们先前都吐得一塌糊涂，到底是怎么回事？”

胖子一听朱笑东问，本来得意洋洋的脸突然一沉：“还说，恶心死了。我吃了车前子做菜，就开始恶心……不说也罢……”

朱笑东却紧追不放：“胖子，车前子菜怎么了，我们以前不是也吃过吗？为什么一个个吐成这样？这里面是不是有什么……”

秦所长接过话头，解释说：“我们这一带有种有毒的野草，长得跟车前子一模一样，可能是弄混了。这种野草对徐老弟这样的病刺激性很大，所以徐老弟第一个吐出来，至于胖子兄弟跟其他人，多半是中了毒，随后发作，所以……幸好这种毒草的毒性不大，因人的体质差异，反应也不同。”

朱笑东点点头，怪不得自己也吃了那些菜，却没感觉。

秦所长笑了笑，说：“你是不是想问我为什么知道徐大方私藏了胖子昨天的烤肉?”

徐大方代秦所长回答了朱笑东的疑问，只是他那不紧不慢的语速，听得朱笑东等人头大。徐大方因为中过蛊毒，所以对各类蛊术有相当的研究，这一点，秦所长很清楚。见到山魈的时候，徐大方就认出，山魈生前必定中过金蚕蛊，身上肯定有金蚕蛊虫，只是没想到是只金蚕蛊母。

徐大方自然知道金蚕能解蛊毒，遇到这样的机会，徐大方岂有放过的道理。只是养蛊下蛊都是为人不齿的事情，徐大方自然不愿意公开说明，也不想暴露。说到这里，徐大方恳求大家帮他保密。

徐大方多年深受蛊害，本就很可怜，求到大家面前，自然不会有人推辞。再说，这事可大可小，就算对别人说了，别人一时半会儿也不见得相信。只是徐大方这人平日里卑躬屈膝惯了，没想到这一层罢了。

说到秦所长为什么会问徐大方是不是私藏了烤肉，原因说出来让朱笑东等人瞠目结舌。因为秦所长闻到了烤肉的味道!

秦所长多了个心眼，他闻到烤肉的味道，就联想到徐大方的烤肉里面是不是藏了昨天见到的那些虫子。一检查，发现里面住了一只金蚕蛊母，这纯属意外。

朱笑东由衷地赞叹了一句，姜果然是老的辣！自己跟胖子就没有这么细心，少了一个心眼。

经过这个有惊无险的中午，一行人无惊无险地在密林中穿行了两天。其间，徐大方趁休息时，用金蚕又解了一次蛊毒，虽然没完全解除身上的蛊毒，但也好了六成，脸色由原来的病态白，稍微变得红润了些。

被胖子降服的金蚕，跟徐大方厮混了两天，居然跟胖子也顽皮起来，偶尔还跟胖子开个“玩笑”，看来是把胖子当朋友了。

这天，总算是到了徐大方说的绝壁，因为怕绕道耽误时间，所以秦所长跟大家商量，取得了朱笑东跟胖子两人的同意，决定要走捷径。

到了绝壁下，秦所长又发起愁来。

这绝壁比想象中的更危险，据说以前有人走过，但是时隔多年，绝壁上唯一的道路长满荆棘，现在要走过去，多了一个找路开路的活儿。

若是在平地上，也没多大妨碍，偏偏在绝壁上，又背了这么多东西，还要披荆斩棘，开一条路出来，难度和危险程度大多了。

最让秦所长发愁的，是刚刚好了两天的天气，这会儿又下起雨来，还是暴雨！一群人只得找了个相对安全的岩石，在下面搭起帐篷，等天气好转。

好在绝壁下有条小溪，水很是干净，又不愁柴火。朱笑东跟胖子两人背的米粮充足，军心稳定。

第七章
阴兵过路

在暴雨中足足休整了两天，第三天一早，大雨总算停了下来，深山密林里又起了雾，远山近树都显得幽森。

一行人收拾好背包，特意空出一个人，专门在绝壁中间的栈道上开路。开路的是李阳，他的背包几人分担了。

上了绝壁栈道，才走出不到两百米，后面的人就开始叫苦。刚刚下了两天暴雨，窄窄的栈道上满是枯枝败叶和浮土，越走越难走。前面几个人走过以后，后面的人简直就是在滑溜溜的泥上行走，稍不注意就会跌下去。幸亏淡淡的雾气遮住了绝壁，看不见下面有多深，也不那么害怕了。

胖子走在最后，四肢并行，爬几步就大声叫喊几句，说这路还是人走的么，自己也走过绝壁栈道，哪像这般，动不动就要人命。

秋可仪也差不多是四肢着地，只是她一直没说什么，默默跟在朱笑东身后，一步步爬。朱笑东前面是小张，虽然苦不堪言，但偶尔还会说上两句笑话。

未上绝壁之前，徐大方就介绍过，这段绝壁是条捷径，也就两公里。这两公里就算多用半天，也能节约两到三天时间，还是挺划算的。

徐大方排在第二个，一边走一边给后面的人打气：“就要快了，现在差不多五百米了……已经走了四分之一……还剩三分之一……”

估计是徐大方读书的时候没怎么用心吧，走了四分之一和还剩三分之一之间的差距还是很大的。

秦所长走在第四个，走几步就向后边通报一下自己遇到的情况：“这里不宽，大家要留心……这里湿滑，大家要注意……慢一点不要紧，不着急，注意安全。”

雾气越来越浓，能见度也渐渐降低，最后面的胖子、朱笑东等人听前面人说话，只闻其声，见不着其人，脚下的栈道，像是直通天堂或者地狱，没完没了，看不见尽头。

不知道爬了多久，大约是秦所长或者其他人说累了，走着走着，朱笑东就听不到声音了。背着几十斤的背包，在溜滑的栈道上爬，还得极为小心，这种体力消耗和精神上的压力，别说是年老体弱的秦所长，就算是经过“特殊训练”过的朱笑东也支撑不了多久，少说几句废话也可以保存体力。

朱笑东带着秋可仪和胖子跟在小张后面，顺着前面的脚印埋头苦追。终于到了一个略微宽敞，没有多少浮土败叶的地方，小张回头说，稍事休息再走。

朱笑东本来不想耽搁，但是听着秋可仪和胖子粗重的喘气声，心里一软，心想恢复体力之后，还能走快一点，便同意休息一会儿。

四个人挨着坐了，喝水的喝水，不喝水的就靠在背包上休息，闭目享受这片刻的安静。

休息了十几分钟，看秋可仪、胖子、小张三人的气儿差不多都喘顺了，才再次启程。仍旧是小张带头，在浓雾里顺着脚印往前走。

越往后走，栈道越宽，地上的泥也薄多了。路好走，朱笑东等人的速度也快了不少，估计用不了多久就能追上秦所长他们了。

偏偏这时发生了一点儿小意外，小张一个不慎，脚下打滑崴了脚，痛得他叫出声来。朱笑东、秋可仪、胖子急忙赶了过来，脱下小张的鞋袜一看，才发现情况有点儿严重，小张的脚都歪到一边了，脚背肿得发亮。

他们四个人背的东西本来就多，现在又有一个受了伤，真是雪上加霜。

看了小张的伤势，朱笑东苦笑着摇摇头："小张，没办法，我看看能不能把你的脚复原。胖子过来帮我一下，扶住小张。"

胖子本来跟小张就很合得来，见小张崴了脚，自然着急，听朱笑东招呼，便将小张抱住。

朱笑东托起小张的脚，说道："可能有点痛，小张，要不这样，我喊一二三，你就使劲憋住气，这样能好一点儿。"

小张痛得满头大汗，咬着牙低声说："好，你喊到'三'的时候，我……"

朱笑东点点头，低声喊道："胖子，注意了，一……"

"二"字还没出口，朱笑东手上一使劲，"咔"一声轻响，小张歪在一边的脚被朱笑东硬生生扳了回来。

小张疼得一声惨叫，眼睛差点翻白了，缓过一口气，指着朱笑东咬牙切齿地说："你……说好的喊到'三'才动手的，'二'和'三'哪里去了?"

胖子笑着说："东哥这叫出其不意，嘿嘿。"

朱笑东不答，只是笑。胖子帮小张穿上鞋袜，休息了片刻，这才想起来应该通知前面的人一声，让他们回来两个，帮忙背包照顾小张。

拨通了秦所长的电话，电话里很嘈杂，像有千百人在开晚会似的，热闹至极，朱笑东“喂”了两声，对方也“喂”了两声，随后就毫不客气地将电话挂了。

朱笑东一脸奇怪，看看号码，没错啊，就是秦所长的。再拨，电话通了，嘟嘟地响了一阵，没人接，情况有点反常。朱笑东皱着眉，又拨了一遍，电话里提示：“对方已经关机……”

朱笑东沉吟片刻，又拨了一个号码，刚拨出去，手机便显示：电量不足，五秒钟之后关机。

朱笑东大吃一惊，出来的时候准备得很充分，电量是满的。这几天，自己一直没开过机，就是准备在关键的时候用，刚刚打两个电话，怎么可能没电了呢？

换了备用电池，打开手机，朱笑东特别看了一下，手机上电池电量显示剩余电量百分之九十七，手机信号满格，一切正常。翻出秦所长的电话，再次拨通，这次，电话里的提示不再是关机，而是“你呼叫的用户不在服务区”。

电话里的提示刚说完，朱笑东的手机响起一阵弱电的警报声，朱笑东心里一慌，再看手机，这次连电量不足的显示都没有，直接黑屏关机。

见朱笑东电话打不通，胖子连忙摸出自己的手机，拨了秦所长的号码，看也没看，直接贴到耳朵上。电话通了，一个很是柔美的声音温婉地问道：“这里是唐人街，中国四川风味菜馆，请问，有什么需要我们效劳的地方？”

怕胖子听不懂，还特地用很纯正的美式英语说了一遍，胖子忍住笑，说道：“怎么回事，秦所长他老人家都跑到唐人街去开川菜馆去了，嘿嘿……这接电话的，肯定是秀姐吧，没看出来她居然能说一口这么流利的洋话。”

朱笑东沉着脸，责问胖子："你没事往美国打什么电话，你有亲戚在那边也用不着这时候炫耀吧……拿来!"

胖子嬉笑着，有些委屈："不是啊东哥，虽然我也很想带着娟儿一起去美国定居，但是有东哥你在这边，我怎么也放心不下啊。"说着，胖子乖乖把手机递给朱笑东。

朱笑东一看，忍不住有些恼火，这胖子，打错了国际长途也不知道挂电话，话费倒是小事，但是这电池电量可是关键，不节省钱，也得节省些电才是。

胖子的手机还有一半电，朱笑东想了想，打电话太耗电，干脆发送条语音信息，胖子的手机有这功能。朱笑东简短地说了一句："秦所长，小张受伤了，行动不便，我们在原地等候支援。"

说完，按了发送键，然后退出功能，关屏静等。

约莫过了十几分钟，手机"叮"的一声，告知"有条新的信息"。朱笑东打开一看，是一条垃圾短信，说该手机号码中了五百万大奖，在某日之前办理相关手续，即可兑奖。

朱笑东叹了一口气，气还没叹完，又是"叮叮"两声，打开一看，一条是告知某花园小区房产大降价，八万八千八百八十八元一平，限购优惠……另一条是某城某店现在开张大吉，折扣优惠……两条都是广告信息。

三条信息看完，手机"叮叮叮……"一阵急响，收了不下二十条信息，语音文字都有，号码也各式各样。朱笑东翻了一下，没有一条是自己想要的。

朱笑东大恼，问胖子："你手机平日里都干些什么，垃圾短信拦截功能都没有?"

胖子目瞪口呆，小张和秋可仪也觉得很蹊跷。

胖子喃喃地说："这不科学啊，我这手机功能都是请师傅给调的，以前一天也没收到过一条这样的信息啊，这不科学。”

朱笑东没好气：“科学你个大头鬼，不科学的事你经历得少吗，知不知道我们现在出事了？”

胖子讪笑着拿过手机，也不去看那些信息，直接给王晓娟打了个电话。电话通了，一个女孩奶声奶气问他找谁，胖子说，找自己的老婆王晓娟，女孩子奶声奶气告诉他，这里不是王晓娟的家，打错了。

打错了？胖子看了看那个号码，没错啊，清清楚楚地写着“王晓娟”三个字，怎么会错呢？

“出事了？”小张虽然觉得蹊跷，但总感觉不是什么大事。这绝壁上就一条路，几人不过是落在后面了，等自己的脚稍微好一点，再去追他们不就行了，还能出多大的事儿？

秋可仪紧张地盯着朱笑东，差点落下泪来，倒不是她害怕出什么事，只是觉得自己牵累了朱笑东、胖子等人。

朱笑东估摸了一下时间，现在大约是中午，先前爬行那一阵有些慢，但是休息过后，栈道好走了许多，速度提高了。按说，这绝壁两公里的栈道应该早就走完了，他们现在的位置，他们几个都不知道是哪里。

联系不上前面的人，他们又没人认识路，该怎么办呢？继续前行追赶前面的人，还是折身回去？

回去？胖子第一个不同意，先前的路走得有多难就不用说了，现在多了小张这个伤员，难度更高了。再说他们这趟出来，目的是什么？这就调头，大老爷们的脸往哪儿搁？

出于安全考虑，小张也不同意调头，往前走，秦所长他们最多快了一个小时，等发现他们没跟上，肯定会回头找的。要是背道而驰，岂不是更耽误时间。

秋可仪摇摇头，说如果是投票表决的话，她这一票算是弃权，现在她依靠的是朱笑东、胖子和小张三个男人，他们三个人无论做什么决定，秋可仪都会毫无怨言地接受。

如果是投票表决的话，胖子跟小张两人占了两票，秋可仪弃权，剩下的就是朱笑东，无论是赞成还是反对，都是少数，根据少数服从多数的原则，只能往前走了。

朱笑东皱紧了眉头，现在的情况明显是出了问题，但是问题出在什么地方，他也说不出来。朱笑东想了想，让胖子、小张、秋可仪重新整理背包，把秦所长带来的东西都卸下来，先放在这里，找到秦所长他们以后，让他们派人回来取。每个人只带上必备的东西，装进各自的背包里，轻装快走。

大家将仅有的饭团拿出来吃了，正准备上路，胖子的手机响了，胖子赶快拿出来接听，没听一会儿，忍不住骂了一声，刚刚接通，手机就没电了。

临走前，朱笑东找来纸笔，清清楚楚地写了一张纸条，说明现在的情况，以及四人所走的方向，放在一个醒目的不会被山风吹走，不会被雨淋湿的地方，做好一切，他们这才循着脚印赶路。

朱笑东扶着小张，让胖子照顾秋可仪，尽量用最快的速度赶路。在野外迷路走散，最忌讳的情绪激动，很多在野外迷失了方向的人最后惨死，并不是因为饥渴或者受伤，而是因为太激动。

一旦过分激动，就会导致头脑思维混乱。最普通的情况，就是只想着尽快地“走出去”，然而，一旦滋生这种想法就到了危险的边缘。因为只想着尽快赶路，不知不觉中会忽略很多东西，比如说，消耗的体力可能是平时的三到五倍，等感觉筋疲力尽的时候，才发现自己离死亡已经不远了。

所以，朱笑东虽然急于赶路，但是并没有消耗太多体力。他们四人已经陷入了一个未知的环境中，说秦所长他们就在前面，那是自欺欺人、盲目乐观。秦所长他们要是真在前面，两个多小时过去了，活生生四个人不见了，秦所长会不派人回来找？

朱笑东不能确定的是，到底是自己这边的几个人走岔了道，跟丢了，还是秦所长他们出了什么事。因为失去了联系，朱笑东无法确定到底出了什么事。

就算朱笑东一再强调，不能走得太快只顾追赶秦所长他们，但是这一路他们走起来还是很快。一来是因为路面越来越好走，二来是大伙儿着急。

绝壁上的栈道好像越走越长，永远没头似的，而且，越往前走雾越大，隔两三米，后面的胖子和秋可仪只能看见朱笑东一点背影。栈道外面一团漆黑，不知道有多宽多深。

走了将近三个小时，几人依然在绝壁栈道上，时间快到下午五点了，这已经超出了徐大方所说的“只有两公里”。

胖子嚷了起来：“这他妈的是遇到鬼打墙还是怎么了，这光天化日的，这鬼他也太厉害了吧……这一天，我们都没歇脚地跑，少说也有十几二十公里了，怎么就没完了呢。”

朱笑东扶着小张，一边走一边苦笑着说：“胖子，别嚷，浪费体力。记不记得我们遇到过的那玩意儿？”

胖子嘟囔了一句：“我怎么不记得，只是那次最精彩的部分让我错过了，现在想起来都遗憾。”

“难道，我们又陷进什么术数阵法里了？可是这也不像啊，要不，我使劲想想，太阳出来，太阳出来……”

秋可仪问胖子：“这好好的，你想太阳出来干什么？”

胖子讪笑着说：“这么简单的事你也想不明白？太阳一出闪金光，照得大地亮堂堂，照着胖子走上康庄……”

朱笑东忍不住笑了："胖子，最近怎么没听你唱'岁月是把杀猪刀'，改走'康庄大道'了？"

一听朱笑东提起"岁月是把杀猪刀"，胖子老脸上不由一红，那天初遇秋可仪，胖子激愤之下，说了一句："岁月是把杀猪刀，紫了葡萄，软了香蕉……"当时就被秋可仪跟那老头子骂了个狗血淋头。弄得胖子好久都不敢再唱"岁月是把杀猪刀"，尤其是当着秋可仪的面，就算想唱，也只在肚子里咕噜一阵就算了。

朱笑东这么一说，秋可仪立时是红透了脸。

小张也是年轻人，对"岁月是把杀猪刀"之类的，哪能不懂，只是小张并不知道秋可仪和胖子、朱笑东他们还有之前的事，也只是跟着笑笑作罢。

四个人说说笑笑，不知不觉间到了傍晚，雾太浓，已经分不清是什么光景了，只是吃过饭后就一直走，少说也走了三四个小时。

没追上秦所长他们不说，也没见秦所长派出人回来接应，走了十公里，栈道依旧没有尽头。

事情蹊跷，不用朱笑东多说大家也明白，只是没人愿意说出来而已。既然走到这一步了，大家只能本着是福不是祸，是祸躲不过的心理，继续走下去，看看这条栈道到底会通向天堂还是走向地狱。

死，有时候也没那么可怕！

想通了这一节，朱笑东等人反而不急了。见天色已暗，找了个宽敞的地方取出帐篷搭好，索性休息一晚明天一早再走。

让小张进帐篷休息，朱笑东和胖子勉强找了些枯枝败叶，用石壁上的干苔藓引燃。秋可仪拿出少许食物，分给几人吃了。本来，食物米粮是由胖子和朱笑东背的，但是光有米粮，没锅没灶没水，背着米粮也是浪费力气。反正炊具是秀姐背，他们要是回头去拿的话，米粮也放在那儿，大家两不相误。

秋可仪带的都是一些小吃，所以，朱笑东等人能分到的也不多，想要吃饱是不可能的。

一躺进帐篷，几人才知道自己有多累，不过片刻，胖子、小张都发出香甜的鼾声。秋可仪睡不着觉，她想念治平，对于自己到底身处何地，反而并不关心。秋可仪相信，一切都是命中注定，一切都由命里的安排，只是这命运对自己到底是怎样安排的呢？

朱笑东也睡不着，使劲回想着这一趟是怎么走到这一步的，出路在哪里？自己到底遇到了什么？

迷迷糊糊间，一声锣响把朱笑东惊醒了，还以为是自己听错了，这绝壁峭崖上，哪会有锣响。正疑惑间，“哐”的一声，又是第二声，紧接着，第三声、第四声……锣声响个不停。

锣声是从路那边向自己的方向赶来的，越来越近了，锣声里还夹着唢呐声，只是唢呐声远远没有这锣声响。

朱笑东回头叫胖子，胖子和小张睡得死沉，朱笑东摇了好几下，胖子才“嗯”了一声，翻身坐起来，揉揉眼睛，嘟囔着：“天亮了，该出发了？”

朱笑东低声说：“有动静，出来看看。”

胖子侧着耳朵一听，讶然说：“咦，这半夜三更的，谁这么无聊啊，敲锣打鼓的，扰人清梦，真是……”说到半道，突然想起这是在大山深处，一连好几天没见着人影。还有，这栈道上，哪里会有人半夜三更敲锣打鼓地在上面走。

胖子瞪圆了眼睛：“赶尸……阴婚……还是……”

“想到哪儿去了？”朱笑东“啪”一下在胖子肩头一拍，“到底怎么回事，起来看看不就知道了！”

胖子点点头，飞快地穿好衣服，袜子也不穿，趿拉了鞋子就要钻出帐篷。

今天在悬崖峭壁的栈道上走了一天，别人不觉得，朱笑东注意了一下，他之所以敢肯定他们四个陷入了一个未知的环境，因为这一路过来，栈道上一点儿响动都没有。寂静，死一般的寂静，峭壁悬崖上没有鸟叫虫鸣也就罢了，一整天连一点儿风都没有，实在太不正常了。

偏偏这个时候，突兀地响起一阵锣声，还越敲越近，这已经超出了常理。稀奇古怪的事朱笑东不是没见过，但是这么稀奇的事他还是第一次遇到。

小张也被惊醒了，秋可仪根本就没睡着，四个人出了帐篷，蹲在栈道上倾耳细听。

“哐哐”的锣声越来越近，只是夜雾太浓，能闻其声，不见其影，越是这样，几人的心脏就跳得越厉害。

那“哐哐”的锣声来自黑暗中的未知，黑暗和未知本来就令人恐惧。

秋可仪蹲了一会，捂着跟着锣声一起跳的心，低声说：“朱大哥……这多半是‘阴兵过路’……我们……我们还是避一避得好……”

“阴兵过路?”三个男人齐声说。

“民间传说的阴兵过路，就是阎王在阳间巡逻，引一队阴兵开道。遇到这种情况的活人，最好伏在地上，切不可抬头或者回头看，不然会被阴兵吹熄了肩头上的阳火，日后必会大病一场，甚至会被阴兵带走。有老人说，阴兵过路乃是大凶之兆，见者必有血光之灾。不过，能看得到阴兵过路的人极少。”秋可仪低声说。

阴兵过路这种事，朱笑东也有耳闻，甚至还看过纪录片，说是有个叫惊马槽的地方，老是出现这类事情。有专家对采集到的声音进行分析，认为惊马槽的奇怪声音与风声的波形极其相似，可能是风一阵阵吹过，最终造成了惊马槽的怪声现象。不过惊马槽奇怪的声音中有马的嘶鸣声，还有锣鼓的声音、人的呐喊声以及兵刃相交的金铁声，这些声音听起来真真切切，风声不可能这样繁杂。

胖子看过另一个版本，说是因为当地的土富含四氧化三铁，四氧化三铁是磁性物质，可以记录声音，在电闪雷鸣时，闪电和四氧化三铁产生化学反应，导致这些地方有了磁带似的记录功能。这个解释很有科学依据，不过胖子不相信。

小张说，他们那儿有个小孩子，长着阴阳眼，能看见不干净的东西。有一天，小孩先是遇到了“鬼打墙”，在野地里转悠了半天，回不了家，后来发现很多人朝他走过去，小孩还以为是来找他回家的大人，只是走进一看，才发现那些人似有似无。小孩还算聪明，认出这些是“那个”。跟这些“那个”在一起的，还有黑白“那个”，牛什么马什么的，押着那些“那个”，那些“那个”还发出一阵阵嚎叫。黑的“那个”发现了小孩，扬起手里的棒子，指着那小孩说了几句话，小孩子呆呆地望着黑的，直点头。黑的“那个”就抛出铁链子，把小孩的“那个”套走了。过了几天，小孩家的大人在一个山沟沟里找到小孩的尸体。

可能是锣声越来越近，震人心魄，小张说话的声音越来越低，还刻意将鬼魂、鬼、牛头马面、黑白无常全用“那个”代替，虽然说得不伦不类，但是朱笑东等人都听明白了。

偏偏秋可仪不知不觉抓住了朱笑东的手，指甲都掐进朱笑东的手臂里去了，愣愣地直点头，说：“是真的，我听说过这件事。”

朱笑东忍着痛，说：“我还听过更厉害的，你们怕不怕，要是够胆儿听，我就说说……不过前提条件是，秋小姐，你先放开我胳膊，我快顶不住了。”

秋可仪连连点头，也不知道到底是想听朱笑东讲那个更厉害的，还是答应放开朱笑东的胳膊，就是一个劲儿点头。

胖子问朱笑东："那我们现在要怎么办？是避开赶紧回去睡大觉，不理他，还是……我有个疑问……"

朱笑东一怔，胖子的话题也换得太突然了。

几人都盯着胖子看，虽然夜里有雾，根本看不清，但出于习惯，大家都把头转向说话的人，此时大家都"看着"胖子，等着他继续往下说。

胖子嘿嘿一笑："这栈道上，一边是石壁，一边是深渊，栈道只有这么一点点宽，避是没地方避了。可收拾家伙往回赶吧，一来耽误时间，二来这黑灯瞎火的，搞不好根本用不着'那个'拿铁链子来请，'啪叽'一声，自己就跟着进去了……要是原地趴着等他们过去，也有些困难……"

"什么困难？"胖子说这两条，朱笑东也想过，都不是办法，要真是遇到阴兵过路，唯一的办法，就是按照先人说的，趴在地上，别去听，别去看，别抬头，无论怎样，宁可信其有，不可信其无。

偏偏胖子说这么做有困难。

胖子说："我这人从小就不习惯趴着睡觉，趴在地上，一分钟我都坚持不住，不知道仰着睡在地上，那老兄会不会同意。"

小张"噗"一声乐了，都到这会儿了，这死胖子还计较是要仰着睡，还是趴着睡。朱笑东也笑了起来，笑过之后，朱笑东道："胖子，不如你去跟黑白无常商量商量，看看它愿意让你趴着睡还是仰着睡？得到信儿，回来说一声。"

胖子佯怒："你还是我亲哥吗？你这不是要我去做那送灯台的赵小二么，见过心狠的哥，没见过这么心狠的！"

说话间，那"哐哐"的锣声已经近到百十米远了，唢呐声清晰可闻，只是乐声有气无力断断续续的，听着格外阴森，平添了几分恐怖。

随着锣声逼近，朱笑东一时间也想不出更好的办法，只得信其有，先把帐篷挪到石壁里边。

好在这个位置还算宽敞，帐篷打横顺着栈道摆，外面还有一米多宽的路，到时候和过路的阴兵碰了头，人家领不领这份情，那就得看运气了。

腾出路面，正要睡下，秋可仪又出问题了。女孩子胆子小，一个人躲到帐篷里害怕。他们四人每人一顶帐篷，秋可仪不知道进谁的帐篷好。

“哐哐”的锣声越来越近，秋可仪还没决定到底要进哪顶帐篷，朱笑东差点急白了头发。眼看来不及了，干脆拦腰抱起秋可仪，钻进了自己的帐篷。朱笑东突然想起了什么，赶紧爬起来，火急火燎地把胖子喊起来：“快把那几根蜡烛拿出来，点上，每个帐篷旁边点上一支。”

胖子一怔，一拍巴掌，说道：“还是东哥厉害！放心，我马上就准备。”

朱笑东想起一个地方风俗，说是农历七月三十，是佛教的一个节日，名为“地藏节”。说的是地藏王菩萨在释迦牟尼寂灭以后，弥勒佛未生以前，是世间众生赖以救苦的菩萨。地藏王菩萨曾经发誓，他要在普度众生以后始愿成佛，因此常常现身于人、天、地狱，救助苦难。

佛书上说，地藏王菩萨就是阎王爷的化身，是以慈祥面目出现的阴司主宰，那地藏王菩萨跟阴兵就应该是一家的。算算日子，今天就是农历七月三十前后。按照人家的风俗，在路上点几支蜡烛。在路上点蜡烛，自古以来就是祭奠死者，让死者亡灵一路好走。阴兵也是亡灵，在这段路上点上蜡烛，照亮他们的去路，算是巴结这位阴间大佬，免得跟过路的阴兵发生冲突。既然相信阴兵过路，那就彻底相信好了。

不管你敲锣打鼓，来的是阴兵也好，其他东西也好，我敬你一尺，你就得还我一丈，礼到了，要翻脸也得师出有名。

胖子和朱笑东一起，在四顶帐篷旁边一溜儿摆上蜡烛点燃。这条栈道着实奇怪，七八根蜡烛点燃，火焰居然是直的，一点都不摇。

点燃蜡烛，听着“哐哐”的锣声只有十几米了，朱笑东跟胖子赶紧钻进帐篷。

朱笑东进了帐篷，不知是不是太累了，竟迷迷糊糊地睡过去了。醒来时，外面天色已经一片粉白，天亮了。只是雾气太浓，还是看不了多远，但是对面的人却能看清了。

“昨天晚上，你们看到什么了？”朱笑东也搞不清楚，昨天晚上那么紧张，还碰上阴兵过路这种百年不遇的奇景，自己竟然就睡着了，什么都没看见。

胖子故作惊异：“怎么，东哥，你……没瞧着？”

朱笑东点头：“我可能是太累了，没来得及看就睡着了。”

胖子“嗯”了一声，说：“确实挺累的，呵呵……只是昨天晚上的事，好稀奇，有空的话，我慢慢跟你说……”

“胖子你……”朱笑东大恼，胖子就是成心的。

这时，小张也钻出了帐篷，胖子赶紧上前帮忙，帮小张收拾帐篷，问小张：“怎么样，你脚上的伤？”

小张笑了笑，答道：“多谢东哥，还有胖子，我的脚没多大问题了。”

秋可仪拿着简单的食物过来，给几个人分了。

胖子不肯说，朱笑东只好问小张：“昨天晚上忒吓人，你看到什么了？”

小张一脸惊讶：“东哥昨天晚上没见到？那就怪了！”

“有什么好奇怪的！”秋可仪淡淡地说道，“东哥他们这种人，阳气重，一般牛神蛇鬼都避得远远的。东哥看不见，有什么稀奇。”

小张愣了一会儿，只得点头同意秋可仪的说法。传说，人怕鬼三分，鬼怕人七分。别的不说，让人闻名变色的蛊毒，在胖子这些人面前，还不是被拍了几下就低头认输了，那可是他亲眼看到的。

估计那些鬼神，还真不愿意招惹他们这样的人，应了那句老话，“鬼也怕恶人。”

小张想什么就说了出来，胖子嘻嘻笑了两声：“兄弟，不至于吧？胖哥我像是那种连鬼都怕的恶人吗？还有，我东哥可是天底下少有的好人！”

小张有些不自然，昨天晚上，四个人中估计就他看见阴兵过路了，胖子的表情出卖了他，他多半也没见着。

胖子有些尴尬：“这个吗……嘿嘿，佛说，不可说，不可说，天机不可泄露……”

听小张这么一说，朱笑东算是明白了，佯嗔对胖子大喝：“快说，到底是怎么回事？”

胖子拗不过朱笑东，只得笑着说：“东哥，其实我昨天晚上也没看见什么，只是感觉哐哐的锣声到我们前面十几米的地方，突然缥缈起来，像是绕过去了。可能真是我们阳气太重，它们不敢靠近吧。”

朱笑东皱着眉头，胖子说的应该是事实，但是看小张的样子，分明不是这样。

小张想了想才说：“其实我昨天晚上也没看清，因为不敢抬头，趴在帐篷里，透过缝隙勉强看到两三个影子，打着灯笼，就在我们前面不远的地方晃了晃，就不见了。”

“不见了?”朱笑东心中疑惑，但是一时又说不出什么。自己跟胖子几斤几两，他心里还是有数的。既然是阴兵过路，没理由怕他们两个生人，更不会因为自己在而改道，用胖子的话说，这不科学啊!

虽然明知道说不过去，朱笑东也只能暂且记下。虽然怀疑，但是他拿不出证据，说什么都是白搭!

随便吃了点东西，大家收拾好背包，顺着栈道往前走。这时往回走已经没有任何意义了，谜底说不定就在前面，要想解开谜底，就只能走下去。

第八章

土扒子

浓雾里，四个人顺着栈道一路摸索。才走十多米，领头的胖子就叫开了：“东哥，这里有些古怪。”

朱笑东走到胖子身边，前面出现一条岔道。岔道不算隐蔽，但是在浓雾里，又是在栈道外侧，如果不细心看还真发现不了。

朱笑东想了想，问：“怎么办，是继续在栈道上走下去？还是去看看昨天晚上那群阴兵？”

胖子等人看着伸进幽暗的浓雾里的岔道，齐齐望向朱笑东，都等着他做决定。两条路，没人知道哪条通向哪里，更不知道接下来将会遇到什么。

秋可仪淡淡地说道：“既然大家都不知道这条路会走到哪儿，我想去看看岔路上有什么。”

胖子笑道：“秋小姐不愧为女中豪杰，你都选了这条路，胖子和我还有什么好说的。走，去看看昨天晚上那伙阴兵的老巢。”

朱笑东拿出纸笔，又写了一张纸条，放在岔路上显眼的地方，这才带头走上岔道。

走了一段，朱笑东发现这条岔路跟上面的栈道差不多宽。路面是人工硬生生在峭壁上开凿出来的，顺着栈道倾斜向下，一直延伸进浓厚的雾里，就像是延伸到地狱一样，越往前走越心惊肉跳。

走了三四个小时，耳边突然传来潺潺的流水声，朱笑东大喜，顺着溪水往前走，就会有河流，有河流多半就有人家。有了溪水，也就是说他们已经从绝壁下到谷底了，相对而言，危险小了很多。

胖子、秋可仪、小张三人也大喜。他们和秦所长失去联系已经十几个小时了，去老龙湾探寻古墓取镜子已经不可能了，现在唯一能做的就是找到一条出山的路，有溪水，就有出路。

几人加快脚步，走了二十来分钟，果然发现隐藏在一片灌木中的小溪，只是雾重，看不清小溪对面有什么。

人工开掘的栈道到这条小溪边就消失了，看得出来，这条路应该是顺着小溪继续往下走的。无论前面有什么，顺着溪水往下走总不会错。

胖子走得饿了，早上秋可仪就分了一小袋零食，早就消化完了。这时，就听溪水里一阵异响，胖子和朱笑东低头看去，登时大喜。

浅浅的溪水里，一群尺许来长的鱼，正死命往上洄游。有句话叫“七上八下九归塘”，说的正是一种淡水鱼类的特性，现在正是七月，鱼往上洄游产仔。

小张看了一眼，立刻叫了起来：“是喜头子，还有白甲！”

胖子流着口水：“小张，喜头子我知道，就是鲫鱼，这白甲是什么鱼？”

小张笑了笑，说：“白甲鱼，原名多鳞颜颌鱼，我们也叫钱鱼，一般只有清水石河里才有，没有泥腥味，很好吃，比人工养殖的鲤鱼都好。”

朱笑东笑道：“这可是纯天然野生的，当然好了，关键是我们现在要想办法抓些。”

说话间，尺许长的鲫鱼在半尺深的水里噼里啪啦拍动着水花，竞相往上游扑去，看得四个人眼热心跳。

小溪不宽，也就两三米，这段水流还算平缓，中间有两块圆乎乎的大石头，把溪水分成三股，每股半米左右。

胖子纵身跳进浅浅的溪水里，在水里搬动小石块，在最窄的地方围起一道堰坝。朱笑东学胖子挽起衣袖，选了中间那股水流，就地取材，没用多久，也围起了一道石堰坝。

朱笑东跟胖子下河捕鱼，小张就去找柴火。秋可仪在溪边，从背包里找出一条裤子，犹豫了一下，一咬牙，将两只裤脚扎了，从胖子的背包里拿出砍山刀，在裤子上划出无数小洞，递给胖子。

胖子接过那条鱼网兜般的裤子，抿嘴偷笑了好一阵，这才放在围好的堰坝缺口处，“张网”以待。

网张好，胖子和朱笑东在水里一阵搅动，下游的鱼不上来了。偶尔上来几条，也是使劲在水里一弹，越过堰坝，啪嗒一声跌进水里，迅速往上游窜去。

过了半晌，朱笑东和胖子居然一条鱼也没抓到。朱笑东想了想，回到岸上，从秀姐手里拿过砍刀，砍了两根三四尺长的树枝，给胖子一根，自己拿一根，沿岸边向上游走去。

走了不到二十米，朱笑东叫了一声，小溪流到那里，从六七米高的岩石上落下去，形成了一道瀑布，瀑布下面是一个十来平方的浅潭。洄游的鱼儿到了这里，再也没办法往上游了，所以，全聚在这里。小小的浅潭里，聚集了难以计数的鱼儿，密密麻麻的，随手就能抓到。

胖子听到朱笑东的叫声，循声赶了上来，一见那浅潭，喜上眉梢，二话不说，跳到潭边，拿起手里的树枝条一顿乱抽。

枝条抽进水里，溅起一条水花，打死不少鱼。鱼群顿时大乱，乱蹦乱跳，一时间，小潭里“噼里啪啦”响个不停，大部分鱼闯过胖子和朱笑东的防线，向下游扑去。

朱笑东原本还想斯文点，没想到胖子一下水就暴力十足地抽了起来，眼看鱼群慌乱，朱笑东也只得拿起树条，抽了起来。

两人抽了十来下，鱼群便逃得干干净净，不过，被枝条打死的也有三四十条。两人扔了树枝，捡被打死的鱼，朱笑东才捡上来两三条，突然想起了什么，回头对胖子说：“快，下面的网……”

胖子正弯腰捡鱼，听朱笑东一说，一拍脑袋，说：“糊涂，鱼全下去了，那网里不知道有多少，干吗在这儿捡啊！”一边说一边上岸狂奔。

这么多鱼往下游涌去，到了围堰，又乱作一团，不少鱼“扑通扑通”往下跳，但是大多数还是会掉头往上游游回去。秋可仪做的那条裤子网里早就装满了，少说也有二十来斤！

胖子手忙脚乱地找来石块，把三道围堰加得高高的，这才提了那一网兜鱼上了岸，将鱼倒出来，又拿了裤子网兜去捕鱼。

朱笑东在上面清理鱼，用树枝串了一串，等胖子再次收网回来，把树枝递给他：“好了，已经不少了，剩下的也背不走，再多抓就浪费了。”

胖子犹豫了一下，这才笑着罢手，转头去烤鱼去了。把堆得小山似的鱼清理干净，几个人足足花一个多小时，边清理边烤边吃。等几人吃饱了，把剩下的烤好做成干粮，又用了三个多小时，收拾完，准备启程时估计已经下午五点了。溪边已经看不清楚周围的景色了。

有三四十斤烤好的鱼做粮食，朱笑东心里终于没那么慌了，从胖子的背包里拿出手电，几人顺着小溪往下游走。走了不到一个小时，手电光一暗，没电了。好在朱笑东是夜猫子眼睛，能看清路，他带头带着大家缓缓前行。

又走了许久，朱笑东突然“咦”了一声，对胖子说：“胖子，快过来瞧瞧，这玩意儿好古怪！”

朱笑东说得容易，胖子的眼力哪儿能和朱笑东比。胖子踉踉跄跄地绕开小张、秋可仪，来到朱笑东身边，看了半天：“东哥，这乌漆麻黑的你让我看什么啊？”

朱笑东一怔，才想起自己跟胖子的差异，随即说道：“胖子，你背包里不是还有一个手电吗，拿出来，我们今晚不走了，就地安营扎寨。”

胖子“哎”了一声，放下背包，一阵摸索，好一会儿才从里面摸出最后一个有电的手电：“东哥，你要我看什么……”

一句话没完，胖子也“咦”了一声，看到前面五米远的地方有一把登山镐，旁边还有一堆灰。那是新式登山镐，在朱笑东和胖子的记忆里，这种登山镐只有上次去雪山的时候，威斯·康科马克给他们每人带了一对。在雪山上，好多次因为这种登山工具死里逃生。

这种登山镐在内地根本就见不着，更别说买了。更关键的是，朱笑东让胖子带来的装备包里就有这种登山镐，胖子刚到这，才下车，就被人把包偷走了。

朱笑东跟胖子捡起那把被遗落的登山镐，发现是他们用过的。也就是说，这是胖子在车站丢失的行李中的物品！

朱笑东跟胖子对望了一眼，偷自己的行李的人，居然在这里。看样子，他们在这里宿过营，走的时候落下了这把登山镐。试了试火堆，灰烬都是冷的，应该离开不止一天了。

朱笑东察看了一下火堆周围，从脚印来看，应该是三个人。旁边不远处，有不少山洪暴发时被卷来的枯木，那三个人应该是见这里柴火多，才在这里扎营休整。

小张和秋可仪一脸凝重，小张是警察，对胖子他们丢失行李的事是知道的。在这个鸟不拉屎的地方，发现了原本属于朱笑东他们的东西，这说明什么，用大腿想也知道。

秋可仪沉着一张脸，没人知道她在想什么。

朱笑东吐了一口气，把登山镐收进背包，拿出砍山刀，砍下一些枯木，让胖子生火。不到片刻，一堆篝火烧了起来，漆黑的夜顿时亮了起来。

有了火光，小张、秋可仪、胖子才发现，这是一个很宽的山洞。由于是在夜里，又有浓雾，所以一直觉得这儿天黑得诡异。

几人取出已经凉透的烤鱼，在火上烤热了，将就着吃了。

小张一边啃烤鱼，一边问："朱大哥，你确定这把登山镐就是你们丢失的物品？"

胖子不耐烦地说："就这登山镐，最好的才几千块钱一对，我们用不着冒领。要不是用顺手了，在这种地方，拿着还是额外的负担呢。冒领？有意思吗？"

朱笑东沉吟了半晌，说道："胖子、小张，看样子我们在不经意间，到了秦所长他们想要找的地方！"

胖子扭头看向朱笑东："东哥，你是说……我们到了……老龙湾……不可能吧？秦所长他们呢？他们一直在我们前面，怎么可能我们到了他们还没到？"

朱笑东摇头苦笑："这个，我也搞不明白。胖子你想想，我们的工具是用来做什么的，为什么会出现在这里？拿了我们装备的那几个人，总不会是拿着我们的行李到这里来游山玩水的吧？"

威斯·康科乌克为朱笑东他们提供的装备，当然是探险探墓用的，拿了这些装备的人，自然不可能是来游山玩水的。

小张咳嗽了一声，说："依我看，八成是胖子哥你在路上露了口风，被这伙老'土扒子'盯上了。"

胖子想了想，回答："不可能，我接到电话拿了行李，直接从京城打车来的，那司机是我一哥们儿，一路上我们根本没说探墓取宝的事，这个我可以保证。"

"我也觉得奇怪。"朱笑东说，"胖子说他没走漏消息，这个我相信。具体地点老龙湾，是胖子来后第二天早上出发时，我才说给他知道的。如果说前面那几个人到老龙湾来是巧合，也太过凑巧了吧……"

小张想了想，才说："我也觉得奇怪，难不成，我们中有内鬼？"

朱笑东沉默不语，胖子却嚷了起来："内鬼？嘿嘿……实不相瞒，我早就觉得这件事不简单，只是……哼哼……"

事情当然不简单，朱笑东发现，整件事情比想象的复杂得多，千头万绪，一时间也理不出头来。

内鬼肯定是有的，只是现在没有切实的证据。不过朱笑东相信，用不了多久，这个"内鬼"就会自己露出马脚，毕竟老龙湾是内鬼的目的地。

胖子大大咧咧地笑着说："跟胖爷我捉迷藏，哼哼，胖爷我最喜欢了。这事儿我们就不要谈了，看胖爷我到时候怎么收拾你小样儿的。"

秋可仪低着头，慢慢吃着烤鱼，一言不发。

胖子笑着说："秋小姐，这半天了，怎么没听见你说话？"

秋可仪咽下最后一口鱼肉，这才回答："这喜头子的刺太细，我怕卡住。秦所长又不在这儿，要是说话被鱼刺卡到，到哪里去找'九龙水'来化。"

吃罢晚餐，朱笑东想起一些事，和胖子准备了一堆柴火，然后说："既然这里已经是老龙湾了，我估计很快就会有事情发生，为了避免不必要的麻烦，今天晚上我们轮番值夜。"

胖子没说的，张嘴就抢了第一班，小张主动认领了第二班，朱笑东最后。

这个地方见不着阳光，也没什么时间观念，朱笑东迷糊了一会儿，一睁眼，想着现在应该是小张在值守吧，差不多该自己换班了，就爬了起来。

钻出帐篷一看，没见到小张，朱笑东心中一紧，正要叫一声，小张从右边隐蔽的地方钻了出来，抱着他那个长条形的背包，走到朱笑东面前，低声说："我一个人值夜，不喜欢暴露在火光下，那样要是真有什么危险，最容易受到攻击。"

朱笑东怔了怔，觉得小张的说法无可挑剔，在这地方值夜，就是站岗放哨，当然是暗哨稳妥些。

往火堆里加了些柴火，朱笑东示意小张再去睡一会儿，小张却摇摇头说，多年的习惯，一觉睡醒，就再也睡不着了，没事躺着反而难受，还是和朱笑东一起值夜吧，等胖子和秋小姐睡醒，就该启程了。

朱笑东也不好强求，和小张闲聊了一会儿，取出一些鱼，早早热上，待会儿等胖子和秋可仪睡醒就能吃了，节省时间，可以早点上路。

刚架好鱼，就听山洞深处传来"啪"一声，就像是有人在洞里放鞭炮，虽然声音尖锐，但在洞里听着，竟有些沉闷。

朱笑东和小张一愣，转头朝黑黝黝的山洞深处看去。

胖子大叫一声，爬起来，张嘴就问："东哥，哪里打枪？哪里打枪……有伤亡没有？"

秋可仪钻出帐篷，惊慌地望向朱笑东，问："什么情况，怎么会有人打枪？"

正说着，山洞深处又传来几声鞭炮炸响般的声音。

小张凝神细听，待声音停下，低声说："是九二制式手枪，他们……他们手里怎么会有这样的武器？"

朱笑东跟胖子见过枪，好几次在枪口下逃出来，不过他们见的枪不是AK自动步枪，就是五四式手枪。他们对这种杀人武器，从来没研究过，听小张说什么“九二制式”，自然不懂。

不过，对方手里有枪，这太危险了！

秋可仪听说前面的人有枪，犹豫了半晌，对朱笑东道：“朱大哥……这……他们有枪，太危险了，要不，我们回去……”

一听秋可仪要回去，胖子拍着胸脯说：“秋妹子别怕，他们不就是有几把破枪吗，东哥和我可是枪林弹雨里摸爬滚打出来的，从枪口下不知道逃出来多少回了，现在还不是好好的？怕他们干什么！”

朱笑东有些犹豫，要是自己一个人，倒也无所谓。胖子说得虽然有点儿夸张，但他们死里逃生还真不是一两次了。再说，自己跟胖子来是想弄清楚一些事，那帮拿了他们行李的人手里虽然有枪，但多半是为了求财，在根本利益上没什么冲突。何况走到这一步，实属不易，就这么放弃，怎么会甘心。

小张听了一会儿枪声，脸上显出少有的兴奋，他跟李阳原来的任务是调查朱笑东他们失窃的行李，后来是因为屈子常他们出了事，他们才被临时安排过来。行李被窃的事正愁着找不到线索呢，没想自己送上门来了！

私自盗墓是违法的，更不用说手里还有枪这种管控严格的武器了，本来只想抓几个小偷，没想到钓上来一条大鱼。

朱笑东犹豫了一下，说道：“秋小姐，你也知道我们这次来的目的，危险肯定是有的，要不然你先回外面等我们，或者自行回去。我们已经走到这儿了，实在没办法放手，希望你能理解。”

秋可仪见劝不动三人，只得低下头，帮着翻烤鱼，脸上满是忧虑、担心。见秋可仪不说话，朱笑东暗暗叹了一口气，随后想到这个洞里的环境很怪异，所有电子设备都不管用，趁大家在吃饭，得赶紧想办法做几个能照明的东西。

秋可仪把鱼烤热能吃了，三人做了一大堆火把，少说也有二三十支，分成四份，每个人带八九支。不知道会在洞里待多久，这些朱笑东还嫌少。

饱饱吃了一顿早餐，带上火把、装备，收拾妥帖，仍由朱笑东打头，胖子第二，秋可仪举着火把，为殿后的小张照亮。

一路上，小溪弯弯曲曲，忽隐忽现，朱笑东偶尔发现洞壁上有人工开凿的痕迹，越往里走，痕迹越多。走了两公里，前面出现了岔洞，一模一样的洞口，都是人工开凿出来的，凿成两道圆门，左边的门虚掩着，露出两尺来宽的缝隙，右边的门上挂着一把大大的石锁。

朱笑东上前仔细检查了一下，右边这道门没人动过，想来，前面有枪的几个人进了左边的洞。

几人商量了一下，小张想去抓小偷，抓盗墓贼，可是又忌惮他们手里有枪。朱笑东和胖子想走另一扇门，暂时避开前面那些人。秋可仪一听，像是松了口气，小张怪异地看了她一眼。

胖子说干就干，找来一块四五十斤的大石块，一使劲举过头顶，“砰”一声砸在石锁上，砸得石锁冒出一串火星。石锁纹丝没动，胖子手里的石头“哗啦”一声碎了。

胖子不信邪，又找来一块石头，举过头顶使劲向石锁砸去，“砰”一声，碎石满地，石锁纹丝不动。胖子一连砸了七八块，直到举不起石头了，这才抹了一把汗，一屁股坐在地上，喘着粗气说：“小张，该你了，无论如何，我们也得把锁砸开，还没见过砸不开的锁，打不开的门！砸，使劲砸！”

朱笑东跨过一地碎石块，俯身看了看石锁，一只手搭在石锁上，横着一拉，石门动了动，接着“喀”一声闷响，竟然动了一下。

胖子和小张看得目瞪口呆，胖子用那么大的石头都没砸开，朱笑东也太厉害了，轻轻一拉，门就动了。

朱笑东见胖子和小张两人呆呆地看着，忍不住说道：“快来帮忙啊，这门这么重，我一个人哪儿推得开。”

胖子一跃而起，讪笑着说：“东哥，你脑袋里到底有多少我不知道的东西，能不能给透个底儿?”

朱笑东没搭理胖子，朱由校的工木机关研究得最明白，就算跟胖子说了，一时半会儿他也听不明白。

三个男人一起使劲，“喀喀……”一阵响，石门打开一道两尺来宽的缝。石门一开，里面吹出一股冷幽幽的凉风。

朱笑东带头，穿过石门。石门后面，空气居然很清新，不过里面狭窄低矮，几人就像是走城市的下水道。往前走了一段，洞壁上又出现了人工开凿的痕迹。

走了一百多米，转了个弯，朱笑东皱着眉停下脚步。前方洞壁合拢，留下一点儿缝隙，不超过五十公分。因为不知道缝隙后面什么样，他不敢贸然进去。

胖子不死心，走上前来，凑近那条缝隙往里看，缝隙后面黑黢黢的，不知道还有多长，五十公分宽的缝隙少说也有一两米。这么窄的缝隙，胖子这样的身材，根本过去不。

胖子无奈地摇了摇头，叹了口气，退了回来。

朱笑东从背包里取出手电，上前查看，看了一会儿，转过身，对胖子他们说：“我觉得缝隙后面有东西，我想进去看看，你们就在这等我消息吧。”

胖子拦住朱笑东：“东哥，你是咱几人的主心骨，怎么能让你去，还是我去吧。”

朱笑东拍了胖子的肚子一下，笑着说：“放心吧，我也是枪林弹雨里摸爬滚打出来的，从枪口下不知道逃出来多少回了，现在还不是好好的？放心，我舍不得你杨薇嫂子。再说，就你这肚子，还是留在这边吧！”

见胖子脸上讪讪的，朱笑东笑了一下，说：“不管我过去多久，只要没发信号，就千万不要跟过来。三个小时之后我要是还没出来，你们就原路返回，这里的事就不要再管了，知道吗？”

胖子鼻子一酸，差点流出泪来，拉着朱笑东不肯放手。

朱笑东见了，连忙说：“胖子，我不会有事的。”

胖子哽咽着：“谁知道有事没事啊，东哥你这跟留遗言似的，我能不伤心吗，我……”话没说完，朱笑东差点儿给他一巴掌。

朱笑东拿了把手电，一支火把，气哼哼地转身钻进缝隙。往前挤了两三米，前面豁然开朗，朱笑东进了一条完全由人工开凿出来的通道，通道最矮的地方也有一米五，虽然简陋，但也算得上宽敞。

朱笑东继续往前走，通道弯弯曲曲，时宽时窄，显然开凿的人是依据岩洞本身的走势把通道拓宽了一些。洞壁上凿痕凌乱，满地石屑，看得出来，修这条通道的人很着急，刚刚那两三米狭窄的缝隙，很可能就是因为太着急了，才没修完。

朱笑东顺着通道一直往前走，差不多走了半个小时，通道还没到尽头。朱笑东怕胖子他们等急了，只得回头，先去把胖子他们接过来。

回到缝隙，胖子他们早等得不耐烦了，听朱笑东把这边的情况一说，胖子更是急不可耐，恨不得马上钻过来。

秋可仪到底是女孩子，身材苗条，钻进缝隙，把几个人的背包递给朱笑东，轻松走了过来。小张不敢留在最后，让胖子先过，小张在后面使劲推。胖子使劲收着肚子挤进来，还是在半道卡住了。胖子被卡在缝隙里，进退不得，胸口憋得难受，便叫了起来。

他一叫，两头的人都着急。不得已朱笑东和小张两头使劲，把胖子拉倒了，一个往里面拽，一个在后面推，这才在胖子杀猪般的叫声中，把胖子从缝隙里硬生生拽了出来。

胖子的衣服都被汗水湿透了，像被泼了一瓢水似的，人也差点昏过去。朱笑东半抱着胖子，又摇又叫，好歹把胖子叫醒了。

小张顺利钻过缝隙，见了胖子的模样，吓了一跳。胖子脸色死灰，原本挺着的肚子也瘪了，身上有好几处刮伤，手腕儿、脚踝乌青乌青的，怪不得胖子叫得那么惨。总算是把他弄出来了，要不然，胖子铁定会憋死在里面。

休息了一个小时，胖子恢复了点儿，朱笑东背了胖子的背包，又要去扶胖子。胖子哼哼唧唧地不让，坚持自己走，还说，亏就吃在一个“胖”字上面，回去以后得好好锻炼一下，减减肥。说得小张和朱笑东想笑，又不好意思笑出声来。

四个人顺着通道走了一个小时，通道才到尽头。尽头处在洞壁的半腰，脚下是深潭，朱笑东打开手电，四处照了一下，看不到边，少说也得有二三十米，脚下的水潭上，水雾蒸腾，遮住了视线。看不清楚对面，跟这水雾有很大关系。

通道尽头，有一道一米多宽的铁索木板桥，两根铁索在上面，算是扶手，三根在下，上铺木板。铁索都是儿臂粗的铁环相接成的铁链，虽然有儿臂粗，但是锈迹斑驳，谁也没有把握走在上面不会断开。桥面的木板朽得一碰就碎了。

现在他们只有两条路，要么往前走，要么退回去。退回去，胖子打死也不干，就算死，他也要死在前进的路上。

朱笑东看了看，铁索离下面的深潭少说有二三十米。洞壁笔直如刀削，要下潭，背包里有绳索，倒是不难，但是下去之后，连个落脚的地方都没有，下去能干什么？

这洞里的潭水可比不得外面河里的水，洞里的水温差不多是零度，人要是掉到里面，用不了多久就会冻僵，溺毙。

第九章
铁索惊魂

朱笑东拿出绳索，系在腰上，让小张在洞壁上找个保险的地方，将绳子另一头固定住，自己上了铁索桥。

胖子一点一点往外放保险绳，小张、秋可仪紧张地盯着上了索桥的朱笑东。朱笑东手抓着高一点的铁索，脚踩在铁索上，一脚踏上去，木板顿时化为齑粉，散落下去，铁索上留下一串脚印。

朱笑东每一步都走得小心翼翼，短短二三十米，竟然花了一顿饭的工夫才到对岸。朱笑东来不及检查对岸的情况，取下腰间的绳子，找到一块大石头，将绳子拴好，让胖子他们在腰间拴了保险绳、保险扣，一个个过来。

第二个走的是秋可仪，她脸色苍白，咬着牙，心惊胆战地走一步停一下，时不时往下看看，急得朱笑东和胖子、小张一劲儿让她不要朝下看，免得越看越心慌。秋可仪走到一半，一脚踏空，腐朽的木板顿时四散开来，秋可仪双手紧紧抓着铁索，但是身体还是失去了平衡。

秋可仪大叫一声，整座铁索桥顿时剧烈晃动起来。她这一晃，原本还稍微有些固定力道的木板，顿时整块整块往深潭掉落，不到片刻，整座索桥就只剩下光秃秃的五根铁索了。秋可仪拼命稳住身子，但是越慌乱铁索晃动得越厉害，最后连铁索上斑驳的锈迹都崩裂了。

这时，小张二话不说，攀上另一边的铁索，快速移动，靠近秋可仪。

胖子见两边的铁索上都有人了，当下也没多想，一下子趴到下面的三根铁索上，呈“大”字横在上面，想固定住下面的三根铁索。

秋可仪拼命挣扎，想用一只脚勾住铁索，慌乱之下，把那根铁索越蹬越远，铁索晃荡回来，巨大的力道撞在她的膝盖上，她一条腿都被撞麻了。秋可仪越是手忙脚乱，铁索桥晃动得越厉害，几根铁索荡秋千般晃动起来。

保险绳也承受不住晃动，发出令人心惊肉跳的声音，秋可仪的身体越来越低，胸部很快就要低过桥面的铁索了。此时，秋可仪的全部重量就靠着一根保险绳，晃动的铁索不时撞着她的胸部和背部，撞击的力道虽然不大，但足以让秋可仪手忙脚乱。

这时，秋可仪耳边传来一个声音：“别动……稳住……”

朱笑东赶过来了。朱笑东站在秋可仪这边的两根铁索上，一俯身，双手双腿夹住两根铁索。两根铁索一荡，朱笑东觉得两手两腿一阵撕裂般的痛。

朱笑东缓过一口气，腾出一只手，一把抓住秋可仪。这时，小张也赶到了，学着朱笑东的样子，俯身夹住另一边的两根铁索，稳住身形，伸手抓住秋可仪的衣服，猛地往上一提，将秋可仪按在中间那根铁索上。

原本乱晃的三根铁索，被朱笑东和小张两人死死夹住，晃动幅度越来越小，最后渐渐稳定下来。

惊魂一刻总算过去了，胖子趴在三根铁索上，慢慢靠近朱笑东等人。朱笑东要胖子趴着别动，免得影响秋可仪。

惊魂未定的秋可仪趴在铁索上死死抓着铁索，一动也不敢动，因为小张正面朝着对岸，朱笑东跟小张商量了一下，要小张把秋可仪背过去。

小张一口答应下来，将身上的背包解下来递给朱笑东，让秋可仪爬到自己背上。朱笑东轻声安慰着秋可仪，让秋可仪冷静下来，慢慢爬到小张背上。小张背着秋可仪，绕过朱笑东，艰难地爬过十多米的铁索。等小张和秋可仪上了对岸，朱笑东对胖子说："胖子快爬，这铁索怕是撑不了多久了。"

胖子腾出手抹了一把汗，一边慢慢挪，一边嘻嘻笑："其实，这上面挺凉快的，赶明儿在家里也装这么几根，没事躺上面，可以减减肥。"

朱笑东催促："胖子，先过了桥，别说你装几根回家减肥，你就是只装一根，学小龙女在上面睡觉都成。我过来的时候，发现底下三根铁索的锈迹已经剥落，只剩下不到筷子粗的铁芯了，可能承受不了多久，你要再不快一点儿，咱们俩就得一起掉潭里喂王八……"

胖子稍微加快了点儿速度，但是刚加快一点，铁索就晃动起来，胖子赶紧停下，看着朱笑东，笑着说："东哥，你别危言耸听，我知道你最喜欢吓唬我了，筷子粗的铁芯，能承受多大重量，你以为我不知道啊……"

朱笑东说："胖子，我没吓唬你，这铁链子看起来有酒杯粗，但是都锈蚀得差不多了。"

说着，朱笑东慢慢立起身子，抓住身边高一点的铁索："你调整一下姿势，慢慢走，这桥再也经不起晃动了。"

胖子的汗水越来越多，行动也越发小心，只是越小心，速度就越慢。

小张上了对岸，拿起两支火把点着，方圆十米之内照得如同白昼。不照还好，这一照，小张的冷汗也跟着冒出来了。

果然如朱笑东所说，五根铁链，靠近岸边那段，全都锈蚀脱落，只剩下筷子粗细的铁芯，两根铁芯比筷子还要细，明显已经无法承受三十来米，粗若儿臂的铁链本身的自重了。胖子这边三根铁索，其中两根几乎是以肉眼可见的速度变形开裂；朱笑东这边只有两根，朱笑东虽然比胖子瘦，但他这边两根铁索断裂的速度远远快于胖子那三根。

这时，朱笑东和胖子距离岸边还有四五米。

突然，一阵令人牙酸的金属摩擦声响起，尖利、短暂，随后，朱笑东脚下那根铁链发出“铮”的一声脆响，断裂开来。

幸好朱笑东心中早有准备，离桥头还有一两米，铁链断开的瞬间，朱笑东奋起一跃，落到小张身边，身形晃了晃，被小张一把拉住了。秋可仪、小张两人脸色惨白，差点吓死。

胖子踩在两根铁链上，抹了几把汗，好不容易走到离岸边还有两三米的地方，突然看到朱笑东脚下的铁链断开了，胖子一怔，张嘴就要喊，随即见朱笑东身形跃起，稳稳落在对岸，胖子忍不住大叫了一声：“好!”

胖子好声刚落，脚底下两根铁链同时发出“嘎嘎”声。

朱笑东转过身，大叫：“胖子，快点，快点啊……”

小张、秋可仪虽惊魂未定，也跟着大声叫起来。

胖子定了定神，往手心吐了一口唾沫，双手一搓，突然一阵狂吼。朱笑东以为胖子也要在铁链断裂那一刻奋力跃起，当下摆好架势，只等胖子一落地，立刻帮他稳住身形。

谁知道，胖子嘴里“啊啊……”叫着，闭着眼睛，迈动双腿，以马拉松长跑最后冲刺的速度，在两根铁链上跑了起来。

两三米的距离，真要撒开丫子跑，也就两三步的事。胖子大叫着，闭着眼睛往前冲，朱笑东、秋可仪、小张三人也紧张地跟着他叫了起来。

瞬间，胖子冲上桥头，撞得想要保护他的几个人一起滚到地上，可见胖子爆发出来的力量是何等劲猛。

四个人倒在地上大叫了好一会儿，才停下来。叫声停下，朱笑东坐起来，见胖子也半坐着盯着自己，朱笑东傻了般，一拳打在胖子胸前，“嘿嘿”地傻笑起来。

胖子也“嘿嘿”傻笑着，还了朱笑东一拳。两人突然搂在一起，继续“嘿嘿”傻笑。

看两人傻了一般抱着笑，小张和秋可仪都明白，这是劫后余生的庆幸。

两人傻笑了半晌，“嘣、嘣”两声，胖子走过的那两根铁索才“哗啦哗啦”掉进深潭里。胖子瞪大眼睛看一会儿，突然抱着朱笑东委屈地说道：“东哥，我让这玩意儿给耍了，早知道现在它才断，我何必流一身臭汗……”

说着，居然还带着哭腔，惹得小张、秋可仪忍不住笑了起来。

四个人耽误了半晌，这才笑够了闹够了，把火把收集起来，又取出两支火把，在桥头的空地上热了几条烤鱼，勉强吃下去。这段路也不知道花了多少时间，大家都饥肠辘辘。

吃罢，依旧朱笑东打头，继续往前走。前面的通道依然弯弯曲曲，时宽时窄，不过，地面上平整了许多，越往前走，地面渐渐干净起来。

朱笑东一边走一边问小张，知不知道这洞的来历。小张摇摇头，说他也不是本地人，他是南方人，调到这里工作也就一年多，没听说过这里的事。

从桥头过来，又走了两百米，终于到了尽头。此时，出现在面前的景象让他们大吃了一惊。前面是一个巨大的地下空间，超过一千平方米，俨然是一间地底大厅。大厅周围，每隔三五米，就有一个通道口，少说有好几十个通道。朱笑东他们走进来的通道，不过是几十条中的一条。

几人沿着大厅转了一圈，更糟糕，连他们是从哪里出来的都不知道了，这些通道口居然一模一样！朱笑东越走越心惊，大厅被人砌成圆形，状如锅底，每隔一米左右就有一道沟渠般的台阶，沟渠虽有些残旧，但看得出来，修建之初，里面肯定是流水淙淙。

这是用来做什么的？朱笑东顺着重重叠叠的沟渠下到沟渠汇集的中央，中间是一块近一米宽，两米长的巨石石台。

胖子跟着下来，见朱笑东望着石台发呆，就问："东哥，这玩意儿是干什么用的？在别处怎么没见过。嘿，这不会就是传说中的石棺或者……祭台吧？"

说到石棺时，胖子眼睛发亮，但是说到祭台时，胖子几乎是从牙缝里挤出来的，显然对祭台很忌讳。

要是石棺，里面肯定有值钱的玩意儿；要是祭台，这地儿可就邪性了。朱笑东也不知道这东西到底是干什么用的。秋可仪、小张也下来了，四个人围着石台，猜不到它的用途。

按说，这一整块石头肯定不是石棺，那就只能是祭台了。但是作为祭坛，没理由干干净净的，连一点骸骨和血迹都没有啊。

有祭台的地方，应该骸骨满地，血迹斑斑，阴森恐怖。这里，阴森的气氛是有，但只是因为这是地下，没有亮光。除了这些，胖子不但不觉得阴森，反而觉得有些好笑。这些人是不是吃饱了撑的，没事费这么大力气到处凿洞修道，居然只是为了搞这么个可笑的东西！

朱笑东摇摇头，花这么大力气，搞出这样的东西，绝对不会只是为了好玩。说这里好玩，那是因为胖子没下过真正的古墓。

胖子笑着说："东哥，你这是在贬我啊。没下过多少古墓，没多少见识，这也不是我的错啊。你见识多，你指点一下这东西的神奇之处啊？"

朱笑东淡淡一笑，解释道："你看，这一圈儿台阶一样的沟渠，我猜是用来引水的。这就出现了一个问题，水源在哪？"

"水源？"几个人想了想，还真没发现这沟渠的源头是从哪个通道来的，大厅周围一圈，全修得平平整整的，连一个缺口都没看见。

这就怪了，既然是作为引水的沟渠，却没有水源，那这些沟渠是用来干什么的？

朱笑东继续说："我们先不管水源从何处来，你们看这个像锅底一样的石台，是不是只要有水，无论多小，这石台都会被淹没？也就是说，我们现在站的地方，最少应该是五米深的水底。"

"可是这里连一滴水都没有啊。"胖子转了一圈，和秋可仪、小张盯着朱笑东，希望朱笑东解开谜底。

朱笑东笑着摇摇头："这个，我真不知道……"

朱笑东见三人一脸失望，笑了笑，继续说道，"你们注意到没有，大多数洞里都会有些昆虫动物什么的，但这里，自从我们进来之后，谁见到蝙蝠、蟑螂、老鼠了吗？这里除了洞，还是洞，除了石头，还是石头。"

秋可仪抿嘴笑了笑，说："东哥是在提醒我们，看看能不能找到让水消失的地方吧？"

"秋小姐说得没错，这里既然储过水，水是怎么消失的呢？自然蒸发干净是不可能的，要么是被人抽走了，要么是流到别处去了？"

当下四人散开，举着火把在地上四处找，希望可以找到下水道。胖子、秋可仪、小张，在石台三面看了一遍，没有任何发现。

朱笑东这边地势稍低，最边上接近沟渠出口的地方，有面积不大的一片淤泥，淤泥不厚，也就十几公分，已经干涸了。

几人都围了过来。朱笑东拿了一支火把，一根枯枝，在干涸的泥里慢慢划，想看看泥下面有没有可疑之处。

泥下面很平整，一点异样也没有，倒是从泥里拨出来一大一小两样东西。朱笑东拿起那件大的，把上面的土擦干净。火光下，秋可仪、小张和胖子都忍不住惊叹。

那是一个纯金的弥勒佛像，足足十公分，大大的肚子，笑容可掬，细微之处雕琢得非常精致，在火光下，金光闪闪。

朱笑东还没来得及细看，胖子伸手就去抢金佛。不过，胖子也就是想先睹为快，并非想据为己有。

朱笑东没好气地打开胖子的手："这玩意儿贵重，是给你的吗？你要带着东西跑了，我还得帮你背黑锅。"说着，朱笑东把金佛往小张手里一塞，"兄弟，这个就麻烦你先保管，等出去了，你再上缴。"

小张盯着金佛张大了嘴，本来眼中还有些复杂，见朱笑东亲手把金佛交给自己，还有点不敢相信。在小张的印象中，探险、盗墓的人，无一不是见到财宝就财迷心窍，甚至残杀同伴。尽管朱笑东一路上几次舍己救人，还是不足以打消他对朱笑东是盗墓者的认知，私底下防范着朱笑东。这一刻，小张彻底改变了对朱笑东的看法，这个朱笑东不贪财！

朱笑东拿起那个小的，拭去上面的土，在火光的映照下，几人看得清清楚楚，那是一块火柴盒大小，厚度不到三公分的玉牌，质地不是很好，有不少杂质，城里的地摊上，比这个质地好的玉都多得是。

玉牌一面隐约有花纹，一面是十几个阴刻文字，王维的半首《山居秋暝》：“空山新雨后，天气晚来秋，明月松间照，清泉石上流”。

虽然是在火光下，朱笑东还是一眼就认出来了，这块玉牌和自己在朱由校留下的那几卷绢册上的东西有关系。他记得，那次胖子运气好，花了三百块钱买到一个戒指，那戒指和这块玉牌出自同一人之手，即梁奇宝之手。

朱笑东二话没说，将玉牌放到胖子手里，示意他收好。胖子一脸尴尬，上次在雪山，他不听朱笑东告诫，偷偷藏了一件，回来后，欠下所有人一份大人情，至今还没还。但是看朱笑东的样子，不像是作弄自己，只得小心翼翼地收了。

见胖子收好，朱笑东说道：“胖子，这件东西，我让你收好，不是让你据为己有，而是让你暂时保管，以后要给秦所长，不过，你得先给秦所长他们投资，算是缴纳保管这东西的保证金，投资多少，你自己决定。”

胖子看不出玉牌上的玄机，他一心想看看那金佛，朱笑东却给小张保管，却把一块不值钱的玉牌给了自己，不由露出一抹委屈：“东哥，你这叫什么事啊，我又得替他保管，还得给他出钱，你这让我掏钱给别人，让别人请我保管，还不信任我，要我出押金，唉，这话……怎么这么绕啊？”

朱笑东没好气地说：“你到底保不保管，不要的话我可给小张了，他比你可靠多了。”

胖子嘟囔着：“东哥你都发话了，我能不管么？”

小张、胖子收好金佛、玉牌，想要继续找，朱笑东却返身回到石台前。秋可仪跟过来，低声问道：“朱大哥，你有什么发现么？”

朱笑东摇摇头：“没有，我只是觉得这个石台太奇怪了，想看看有没有线索。”

胖子也跟了上来，寻摸了一圈，怏怏地说道：“这个破石头台子能有什么线索，不就是一整块大石头吗，还凿得这么难看。”

“这块石台不是就地取材，这块石台子的石料，来自很远的地方。”朱笑东看了半天，说出这么一句话。

秋可仪和胖子一脸吃惊。这石台子一米多宽，两米多长，看高度最少也有一米多，最少有三个立方，这得多重啊？不低于一万斤吧？

这么重的石头，要真是从其他地方运过来的，这得多少人啊？还有，怎么运进来呢？

胖子瞠目结舌，过了片刻才问：“东哥，绕了这半天，你到底想说什么？”

朱笑东笑了笑，说：“我怀疑这是一口石棺。”怕胖子没听明白，又解释说，“这是一口奇特的石棺。”

“石棺？”胖子一听，眼里光芒大盛，口水都快流出来了。

“那……还愣着干啥？既然是石棺，那……那就开棺啊，还等什么？”

小张听说是石棺，满脸放光，眼里也露出开棺之意。只有秋可仪对盗墓倔尸这样的事有些嫌恶，但是秋可仪没有能力阻止他们开棺，所以，她什么也没说，只是慢慢退到一边去了。

朱笑东摇摇头：“胖子，你们大约没听清楚，我说这石棺很奇特，包括它里面可能有暗器，有病毒，甚至可能会蹦出一个僵尸。”

说到可能从里面蹦出来一个僵尸，秋可仪惊恐地捂住嘴巴，眼睛瞪得大大的，盯着石棺不敢动弹。小张也紧张不已，不知不觉间，把他长条形的背包拿在手里，看样子，随时可能打开背包，从里面拿东西出来。

胖子嘿嘿一笑：“早就听说有僵尸这玩意儿，就是没亲眼见过，要是石棺里真有僵尸，我倒要跟它好好地推心置腹地唠唠家长，它要不答应我还不依它……”

说到后来，胖子焦急地催促朱笑东：“管他里面有什么，你倒是快开啊，我等得胡子都冒出来了。”

朱笑东点点头：“成，那你们都机灵着点，发现有什么不对劲儿的，迅速离开。”说完，朱笑东拿出砍山刀，在石台底座和地面结合的地方，清理起来。

为数不多的淤泥被清除，石台底座和地面中间出现一条缝，这石台竟然是榫卯进地面的，地面下至少有五十公分。

胖子和小张摇头叹气，光是榫卯打进地下这一截，就差不多有上面的一半，这石块的体积以及重量，已经远远超出了预计。

“这石棺要怎么开啊？”胖子愁眉苦脸，“是不是有什么机关啊？电视里一般都是这么说的，像这样的东西，肯定是有机关的，只要找到机关，一按，哗啦，牛神蛇鬼立马全部露出原形。”

朱笑东不答话，拿起一根精钢撬棍，看准一个地方，将撬棍插进缝里，使劲一压，看起来有十几吨的石台居然动了一下。

胖子大喜，也拿来撬棍插进石台的缝隙里，学朱笑东往下一压。胖子这一压，竟没有效果，石台纹丝未动。胖子用力过猛，撬棍一滑，脑袋“砰”一声撞在石台上，顷刻间，额头上就鼓起一个大包，就像长了一只角，胖子疼得直叫唤。

朱笑东又是心痛又是好笑，责怪胖子：“用撬棍撬石头你不会啊？杠杆原理你不懂？这下好了吧，成独角兽了。”

小张和秋可仪的背包里没有撬棍，所以帮不上忙。小张问道：“朱大哥，你的撬棍这么短，怎么撬得动十几吨的石头啊？就算是杠杆原理，这杠杆太短了，也不可能撬动啊！”

秋可仪在一旁，一脸惊讶：“朱大哥，你也会用‘九牛造’？”

“九牛造”是方术的一种，秦所长解释过，属于解术一类。据秦所长说，他年轻的时候，有一次帮单位同事搬家，几个人抬一口柜子，同事中有人懂方术，开玩笑在柜子上施术，用了“千斤闸”。其他同事不相信，一口空空的杉木柜子，四个人硬是搬不动，最后是秦所长用了“九牛造”的解术，一个人提着那口空柜子，帮同事搬到新家。这足以说明“九牛造”这种方术的神奇。

只是朱笑东根本不懂什么“九牛造”，他能撬得动看起来至少有十几吨的石台，是因为他知道，这石台就是一口水缸，不过是缸口深深榫进地面，缸底朝天罢了。

至于为什么会这样，朱笑东笑着说：“这就是石棺的奇特之处。秋小姐，你们这地方腌制酸菜，有种叫‘倒扑坛’的腌菜方法，跟这口石棺是一个原理。不过，这石棺的作用，远不止如此。”

朱笑东这么一说，大家全明白了，敢情这看着像石头台子的东西，只起到隔绝空气的作用，怪不得大厅被设计成锅底般的凹陷，还真是用来装水的。

见是一口大水缸，胖子就出了一个馊主意，打碎它比挖出来方便多了。

朱笑东摇了摇头，说什么也不肯：“你不知道这石棺的古怪……”

小张回过味来，也笑着劝朱笑东：“朱大哥，不就是一口倒扑坛的水缸么，没什么了不起的，砸了也就砸了，能节省好多时间。”

正说着，老远传来一声疾呼：“千万砸不得！”

朱笑东一听这个声音，大喜过望，是秦所长。

片刻，一行人从一条通道里鱼贯而出，领头的晃动着手电，正是失去联系的秦所长一行人。朱笑东激动得差点和跟秦所长抱在一起；秋可仪跑到肖凌、秀姐旁边，三个女孩叽叽呱呱地说个不停；小张搂着李阳又笑又跳；胖子本来不怎么愿意接触徐大方，但是徐大方见着胖子，比见着亲娘还热情，主动跟胖子拉着手聊起天。

众人会合，兴高采烈，互问长短。问秦所长他们那天怎么突然失去了联系，秦所长很是懊恼，说那天也不知道是怎么回事，因为雾气太浓，绝壁上栈道溜滑，秦所长生怕有人摔下悬崖，就一直催促尽快走出险地，带他们离开绝壁栈道。后来一看，坏了，后面几个人没跟上，还在浓雾里。

本来想派两个人回去接朱笑东他们的，但是每个人都背着那么重的背包，心惊胆战地在绝壁栈道上走了那么长时间，身心疲累，想要马上返回去接人，谁都做不到。

稍事休息过后，大家循原路回来，发现朱笑东他们留下的食物和装备，连个人影都没有。他们没发现朱笑东留在岔道上的纸条，一直摸索着向前，居然走错了路，还一连走错了两次，最后无惊无险地进了这里。

朱笑东把自己这边的情况简略说了一遍，在淤泥发现了两件玩意儿的事也说了。小张和胖子把两样东西拿出来，给秦所长过目。秦所长接过那块玉牌，略略看了看，没表现出太大的兴趣，随手把玉牌放到胖子手上，淡淡地说了句，麻烦小朱兄弟帮忙保管，然后就把注意力放到了那尊金佛上。

这时，朱笑东先前的做法，不但赢得了小张的认可，李阳也露出尊敬的目光。唯独胖子很不满意，还在不高兴朱笑东把金佛让小张保管，自己想看一眼都不让。

看完金佛，秦所长依然让小张保管，这才召集大家，说现在是整个计划的最后时刻了，只要大家齐心协力，揭开这倒扑坛，就达到目的了。完事，就可以回家拿钱了，众人一片欢腾。

人多了，工具也多，七八个男人，几把撬棍，围着石台，将撬棍插进缝里，大喊一声，石台顿时上升几公分，两三次下来，榫进地下的石台升起来一半。

越到后来越轻巧，到最后，所有人扔了撬棍，拿绳子将石台拦腰绑了，十几个人，不分男女，一齐拉绳子，发一声喊，使一次劲，硬生生将那石台拔出地面。

放好伪装成石台的倒扑坛石棺，众人看到，倒扑坛石棺中还有一口石棺，一口真正的石棺，小了一半。

石棺的棺盖上，放着一面薄薄的铜镜。正是秦所长让朱笑东找的，那块被人施过方术的八卦镜。

秦所长一见到那面镜子，忍不住“啊”了一声，喜形于色，就要去取那块铜镜。这时，朱笑东嗅到一丝危险的气息，四处打量了一下，没看出来那危险的气息来自何处。

小张、李阳两人一脸紧张，徐大方眼中满是贪婪，三个女孩子紧张得大气都不敢出。

就在秦所长的手刚刚接触那块铜镜时，朱笑东的冷汗刷一下流了出来。突然明白过来，危险来自于那口石棺。石棺上的镜子碰不得!

“秦老前辈，别动!”朱笑东大喝一声，差点儿扑过去。

秦所长一顿，转头疑惑地望向朱笑东，不明白朱笑东的意思。朱笑东一声大喝，震得所有的人一愣，齐刷刷看向朱笑东。

“秦老前辈，你既然知道这里的一切，也应该知道，拿下镜子的危险。”朱笑东盯着秦所长说道。

秦所长点点头，自信地说道：“我既然能找到它，能打开它，自然能应付任何危险，这个你大可放心。”

朱笑东摇摇头，慎重地说道：“秦老前辈，我想起来了，我们还是不要打开巫王之墓得好。”

“巫王之墓?”众人一怔。

第十章
巫王之墓

巫王，巫术之王，巫术和蛊术齐名，是一个神秘莫测的流派。只是巫术素有恶名，所作所为凶残狠毒，只要听到“巫术”这个词，无不变色，毛骨悚然，想到献祭的场面——活人献祭。

李阳、小张、胖子、秋可仪以及徐大方等人，一听朱笑东说这是巫王陵墓，想到的都是同一个问题：“巫术之王的陵墓，怎么敢打开!”

只有朱笑东心里想到的不是敢不敢，能不能，而是为什么。

朱笑东心里一直有个谜团——为什么要来这里，打开巫王之墓?

跟秋可仪相遇，巧合得实在是太牵强了，从见到秋可仪开始，紧接着王长江无缘无故昏倒中毒，房子在几人眼皮底下突然起火……这么多莫名其妙的事，一直没有合理的解释。

见秦所长要打开巫王之墓，朱笑东终于想明白了一件事。

秦所长看着朱笑东，眼神又恢复成最开始那种淡漠、森冷，看得所有人禁不住后退了一步。

“你果然厉害!”秦所长声音也冷冷的，“我一直对你使用心理暗示，意图让你接受我的理念，我的想法，让你为我所用，想不到最后一步，居然被你看穿了。”

“哼哼……”秦所长冷笑两声，继续说道，“陈光才这个人，你还有印象吧?”

朱笑东心里一惊，想到上次在雪山，被一伙不明身份的人开枪引发雪崩，差点害死他们，这事一直是个谜。还有卫南疆的补给不明不白被人拿走。秦所长提到陈光才，看来开枪引发雪崩，取走卫南疆的补给的人，应该就是秦所长了。

秦所长森冷地笑了笑，说道：“你不能为我所用，实在太可惜了!”

胖子咬牙切齿，在雪山上他就发过誓，找到引发雪崩的人，一定要狠狠抽他十七八个耳刮子。

秦所长和陈光才两人，一明一暗，都想得到那本典籍，可惜最后被朱笑东破坏了，早就存了报复之心。其他事情就简单了，朱笑东以前的笔迹，是在陶都朱笑东的别墅里找到的。

以秦所长的能耐，别说弄出一本残破不全的“笔记”，就算秦所长用朱笑东的笔迹写一本十万字的论文，也不是什么难事。

至于那“笔记本”在监控中以惊人的速度腐朽分解，对化学高手来说，更是小菜一碟，何况秦所长要的是只言片语的信息。

秋可仪泪流满面，她担心的事情，终于发生了。小张和李阳似笑非笑，好像在看戏。徐大方以及那四个专门背包的，不知道发生了什么事，怔怔地望着朱笑东和秦所长。秀姐低低的泣啜。肖凌咬着嘴唇，东张西望，想来有些事她是知道的，但是，她不知道该怎么面对。

秋可仪的演技很蹩脚，而且理由也乱七八糟，破绽百出。

秋可仪流着泪，说道：“对不起，朱大哥，我是被逼的……”

朱笑东本见不得女孩子流泪，但是想想王长江差点儿死于非命，还烧了王晓娟两间屋子，这种行为是犯罪，朱笑东无法容忍。

“如果我没猜错，拿我们行李的那几个小偷，其中就有摆地摊儿那个老头，对不对？”朱笑东逼视着秋可仪，问道。

秋可仪大哭，说：“对不起……朱大哥……我没想伤害任何人……”

秦所长皱着眉头，冷冷地说道：“你说说，你是怎么发现这些破绽的？”

朱笑东淡淡地回答，他根本不知道，而且之前完全相信秦所长的话，前一刻，他还被蒙在鼓里。朱笑东指了指石棺，石棺的一侧，上面刻着浅浅的字，详细说明了“巫王”的生平事迹。

秦所长很诧异，石棺上有字，自己都没发现，朱笑东离得那么远怎么看清楚的？所有人都难以置信地看着朱笑东。

朱笑东笑了笑，倒扑坛搬开，所有人都去看石棺上的镜子，唯有朱笑东看得是棺椁上的文字。朱笑东的视力异于常人，这一点连胖子都不知道。

原本干这一行的秦所长，应该不会犯这种低级错误，但是，秦所长对石棺里的东西早已了然于胸，看到那面镜子，觉得大功告成，立刻就能得偿所愿，这才忽略了。

没想到在最后一刻，被朱笑东发现了。

朱笑东淡淡地笑道：“其实，你不应该找我做你的对手。”

秦所长一脸阴冷：“成王败寇，现在说这话还为时尚早，鹿死谁手还是未知数，笑到最后的，说出来的才是真理。就凭你跟死胖子两个人，哼哼……”

野外探险，本来就存在不可预知的危险，一两个人失踪或是意外身亡，再正常不过。

朱笑东脸上一寒：“秦所长，你现在回头还来得及，再走下去，就是死路一条!”

秀姐扑通一声，跪在秦所长面前，哀声劝阻，要秦所长别走不归路。秦所长一脸不耐烦，露出本性，一掌推开秀姐，转身就要去取镜开棺。

石棺上的文字，朱笑东看得清清楚楚，巫王已布下局，只要取下镜子，打开石棺，在场的人都会成为人祭。

徐大方等人面露惧色，步步后退，想离开这个恐怖的地方。胖子新仇旧恨都涌上心头，一声大吼，“呼”一下扑上去，抓住秦所长就要打。

秦所长捏了个手势，只轻轻一挥，胖子“啊”一声，蹬蹬倒退好几步，捂着胸口，咳出一口血。

秀姐疯了般，嘶声哭叫着，抱着秦所长的腿不放。

朱笑东见秦所长对胖子下重手，还要开棺害人，毫不客气地冲上去，拳打脚踢，无奈根本不是秦所长的对手。秦所长举手投足间杀气十足，轻描淡写地摆脱了朱笑东的纠缠，揍得朱笑东捧着肚子蹲在地上，连气都喘不过来。

小张和李阳两人上前，想将秦所长拿下。秦所长三招两式，就摆平了两人。徐大方等人本来想趁着朱笑东跟秦所长纠缠逃出去，偏偏秦所长好似走火入魔，狰狞得犹如地狱里出来的魔神，打倒胖子跟朱笑东后，一个也不肯放过，大踏步上前，追上已经爬上边缘，就要进入通道里的徐大方等人，挥手一扔，把人扔了下来。连肖凌、秋可仪也被扔到石棺前。

秋可仪躺在地上，嘴里流血，艰难地爬到朱笑东面前，美丽的大眼睛有些空洞，看着朱笑东，哀哀说道：“对不起，朱大哥……我真的没想害你们……治平，治平在他手里，我……”

朱笑东苦笑：“我没有怪你的意思，胖子也不会怪你的。”

秋可仪吐了一口血，说：“朱大哥……我知道你能出去，出去之后，我求你帮……我……”

说着，秋可仪的眼神开始飘忽，声音捉摸不定：“治平是个好人……是我唯一的亲人……”

秦所长背负双手，一步步走下沟渠般的台阶，那神情和姿势，一副君临天下的样子。

徐大方勉强撑起身体，跪在地上，哀声乞饶：“秦大哥，看在我跟你这么多年的情分上，你就放过兄弟我吧。以后，我做牛做马报答你，还有……还有，今天的事，我什么也不知道，什么也没看见……”

徐大方的话才说到一半，被秦所长兜心一脚，踢得趴在地上滑出去一丈多远，没说出来的话被一口血堵了回去。那四个背包的，也躺在地上一动不动，也不知道是死是活。

踢开徐大方，秦所长昂首阔步，一步步走到石棺旁，一脸神圣，伸手要去取那面镜子。

这时，原本一直在哭的秀姐突然站了起来，挡在秦所长面前，咬着牙说：“爸……你要是不肯罢手，我……我就撞死在你面前……”

秦所长一怔，怒道：“秀丫头，你……你为什么也阻止我？你知不知道，只要我取下镜子，把这些人祭了巫王，我就是巫王了。到时候，你就是巫王之女，要什么有什么。你知不知道，我所做的一切，都是为了你！”

秀姐死命摇头：“我什么都不要，我只要你好好活着，我们继续过着平淡的生活，我就满足了。放手吧，爸……”

已经失去理智的秦所长，一巴掌扇在秀姐脸上：“不知好歹！”

秀姐脸上顿时出现一个乌黑的掌印，但是秀姐依然倔强地仰着头，盯着秦所长。

秦所长焦躁不已，大喝：“为什么？为什么你们每个人都要和我作对？和我作对的人，都得死！”

说到最后一个“死”字，秦所长脸色凄厉狰狞，如同鬼魅，头上灰白的头发如同钢针般，根根竖起。

“你们这几个人算什么？我是巫王，我就是巫王，你们敢不听我号令，那就是自寻死路！”秦所长双手伸向空中，像是想在黑暗中抓住他想要的一切。

这时，一道黄芒“嗖”一声，飞向秦所长的额头。是徐大方的金蚕蛊母，徐大方在最后关头，用自己的生命和金蚕蛊母缔约，让金蚕蛊母攻击秦所长。

拳脚武术，秦所长比这些人高不止一筹，方术蛊毒更是众人望尘莫及。见金蚕飞到，秦所长双掌一合，“啪”一下，像拍蚊子般，将胖子十几刀都没拍死的金蚕拍了个稀烂。

把手里稀烂的金蚕弹到地上，秦所长轻蔑地说道：“我是巫王，这点雕虫小技，害得了我？”

秦所长之所以目空一切，是因为他已经感受到石棺里巫王的气息，秦所长可以吸收、改变这种气息，让这种气息为他所用，增强他方术的威力。有了这些，他就是神！

秦所长一把推开拦在前面的秀姐，得意至极地笑道：“谁还能阻止我……谁还敢阻止我……”

秦所长迈步上前，要去打开石棺。只要棺盖打开，巫王用巫术留下的气息便会进入秦所长体内。到那时，秦所长就可以为所欲为了。

这时，秦所长脸上突然被糊上了一个“创可贴”，很大的那种，女人专用，分日用夜用的那种。这是修习方术之人最忌讳的东西，是一切邪术的克星。“创可贴”上还有殷殷血迹，带着一股气味突然盖在秦所长脑袋上。

方术一破，秦所长气急败坏，暴怒至极，一把扯掉脸上的“创可贴”，随手一扔，无巧不巧，那张“创可贴”牢牢贴在巫王的石棺盖上。

瞬间，原本逼人的危险气息断得干干净净。朱笑东感觉，那股危险的气息就像是冬天的一块寒冰突然被丢进了高温火炉，瞬间化为乌有。

秦所长盯着朱笑东，咬牙切齿，额角上青筋暴露，血红的眼睛凶光毕露，张牙舞爪地问：“哪里来的？你怎么知道的？”

肖凌躺在地上，嘴角带着血，惨笑着说：“我叫你一声秦叔，也把你当父辈看待，你却连我都不肯放过，你是活该……”

朱笑东和胖子并肩而立，异口同声说道：“秦老头儿，这叫多行不义必自毙，现在你已众叛离亲。”

秦所长指着朱笑东和胖子，形如鬼魅，白森森的牙齿咬得咯咯作响，拳头捏得像两柄钢锤，一心想扑过来撕碎这两个一而再、再而三的坏了他好事的人。

“砰”枪声响起，一颗子弹呼啸着在秦所长膝盖上钻出一个血洞。李阳没想杀人，否则，这颗子弹射中的就是秦所长的头。

秦所长腿一软，“噗”一下单腿跪在地上。就算武功了得又怎么样，就算方术堪比仙师又怎么样？最终还不是落得个身败名裂！

朱笑东和胖子鄙夷地看了秦所长一眼，不再理会他，转身摇醒四个背包的，让他们带上伤势极重的小张、秋可仪、徐大方赶快逃出去。肖凌身上也有伤，但是比较轻，朱笑东让她带上秀姐先走。他跟胖子、李阳三人拿绳索将秦所长绑了，准备带回去。

徐大方等人刚爬上去，又被逼的倒退着回来。三个人手里拿着清一色的九二式手枪，顶在徐大方等人的脑袋上。

其中就有那个在京城跟秋可仪联手，摆地摊的老头“土扒子”

陈忠良，另外两个人是他的徒弟，一看就知道是当地的痞子流氓。

在京城，胖子就闻到陈忠良身上有股奇怪的味道，起先不知道是什么原因，现在总算明白了，他身上那股土腥味和难闻的味道是长期跟死人腐骨打交道留下来的。

这家伙二话没说，三下五除二就把李阳、小张身上的枪缴了，把所有人赶到巫王石棺面前，一溜儿跪了，松了秦所长身上的绳索，要他开棺。

胖子跪在地上恨得牙痒痒。王长江差点横死，就是摆地摊骗人的老头子陈忠良搞的鬼。王晓娟、杨薇、秋可仪、朱笑东四人差点儿被活活烧死，也是摆地摊的老头陈忠良干的。胖子刚下车就中了“千斤闸”，也是因为他。他为什么要跟朱笑东作对？

因为陈光才是他的亲弟弟！秦所长跟他是拜把子兄弟，雪山之行他就跟在众人身后，先是骗了朱笑东他们，后又设下陷阱，目的就是除掉朱笑东等人。现在抓到了朱笑东，岂会轻易放过？

算起来，这巫王是他师叔祖的先人，把朱笑东活祭了巫王，既报了仇，又可以用这些人的血引巫王回归。

朱笑东大声劝阻：“要是为了钱的话，我可以给你一千万，这里的一切就当没发生，以后，你们的日子也能过得安稳些。”

陈忠良置若罔闻，一心跟秦所长安排活祭巫王的祷告仪式。

陈忠良那个瘦瘦的徒弟叫二伢仔，听朱笑东这么说，心里开始犹豫，悄声对胖的那个说：“黑子哥，你看，现成的一千万，我们跟师父他老人家分了，不用担任何风险。黑子哥你看……”

他有些担心，这里是十三个人，用十三条人命活祭巫王，想想就不寒而栗。如果这些人回不去，必定会有人追究，一旦暴露，自己的日子也就到头了。

黑子知道朱笑东的身家，一千万是拿得出来的，而且这钱拿得没有任何风险。一千万几人分，一人好几百万，在县城里的日子不要太好过，何必背上十几条命？

黑子趁着师傅聚精会神做活祭祷告仪式，看向朱笑东。

朱笑东看到两人的表情，就知道两人动心了，连忙说："大家都是在江湖上行走的人，讲究的是个'信'字。只要从这里出去，我马上叫人给你打钱，然后我立马走人，绝不把这里的事说出去。"

"我们出来的时候，已经做了安排，一旦出现意外，不出半个月，就会有人来这里，把整件事查个清清楚楚。"

朱笑东利诱、威逼双管齐下。

"二伢仔，你看呢？"黑子看向瘦瘦的二伢仔。二伢仔心眼比黑子多，关键时刻黑子还是希望二伢仔能拿个主意，想个两全其美的办法。

二伢仔眼珠子一转，低声对朱笑东说："朱老板，这么着吧，我跟黑子哥都不是贪心的人，一口价，我们俩每人五百万，我们就转投你名下，给你做保镖。只保证你从这里安全出去，到你把钱打给我们为止，算是两清，你觉得怎么样？"

二伢仔的心思果然活络些，以做保镖的名义向朱笑东索取一千万，虽然背上了背叛师门的罪名，但这也不算敲诈，更不用杀人，保镖是合法的。

至于报酬多少，完全因当事人以及当时的环境而定，环境安逸，给个千儿八百也不算少。像朱笑东他们这样恶劣的环境，二伢仔和黑子两人要一千万，也不算贪心。

李阳连忙趁热打铁，在一旁低声向两人保证，两人只要转行做保镖，就对他们以前做过的事闭口不提。

得到朱笑东的承诺，又有李阳的保证，黑子跟二伢仔权衡再三，终于在巨大的"正当"的利益面前，以及"正义感"的驱使下达成一致，悄悄把枪对准还在大声祷告的两个老头。

二伢仔还想给老头一个机会，在老头以及朱笑东等人面前，表现得仁义一点儿。

“陈……忠良！”二伢仔有些紧张，声音虽然比他师父大，但却有些发抖，“你听我说……”

老“土扒子”一怔，祷告被打断，随即恼怒地喝道：“二伢仔，你要干什么？”

“我……告诉你……”二伢仔虽然紧张，但是说话条理还算清晰，“从现在起，你我脱离师徒关系，我已经弃暗投明。从今以后，你走你的独木桥，我走我的阳关道，再不和你一路了，识相的话，就收起你那一套，我这就带人走了，不要逼我跟你动枪……”

陈忠良粗鲁地打断二伢仔：“我日你先人，你这是欺师灭祖，背叛师门。黑子，给我干掉这个狗杂碎，清理师门。从今以后，你就是我门下的大弟子，将来继承我的衣钵。”

黑子体型比二伢仔大，头脑却没二伢仔灵活，寻思了半晌才问道：“师……陈……你那衣钵，有多大？继承了你的衣钵，可以不用去偷去抢，不去装神弄鬼，不去杀人放火么？”

“住嘴……”陈忠良大怒，这两个不成器的徒弟，居然敢在师叔祖先人面前公然叛变，自己这张脸往哪儿搁。

“你们两个忘恩背义的狗东西，看我今天怎么收拾你！”陈忠良气怒交加，活祭师叔祖先人，为弟弟陈光才报仇，这两件事眼看就要大功告成了，没想到两个没良心的徒弟竟然临阵倒戈，是可忍孰不可忍！

虽然陈忠良知道两个家伙拿了别人的好处，但是气怒之下，也没细想到底人家给了他们两个什么好处，只想要先拿住这两个家伙，活祭师叔祖先人。

二伢仔和黑子可不是什么好鸟，话先说了出来，没抽冷子给师父一枪，他们就觉得自己已经做到仁至义尽了。这老不死的非要挡自己的财路，阻拦自己弃暗投明的决心，两人一起扣动早已对准陈忠良的枪机，一口气射完枪里的子弹。

陈忠良做梦也没想到，这两个家伙背叛师门欺师灭祖不说，还敢对自己开枪，方术都没来得及用，低头看着自己被打成马蜂窝的胸口，一个踉跄扑到巫王的石棺上。

早在陈忠良跟二伢仔、黑子交涉时，被“创可贴”克制了方术的秦所长取下石棺上的镜子，拿起石头将铜镜砸碎，想把石棺里巫王留下的气息唤醒。

然而，不知巫王怕了，还是巫王投胎转世去了，秦所长等了半晌，石棺里一点儿动静也没有。

前后两次枪战，洞壁上的石块开始剥落。开始只是小石屑，噼噼啪啪崩落。朱笑东知道，这里要塌了，招呼一声，让大家赶快撤离。

一群人惊慌失措，不要命地奔上台阶，随便选了一条通道，也不管能不能走得通就钻了进去。进通道前，朱笑东回头发现秀姐还在秦所长身边，不肯离开，朱笑东叹了口气，招呼胖子又掉头回去。

本来胖子不愿回去，但是念着秀姐这些日子一直照顾大家，而且她也是无辜的，一咬牙跟在朱笑东身后，冒着雨点般落下来的石头，抢到石棺旁边拦腰抱起秀姐，往肩膀上一扛，返身就跑，朱笑东也抓着秦所长，跟在胖子身后，不要命地往通道跑去。

朱笑东和胖子赶到徐大方等人钻进去的通道口，发现通道已经被垮塌下来的石头堵住了。

洞厅里开始往下落巨石，砸得地上一阵阵摇晃，就像地震了似的。朱笑东不敢耽误，招呼胖子一声，向另一条通道钻去，胖子紧跟其后。

两人在前面跑，通道以极快的速度垮塌，落下来的巨石好几次差点儿砸中胖子和秀姐，落到身上的小石块、石屑不计其数。

好容易出了通道，朱笑东跟胖子傻了眼，他们扛着秦所长和秀姐又来到了那道铁索桥边。铁索桥就剩下摇晃的两根扶手铁链了，想从铁链上爬过去，不仅不现实，就算铁链不断，时间也来不及了。

几人刚停下，巨大的石头就落了下来，封住了身后的通道。紧接着，桥头的洞壁也摇晃起来。

朱笑东一咬牙，大喊一声："胖子，跳！"

眼睛一闭，拉着秦所长跳下冒着雾气的深潭。胖子紧跟其后，扛着秀姐连姿势都没变，"轰"一声砸进水潭。

朱笑东跳下深潭，昏迷之前一直没放开秦所长，估计胖子也没放开秀姐。

朱笑东醒过来时，发现自己躺在医院，身上到处都针扎般疼，想来伤口肯定不少，稍微动了动，手脚身体的骨头还能感觉到，应该没骨折伤。

睁开眼睛，稍微适应了一下，就看到头上缠着一圈绷带的肖凌，正盯着自己看。朱笑东动了动嘴，感觉腮帮子很疼，估计脸上受伤了。

朱笑东勉强挤出了几个字："肖小姐，胖子呢？"

肖凌见朱笑东醒了，大喜，往旁边指了指，轻声说："就在你旁边，他比你早醒过来一会儿，现在又睡过去了。"

胖子安好，朱笑东就放心了，又问："其他人呢，都还好吧？"

肖凌神色黯然："秦所长死了，回来之后在医院里自杀的。其他人都还好，好几个都出院了。"

秦所长自杀是朱笑东意料之外的事，朱笑东拼死拼活把他救出来，没想到他还是死了，这让他心里多少有些失落。

沉默了一会儿，朱笑东又问："我们是怎么出来的，怎么还活着？"

肖凌见朱笑东问，连忙答道："那天，我们出来之后，在外面足足等了你们两天，始终没见着，我们还以为……因为我们个个都带着伤，也不敢耽误太久，所以就回县城了。没想到在医院碰上了秀姐，她说你们跳进水潭后，没过多久，就被冲出了暗河。当时河边正好有人钓鱼，看见你们就报了警，所以，你们比我们还先进医院三天。"

肖凌声音虽然轻柔，但是说得又快又急，花喜鹊一般，叽叽喳喳的。

朱笑东问："那我睡了多久？"

"不多，到今天才一个星期。可仪姐和秀姐求我留下来照顾你跟胖子，药费她们已经付了，她们说她们……特别对……对不起你……"肖凌说着，脸上绯红，大约是想起秦所长、陈忠良的事，她也有份，所以很不好意思。

朱笑东淡淡地说："过去的事就算了吧，对了，她们呢？"

"秦……所长死前写了一张纸条，是治平的地址，可仪姐去接治平去了。估计以后，她会跟治平过平淡的日子。秀姐守了秦所长两天，说她想去边远地区支教，替秦所长赎罪。"

"对了，这两天有好几拨人来找过你，见你没醒就走了。"肖凌岔开话题。

朱笑东"嗯"了一声："都是什么人？"

"徐人方他们五个人来了，等你付他们余下的工资……"说到这里，肖凌脸又红了，等余下的那五万块钱，肖凌也有一份。

"第二拨是段海、屈子常他们。"说到这里，肖凌有些气恼，"这两个人，受那么一点点伤，在医院里躺了半个月，还不肯出院，说等你们回来之后，必须赔偿他们一切损失，开口要两百万。”

朱笑东和胖子对两个人实在没什么好感，还要两百万，给他们两万算是客气的。朱笑东盘算了一下，别人可以多给，对这两个死乞白赖的人，最多再给一万块。我朱笑东的钱，高兴了就多给你们点也无所谓，不高兴了，一分钱也不给！

“第三拨，是黑子跟二伢仔，这两个人来得最勤。第四拨是小张跟李阳，还有段所长、穆馆长，七七八八好几个。还有一位，是一位……一位很漂亮的姑娘，来看了一下，打过招呼之后就没再见了，也没留下姓名……”

“嗯?”朱笑东有些好奇，其他人来看自己都是冲着自己的钱来的，哪里冒出来一个“很漂亮的姑娘”，只打过招呼就走了，会是谁?

肯定不会是杨薇、王晓娟，要是她们来了，那还不翻了天。除了她们俩，还会有谁对自己和胖子这样“漠然”关心?

朱笑东又在医院躺了两天，打了电话，没敢跟杨薇和王晓娟说这边的情况，怕她们担心，只让杨薇打钱过来，解决了徐大方等人的工资，还特意多给了秀姐几万，算是一点心意。秀姐不肯要，虽说秦所长死了，但是他害人在前，咎由自取。朱笑东只好托肖凌想办法，让她以后有机会转交给秀姐。

黑子和二伢仔两人喜滋滋地拿了钱，一个劲儿跟朱笑东和胖子套近乎，想以后跟着他们这样又有钱又仗义的大哥，被朱笑东和胖子婉言拒绝了。帮过自己是一回事，这两个人为了钱，连师父都能出卖，这种行为让朱笑东跟胖子不齿，留在身边等于是给自己埋了一个炸弹。

打发走两拨人，朱笑东跟胖子穿着病号服，出医院逛了一圈，胖子满大街找最有名最好吃的食物。

第十一章 梁奇宝

朱笑东说胖子是吃货，胖子很委屈，义正词严地说："东哥，我这还不是为了大家，提高自己的厨艺水平吗，这样我以后才能更好地为大家服务啊！吃，不过是换种方式学习而已，不要把我这种勤劳务实、勇于创新的行为，与贪图享受画上等号。还有，东哥，我们要批评与自我批评。首先，我得批评你，你这人什么都好，就是官僚主义作风太重……"

胖子一直对朱笑东不肯让他看那尊纯金弥勒佛耿耿于怀，所以，上来就批评朱笑东官僚。至于自我批评，暂时他自己还没有什么可批评的。

朱笑东看了看四周，见没有其他人，低声说："胖子，你别不知道好歹，别的我不说，我只给你三个字，你好好想想……"

胖子"哼"了一声，表示朱笑东现在还在接受批评期间，不得花言巧语狡辩。

朱笑东在胖子耳边低声说了三个字"梁奇宝"，说完，又四处看了看，生怕有人听见一样。

胖子一怔，觉得这三个字很熟悉，一时间想不起来在哪儿听过。见朱笑东慎重又神秘，不像是为自己开脱责任，胖子好奇起来。

朱笑东见胖子一脸茫然，只好再给他一点提示："李嵘那件事还记得吧？"

那件事哪能不记得，那是胖子有史以来最露脸的一件事，只是胖子神经大条，一时间想不起细节，朱笑东一提，那件事从头到尾，像放电影般在胖子脑袋了回放了一遍。

胖子笑了笑："不就是三百块本钱，转手赚了几十万么，蝇头小利，贻笑大方，不足挂齿，不足挂齿耳……"

"耳你个头。"朱笑东没好气地拍了胖子一巴掌，"你还真以为你长能耐了？"

"你是说……梁奇宝的那几件……"胖子突然省悟，一张嘴，差点儿嚷出来。

朱笑东慌忙捂住胖子的嘴："要不要我拿个喇叭给你，让你满大街去喊？"

胖子"呜呜……"了几声，连连点头，表示明白，不会再乱喊乱叫了，示意朱笑东把捂住自己口鼻的手拿开，不然自己就憋死了。

朱笑东放开胖子："这件事，你知我知，千万大意不得，不知道多少人盯着咱们呢。"

胖子点点头，狠狠地自我批评了一顿："我这人吧，什么都好，就是见不得好东西，见到好东西，就像见了花姑娘。不过，我可以对天发誓，只是欣赏……对了，说了半天，我还是没弄明白，到底是怎么回事？"

这时，对面刚好有群背着背篓的人迎面而来。朱笑东摇了摇头，说："这大街上，不说这些事情了，你跟我走，慢慢看你就明白了。"

侧身穿过那群人，胖子悻悻地说道："瞧你，刚表扬你几句，你又官僚起来了，还跟我卖关子。”

朱笑东不理他，不紧不慢带着胖子往老旧幽深的巷子走。县城不大，朱笑东记得上次跟秋可仪、秀姐在小巷子里走过，前面不远的地方有个摆摊儿卖玉石挂件的。

不一会儿就到了，摊子是一辆人力三轮车，上面搁着一块门板，用细木条钉成小方格，里面垫了一层红色的绒布，大大小小的挂件，黄的、白的、绿的、珍珠的、玉石的、玻璃的，真的、假的，全放在小方格子里，看得人眼花缭乱。

守摊子的是一个浓眉大眼胖墩墩的湘嫂，只比胖子小了一号。见朱笑东跟胖子在摊子边站定，湘嫂满脸笑容：“两位大兄弟，你们要买些莫西噻?”

虽然听不明白湘嫂说的什么，但是两人大略能猜到她在问要买什么?

朱笑东随手从小格子里拿了一个小观音挂件，这种挂件陶都的典当铺子里也有卖，这是真玉，是质地较差的豆种，进价一般在五十左右，最高也有上千的。

所谓“豆种”是翡翠的一种，晶体大多呈短柱状，似一粒粒豆子排列，仅凭肉眼就能看出这些晶体的分界面，做成的玉件外表也会因为晶粒粗糙，光泽度、透明度表现不佳，行话叫做“水干”，豆种水干，由于常见，在玉中属于低档，价格自然便宜。

不过，就翡翠的品种来说，老话有：十有九豆，以及三十六水干七十二豆的说法，说的就是翡翠玉石品种类别极多，就算真正懂行的人，也未必认得全。

朱笑东晃了晃手里的观音挂件，问：“多少钱?”

湘嫂一听是外地人，赶紧用不大纯熟的普通话笑着答道：“这位大兄弟，你拿的是我这里最好的，这样的卖三百，要啵?”

虽然价钱比进价涨了三倍，但是比陶都和京城那些无良商家好多了，起码没几千上万地乱喊。胖子跟朱笑东就是开店卖这玩意儿的，哪能不知道行情，当下往前面一站，大声说道："大嫂，你这要价也太高了吧。依我看，你这摊上最好的也未必值三百块钱。知道不，我们也是做这行的！"

朱笑东连忙把胖子往身后一拉，赔着笑脸说："嫂子别听他胡说八道，脑袋有点儿问题，看见没，刚从医院跑出来的，还穿着医院的衣服。"

湘嫂一怔，疑惑地看着朱笑东，顺着朱笑东的意思想，胖子刚从医院里跑出来，脑子有问题，那就是神经病了，但是朱笑东也穿着一样的衣服啊！

朱笑东赶紧掏出钱夹，从里面拿出三百块钱递给湘嫂，连声说："对不起……吓着你了……"

湘嫂接过钱，眼中的忧虑更浓，大约是在想，跟俩神经病做生意合适吗？

幸亏朱笑东见机快，赶紧对湘嫂说："嫂子别误会，我们是出来玩的，没想到受了点儿小伤，就住在不远处的医院里，这两天就出院了，在里面闷得慌，出来逛逛，透口气，顺便找两样小玩意儿，带回去做个纪念。"

"是这样啊！"湘嫂终于又露出笑脸，"我就说嘛，两个兄弟看起来就不像是那种有"蛇精病"的人咹，你们挑，你们挑……"正正当当赚钱，湘嫂当然高兴，所以极力给朱笑东推荐其他的东西。

胖子又要上前掺和，朱笑东直接把他打发到对面臭豆腐摊儿去"勤劳务实、勇于创新"去了。

胖子嘟囔了几句，从朱笑东手里抽走了一张百元大钞，说这是对官僚主义者的宽大处理，转身走人。朱笑东苦笑着继续跟湘嫂谈生意。

“那个是你弟弟吧？你们兄弟俩真合得来。”湘嫂很羡慕朱笑东有这样合得来的兄弟。

朱笑东点了点头，没有继续谈论胖子，问：“上次我打嫂子这里经过，发现有一种很大的挂件，质地也不错，今天怎么没看见？”

很大，质地也不错的那种，朱笑东当然没见过，只是试探湘嫂，看能不能买到，他急用。

湘嫂笑着说：“太大的没有，做挂件的，弄上几斤挂在脖子上，就算值钱，脖子也勒得不舒服不是。不过，你要是定做，我让堂屋里的给做一个也行，就是价钱贵些。”

朱笑东摇摇头说来不及了，过两天自己就出院了，还有其他事儿等着办呢。至于价钱，不是问题。

湘嫂笑着说：“我们进货的时候，顺便也会进一些原料，堂屋里的自己在家做，赚几个手工钱。你真要的话，现做也用不了多久，最多一两个小时，误不了事。”

一听湘嫂家里有现成的材料，朱笑东差点跳起来，这还真是想睡觉有人递枕头，心里高兴坏了。朱笑东说了自己想要的物件的大概尺寸和样式。

湘嫂说：“这个简单，不就一块火柴盒大小的玉牌么，又不要什么纹饰，直接从原料上切一块下来就成，给八百块吧，要得多的话，还可以优惠一点。怎么说也是熟客了，不能多要。”

湘嫂自然知道那样一块材料，做成成品进价最多一百块，还得赔进去雕琢加工两个挂件的人工成本。朱笑东根本不用他雕琢，就要一块原料，湘嫂就要价八百，已经不少了。

朱笑东笑了笑，虽然他知道价位，但是几百块钱而已，他也无所谓，但是提出先去看看料。这笔生意要是做成，今天一天就能赚半个月的钱，湘嫂干脆收了摊，带朱笑东回家了。

湘嫂家就在巷子尽头，房子是老旧的平房，老远就听见电动工具切割石材的声音。湘嫂一边开门，一边说，其实她男人在一个小工厂上班，干的是体力活，经济效益不是很好，勉强糊嘴。闲暇时，男人喜欢做些雕件补贴家用，恰好今天他在家。

朱笑东进了屋，屋里有些暗，堂屋的半边摆着工作台，杂七杂八摆满了各式各样的工具，几块灰白的原材夹杂其间，一看就是实实在在的家庭式小手工作坊。

湘嫂的男人戴着眼镜，腰间系着一条破烂的围裙，正在台灯下用电动机打磨一个小挂件。见有人来，关了电机，放下手头的活计，跟朱笑东点头微笑。

听湘嫂叽叽呱呱更他男人说了一大通，朱笑东才明白，为什么肖凌跟秀姐都说话像花喜鹊似的，敢情这里的人差不多都这样说话。湘嫂叽叽呱呱一阵，交代清楚，就进里屋泡茶去了。

男人憨厚地笑着，让朱笑东选材。说是让朱笑东选择材料，其实也没有多少，工作台上就那么几块比拳头大不了多少的玉石原材，质地都是下下乘的。这都不用赌石，应该是从出产地带回来的原石，还是低价半成品，很便宜。朱笑东估计，这几块原材料加在一起，也不会超过两千，这能有多大的选择余地？

朱笑东选了一块颜色白里带着微黄，切过一刀的原材，问这块要多少钱？

男人看了看说：“材料估计能切三到四件，价钱先前说好的，八百块钱一件，要得多，就给三千吧。加工费就不要钱了，可以帮忙。”

朱笑东稍微砍了一下价，给了两千八，不过得照自己的意思切。说完，他掏钱给了湘嫂，找来记号笔，在原材上画线。

湘嫂男人一看朱笑东的架势，惊奇地问道：“老板，你也懂这玩意儿?”

玉石原材料，比不得普通的石头，无论质地品种如何，都是花钱买回来的，不懂行的自然是横拉直划，不懂节省材料，一刀切下去浪费一半，像这些品种质地不怎么样的也就罢了，倘若是宝石级的原材，要怎样切割，都得经过经验丰富的大师周密计算，要不然，就算废掉豆子大一块，都是上百万甚至上千万的损失。

雕琢下料，朱笑东可是高手，所谓行家一出手，便知有没有。只看朱笑东的架势，湘嫂的男人就知道，这年轻人不但懂，而且很老道。

那块材料要是按他的想法，做成成品，少说也得浪费两块挂件材料，按照朱笑东做的记号，虽说也会浪费，但微乎其微。

以他的手艺，按朱笑东做的记号切割的话，浪费的只有米粒大小的几块而已。凭这一点，湘嫂的男人就对朱笑东佩服得五体投地。

接过朱笑东递过来的原材，顺着记号线，把材料放在切割机底座上固定好，湘嫂的男人忍不住说道：“我叫赵华，老板贵姓?”

本来，做这种生意，大多是一次性交易，这次做了，可能永远不会再有下一次了。所以，一般人不会问对方姓甚名谁。

赵华惊羡敬慕朱笑东的技艺，才和他攀谈。这是手艺人的通病，碰到比自己手艺高的，就想学上两招，无论是明的暗的，偷的抢的，好东西能为己所用，才是真的。

朱笑东笑着说出自己的名字，又去翻看工作台上其他玉石原材，等赵华切割。

拳头大的一块原材，在一阵刺耳的切割声后，第一块玉料出来了。赵华拿着玉料，慢慢清洗打磨，他不急着交货，他还想问些想知道的东西。

“朱老板，您哪儿人，怎么跑到这穷山沟里来旅游?”赵华一边打磨，一边不着边际地问。

朱笑东随便说了个理由，搪塞过去。

赵华也不计较，又问：“看样子，朱老板也是个懂行的人，又是大地方来的，怎么会跑到我这儿买这么大一块玉?”

朱笑东回答说：“我比较喜欢在外边疯跑，不过每到一地，都喜欢带点有纪念意义的东西，回去送给家里的亲人朋友。对了，这个县城，只看到你这一家卖玉件的摊儿，这县城里的人都不怎么喜欢玉吧?”

“本来还有几家卖珠宝玉器的，但人家都是高档货，不是普通人消费得起的。像我手里这些，扣除运费，成本和售价相差无几，没人愿意操这份心。一来二去，县城里就只有我这一家了。我之所以还在做，也就是挣几个手工钱。”

赵华叹了口气：“现在这碗饭也不好吃了，工业化的生产出来，我们这手工作坊，也就不到两成利润，糊口而已。”

说话间，第一块玉料打磨完，递给朱笑东。

朱笑东接过来看了看，有些粗糙，不过也还说得过去，拿在手里把玩着，问：“能不能借用一下你的工具。嘿嘿……我看人雕东西，有些手痒。再说，在这儿干等着，也很无聊。”

能朱笑东多说说话，探讨一下技艺，赵华巴不得。朱笑东要动手自己雕刻，赵华更是求之不得，不但让朱笑东随意用工具，还吩咐堂客：“满玉，朱老板的事儿一时半会儿还完不了，你早点煮饭……”

湘嫂——满玉今天还以为只能赚千把块钱，没想到是个大客户，生意做到三千多。赵华让她做顿饭招待朱笑东，自然乐意。

朱笑东推辞说，和胖子约了饭局，就不打扰了。满玉嫂送上茶水，又客气了一番。

朱笑东很久没雕物件了，倒是一点儿也没忘记。选了趁手的工具，略一思索，便开始动手了。赵华时不时过来瞧上一阵儿，看着朱笑东给玉料上图样，赵华沉不住气了，朱笑东上图样的手法，真是闻所未闻，见所未见，寥寥几笔，一尊观音站像就勾勒出来了。不是说马上就能看出是一尊观音像，而是在雕刻师傅眼里，大致已经有了轮廓。

没用几分钟，一个立体的人样就打磨出来了。朱笑东把人样清洗干净，再次上图。这时就慢了些，图样也繁复了不少。由于很长时间没动过手，修改的地方也多了很多。

赵华早停了手里的事，专心致志地看着朱笑东雕琢，要不是家里没有摄影器材，赵华真想把朱笑东的动作细节都录下来，以供日后揣摩。

朱笑东拿起刻刀，身心就沉浸在其中，天地间就剩下手中跳跃的刀和渐渐成形的观音像了。不知过了多久，朱笑东雕完观音脚下最后一瓣莲花瓣，放下刻刀，长长地吐了口气。

赵华、满玉两口子站在朱笑东身后，大气都没敢出一口，朱笑东雕出来的观音超乎想象。那观音像眉如小月，眼似双星，神态庄严雍容，头戴宝冠，身披天衣，腰束贴体罗裙，既有菩萨的慈祥，也有女性的柔美。与其说朱笑东雕刻的是一个法相庄严的女菩萨，还不如说朱笑东雕刻了一个人间的美丽女子，这位被朱笑东雕刻成像的女子，不过是戴上了观音菩萨的宝冠，穿了观音菩萨的天衣，拿了观音菩萨的净瓶，站了观音菩萨的莲台而已。

满玉觉得这观音菩萨很面熟，就像在哪里见过一般，很像，但是又不像。赵华盯着那尊观音像看了很久，啧啧叹道："好手艺，好手艺……我要能有一半功力，这辈子就衣食无忧了。"

朱笑东莞尔，一半功力，谈何容易，不说前面的选料，光设计上图一项，起码要四五年。一个雕刻大师，通常要有字画大师的水平和精湛的雕刻技术，至少要几十年的功底，没有捷径！

朱笑东能有此功力，除了心性聪慧，更重要的是机缘巧合，他的眼睛有大异常人的特殊能力。若是普通雕刻者，光是练眼力，就得耗费无数时间。

赵华轻轻巧巧一句“一半的功力”，怕是普通人一辈子也未必能达到。

赵华忍不住拿起放大镜，细细观看那尊观音像，仅仅是这尊观音像，就已让赵华赞叹不已，偏偏赵华拿着放大镜，细看之下，发现了一个震人心弦的事。朱笑东最后雕琢的那瓣莲花瓣上，刻着一首诗。

“飞絮飞花何处是？层冰积雪摧残。疏疏一树五更寒，爱他明月好，憔悴也相关。最是繁丝摇落后，转教人忆春山。湔裙梦断续应难，西风多少恨，吹不散眉弯。”

赵华不知道字体优劣，也不大懂得这首诗说的是什么，但是他知道一件事，那就是，这是他听说过千百回，却无缘一见的“微雕”！

不到半块指甲大的花瓣上，刻了整整六十个字的微雕，花瓣的空白处，还余下将近三分之二，这是什么手法！

这块原来最多值几百块钱的玉料，在这么短的时间内，被这位自称姓朱的年轻人化腐朽为神奇，价值立刻升至万倍。

赵华鼻子一酸，差点儿流下泪来，这个姓朱的年轻人，是神！先前还说要一半的功力，现在想想，能有十分之一已是奢望了。

拿好赵华递过来的几块材料，正好胖子手里端着一盒臭豆腐，一边吃一边找了过来。看到朱笑东嘿嘿一笑，嘴里喷出一股臭豆腐味儿："东哥，嘿嘿……这是这条街上最后一点儿了，要吃不？"

朱笑东摇头，臭豆腐只能偶尔吃，吃多了，嘴里好久都是那味儿。

胖子见朱笑东不吃，乐不可支，两个卖臭豆腐的摊儿，被他一个人吃到没货了。就剩下这一盒，还是胖子从牙齿缝里省下来的，实在忍不住，才吃上一块解馋，就是为了留给朱笑东。朱笑东不要，正好遂了胖子的心。

见到赵华捏在手里的那个小观音，胖子一声惊呼，也不管朱笑东答应不答应，直接把臭豆腐盒子往朱笑东手里一塞，走到赵华面前，大大咧咧地说："兄弟，好手艺啊，这玩意儿卖多少钱？"

赵华一脸尴尬："这是朱老板雕的。"

"这样啊……"胖子一笑，"我就说这玩意儿看着这么眼熟，原来是东哥的手笔，拿来我看看。"

赵华依依不舍地把那观音像递给胖子。本来，朱笑东拿好材料就要走了，偏偏赵华拿着观音像就是不肯松手，朱笑东拉不下脸强要，没想到胖子一来就解决了这件事。

胖子拿起观音像盯着脸猛看，好一会儿才笑着说："东哥，我怎么看着像是我认识的一个女孩啊？说，你这雕的是谁，准备送给哪个妹子？"说着，随手上下抛动。

赵华两口子的心随着那观音像一上一下地跳了起来，那可是价值不菲的东西啊，胖子怎么就……

朱笑东老脸一红，跟赵华两口子打了个招呼，转身走人。胖子越来越不像话了，什么话都敢说，什么事都敢做，赶明儿得好好教育教育。不过，朱笑东内心深处还是很喜欢胖子这样，随随便便，从不把自己当外人。

胖子追在朱笑东身后，也不管别人怎么看，打破砂锅问到底地要朱笑东说出来，这观音像的原型到底是谁？他觉得，这尊观音像的脸蛋儿猛一看，像是杨薇，细看，又像佟格格，眉宇间的神态又跟秋可仪有几分相似，又有秀姐、肖凌的神韵，以至胖子实在分不清，到底朱笑东是以谁为原型雕的。

要知道，雕刻人物最难，人物有原型，雕刻出来才会生动，最关键的是要掌握这个原型的性格，把性格加进雕刻里，雕塑的人物才会活过来，才能有生命。朱笑东把好几个女孩子的性格糅合在一起，这让人看着雕像，心里想着谁，雕像就和谁神似。

回到医院，胖子还在逼问朱笑东，非要他老实交代，到底是谁。

朱笑东没好气地把他呵斥了一顿："再吵，待会儿肖凌过来，要是听见了，岂不是让人家笑话？你随便说说也无所谓，但是人家听去了，还不以为咱是大灰狼？"

胖子捂着嘴笑了好久，才说："东哥，这可是你有史以来，第一次主动承认自己是'狼'，嘿嘿……值得纪念。"

正说着，肖凌过来了，身后还跟着穆馆长、段鹏。穆馆长是博物馆的馆长，分管秦所长他们那个所。

寒暄了几句，穆馆长说，他也没想到事情会是这个结果，对秦所长的事，他只能说抱歉。

朱笑东淡淡地说，事情过去了，也不打算再追究，只希望穆馆长帮忙想个办法，关于秦所长的事，跟上面报告的时候稍微弱化一下，香兰婶和秀姐孤儿寡母的也不容易，要是背上那样一个名声，以后的日子就更艰难了。

穆馆长考虑了一下，说："这件事操作起来有些困难，秦所长这人平日不大合群，有些关系得打通才行，不过还是会尽力的。"

朱笑东谢过穆馆长。穆馆长的事解决了，接下来是段鹏的事。说起这件事，朱笑东就有些不高兴了，段海和屈子常本身并不是正式警察，只是协警，段鹏也是照顾他们，让他们保护一行人走一趟，一方面是想让他们挣点儿钱，另一方面是因为当时所里正好有个大案子，实在是抽调不出人手。后来两人受伤，被抬出来，这才换了小张和李阳两个警察去。

现在两人不肯按先前的约定拿钱了事，非要朱笑东补给两人两百万。两百万于朱笑东而言是小事，但是朱笑东咽不下这口气，这两个人不仅没帮上忙，还一路上拿自己当大爷。

提起这事，胖子就生气，张嘴就想骂人，朱笑东好容易压住胖子的火。

段鹏旁敲侧击地说："他们要两百万确实有些过分，我们还在协调。不过按照约定那点钱确实无济于事，再说，他们的要求，不管怎么样也算是正当要求。我还是希望你们能好好谈谈，毕竟，这样耽误着对大家都不好！"

段海毕竟是段鹏的弟弟，这次受伤颇重，段鹏还真有点心疼了。而且他也没见到一路上段海和屈子常的行为，所以话里话外就有点护短。

朱笑东淡淡地说道："我也不是看重钱财的人，要钱可以，但是得有正当的理由。我可以再给他们三万，再多的话，就只能他们自己看着办了。"

胖子没好气地说："三万块还是看在段所你的面子上，不然，一分钱我们也不会给。"

段鹏想了想，拿出电话打了出去，让段海跟屈子常过来拿钱。

朱笑东解决了这件事，转头对胖子说："把我们捡回来的那个玉牌交给穆馆长。"

胖子没好气地拿出那块玉牌，直接放进朱笑东手里。

朱笑东笑了笑："我们没走就是在等着处理这件事，现在事处理完了，东西交给穆馆长，我们就可以走人了。”

穆馆长接过那块玉牌，随意看了看，说：“我们从小张那里得知，金佛和这玉牌研究价值不大，本来按规矩是要回收放进博物馆的，后来上级研究决定，可以由我们酌情处理……”

穆馆长话说得隐晦，但是朱笑东听明白了，当下爽快地说：“既然这样，我再给你们馆追加一百万捐赠，至于这块玉牌，我想按正规手续接受处理，如何？”

这块玉牌在穆馆长等人眼里既然没有“研究价值”，最多也就是一件古玩。作为古玩，讲究自然多，质地、雕工算是最重要的两个指标。这玉牌的用料是鼻涕地，是有杂质的下下乘质料，雕工虽有唐风，但也不算上乘，这从玉牌上略显粗陋的荷花图案，以及另一面的文字就能看出来。

若是正规拍卖的话，这玩意儿根本上不了台面，朱笑东愿意为了它多捐赠一百万，穆馆长高兴坏了，说：“小朱老板这么爽快，我再多说就是虚伪了。我就做个主，把玉牌送给小朱老板了，也算是留个念想。”

穆馆长竟然来这一手，这是要拿这块“不值钱”的玉牌儿打发自己走人，连正规的手续都不想履行，可见这穆馆长过河拆桥的本事非同一般。

既然如此，朱笑东也不客气：“送，我也领这份情，卖，我也给这个价。不过，无论是送是卖，我都希望有个正规手续。穆馆长你是知道的，有些事情一旦被人使坏，你我都不好过，不能为了一块小小的玉牌，闹到大家不好收拾。”

朱笑东哪里知道，把玉牌送给朱笑东是穆馆长和上面商量好的，所有手续都准备好了，只是穆馆长有私心，不肯把手续拿出来。手续留在手里，就可以搪塞第二次，第三次……

见朱笑东坚持，穆馆长也没办法，只好干笑了两声，拿出一张赠送证明，算是为朱笑东拥有玉牌正了名。

朱笑东接过证明，小心收好，邀请穆馆长、段鹏一起吃个饭。段鹏推辞了，说是把段海、屈子常两人的事情解决好就可以了，吃饭就免了。

穆馆长又拿了一百万，乐不可支，笑呵呵地告辞了，饭也没吃。

等段海跟屈子常两人来了，朱笑东态度一变，只说了几句，每个人打发了五万块钱。段海与屈子常虽然不怎么满意，但是之前人家连两万块都不愿给，还是段鹏亲自出面，才讨回五万块，也算不错了。拿着钱，两人数了好几遍，这才跟在段鹏身后快快地走了。

等几人走了，朱笑东开始收拾东西，胖子坐在床上大骂这帮人不要脸，眼里只有钱，有难的时候，没见着这么积极。还没走远的段海和屈子常听了，脸上红一阵白一阵，想回头收拾胖子，终究有所顾忌，灰溜溜地走了。

后来朱笑东才知道，要不是唐婉来过，打过招呼，要过这一关还真有点儿难，不过这都是后话。

临走之前，朱笑东从胖子手里把那个观音像拿了过来，送给肖凌，算是对她这几天照顾自己跟胖子的一点报答。

肖凌笑着说，朱大哥雕的观音像这么好看，多半是用心上人做原型，就这么给了自己，不好意思接受。

朱笑东红着脸说："怎么也算是同甘共苦，出生入死了一回，不值钱的小玩意儿，拿着留个纪念。"

胖子背好背包，转过头来对肖凌说："你可要收好了，这可是朱大哥的一片心血，说不值钱那是假的，如果有人要买，你只要说这是朱笑东的手笔，价钱低于五百万，你就是傻丫头了。"说着，还伸手在惊呆了的肖凌脸上使劲捏了一把。

第十二章
七宝现世

第三天，朱笑东跟胖子风尘仆仆地回到京城。

王长江亲自“带着”胖子下厨，烧了一桌好菜，为朱笑东和胖子接风。

朱笑东把事情经过说了，杨薇、王晓娟对秋可仪又是恼恨，又是心痛，恨她不该与人合伙骗人，心痛她也是一个可怜人，为了自己心爱的人，差点命都没了。

杨薇和王晓娟声色俱厉地警告朱笑东和胖子，从今以后，不准多事，别一看见漂亮女孩，三言两语就被哄晕了头。

朱笑东和杨薇婚期将近，胖子跟王晓娟就更不用说了，王晓娟已经开始有妊娠反应了，更是耽误不得。

胖子回到家，表面上唯唯诺诺，千依百顺，暗地里逮着机会就跟朱笑东诉苦，晓娟儿那脾气，母老虎似的，有她在，怎么也没有在外边舒爽……唉，岁月是把杀猪刀，媳妇儿威猛，胖子瘦了……

饭桌上，王晓娟不停给胖子夹菜，看得王长江直摇头，说：“唉，女大不中留，有了夫婿忘了老爸……”

王晓娟赶紧给王长江夹了一块鸡肉，娇嗔地说道：“爸……怎么能忘了你呢，只是胖子这段时间在外奔波，劳累不堪，你看，他都瘦了一圈儿……”

朱笑东“噗”一声笑了出来，低声说了句：“肉麻。”

杨薇也忍着笑，给朱笑东夹菜。正要开口说话，杨薇发现朱笑东盯着王晓娟，眼睛一眨不眨。杨薇悄悄掐了一把朱笑东，低声说：“你老看着她干吗？”

朱笑东出了一会儿神，转头问胖子：“你上次在雪山偷藏的东西呢？”

上次在雪山，胖子私藏了一件小玩意儿，朱笑东想看看，一直没机会，此时见王晓娟手上戴着黄灿灿的金镯子，突然想了起来。

一说到这个，满面红光的胖子觍着脸说：“东哥，这事都过去好几个月了，你咋还惦记着呢。都说了，那玩意儿我已经据为己有了，最多，以后让虎子和你挑个地方，狠狠吃我一顿，其他的，嘿嘿……没门儿……”

胖子说得直白，反正都是自己兄弟，他也不扭扭捏捏。

朱笑东不以为意，指了指王晓娟，说：“是不是这个镯子？胖子，你老实交代！”

胖子笑吟吟地道：“是啊，反正我做聘礼已经送给晓娟儿了，东哥不会抽兄弟的嘴巴，要我吐出来吧？”

朱笑东笑了笑：“反正这两次出去也没捞到什么好处，这镯子你要了便要了，我也没意见。虎子哥那边，有机会我跟他说一声，也不是什么大事。不过，有件事，你可能不知道。”

胖子一怔，随即一喜，说：“东哥你快说，是不是又有什么买卖了？”

朱笑东刚要说什么，杨薇在桌子底下偷偷踢了朱笑东一脚，不理朱笑东疼得变了形的脸，说：“大家快吃饭，吃饭，菜都快凉了。”

王晓娟狠狠掐了一把胖子，拿着筷子指着他，说：“对啊对啊，大家难得在一起吃个饭，吃完饭，我们还有好多事要办呢！”

胖子苦着脸，一点心情都没有了，胡乱扒拉了几口，放下碗筷：“我吃饱了，嗯，你们慢慢吃，我先去……”

王晓娟虎着脸：“坐下！哪儿也不准去，吃完饭，跟我们一起去办事儿。”

胖子见王晓娟脸色不好看，只得又坐了下来。

朱笑东也吃饱了，想出去溜达一圈，但是一看杨薇的脸色，没敢做声，乖乖坐在一边，等王长江、杨薇、王晓娟吃完。

胖子看着朱笑东，挤眉眨眼，暗示朱笑东想想办法，早点脱离苦海。朱笑东无可奈何地看了看杨薇，冲胖子耸了耸肩，表示自己也没办法，有什么话只能等他们吃完之后再说。

见两人挤眉弄眼的，甚是滑稽，杨薇差点把嘴里的饭喷出来，好容易顺了口气，说：“笑东，你觉得我们很烦，跟着我们一点儿自由都没有，我们很过分是不是？”

朱笑东赶紧摇头：“哪儿敢，一点都不烦，一点都不过分，我们两个不是很自由吗？”

胖子撇了撇嘴，嘟囔了句：“肉麻，让你说得跟做了神仙似的！”

看着几个年轻人打情骂俏，王长江睁一只眼闭只眼，装看不见，自顾自吃饭。他听得出来，朱笑东话里有话，他想知道朱笑东到底有什么事，但是碍着怀孕的女儿王晓娟和杨薇的面子，也不敢问。

“嗯！”杨薇笑眯眯地看着朱笑东，“其实，我们也不是想让你们难堪，不过我们难得一起吃顿饭，我们也不想吃不安宁。晓娟，你说是不是？”

王晓娟的饭量大了不少，嘴里咬着一块鸡肉，连连点头。

杨薇又说："你心里有事，我知道，你不说出来肯定憋得难受。这样吧，等我们吃完饭收拾干净，大家坐下来一块儿研究，怎么样?"

王晓娟咽着鸡肉，朝杨薇一竖拇指，表示同意。

朱笑东跟胖子眼珠一转，不等杨薇有下一步指示，立刻起身，鸡飞狗跳地收拾起来，胖子对于家务，那是手到擒来，工夫不大，胖子抹着脑门上的汗就回来了，大功告成。

杨薇跟王晓娟笑得上气不接下气，朱笑东和胖子这才明白过来，这两个女人今天之所以折腾他们，是在报仇，谁叫胖子说漏了嘴，说这趟出去，一睁眼就能看见好几个大美女。

王长江心急，也不管王晓娟和杨薇笑不可抑，径直问朱笑东为什么一直追问胖子从雪山带回来的东西，到底是怎么回事?

朱笑东把那块玉牌拿出来，摆在茶几上，让王长江先瞧瞧。

王长江不懂古玩鉴定，拿着玉牌看了半晌，也没觉得有什么好，就觉得那半首诗意境还不错。至于玉牌的质地的雕刻的刀工，王长江还真说不出个所以然来。

朱笑东要王晓娟把手上的镯子脱下来，一起放在茶几上，这才说："你们应该还记得，胖子在陶都那件事吧?"

那次在陶都，胖子出了彩，王长江不知道，但王晓娟跟杨薇是亲身经历的，怎么会不记得。

朱笑东说："要说这东西，还有个故事……当年安禄山叛乱之前，曾拜杨贵妃为义母。历史上关于杨贵妃与安禄山的传说很多，很多人认为杨贵妃与安禄山关系不一般。《通鉴纪事本末·安史之乱》记载，天宝十年正月三日是安禄山的生日，唐玄宗和杨贵妃赐给安禄山丰厚的生日礼物。

"过罢生日的第三天，杨贵妃特召安禄山晋见，替这个'大儿子’举行洗三仪式。杨贵妃让人把安禄山当做婴儿放在大澡盆里，给他洗澡，洗完澡后，又用锦绣料子特制的大襁褓包裹安禄山，让宫女们把他放在一个彩轿上抬着，在后宫花园转来转去，口呼‘禄儿’，嬉戏取乐。那年六月，杨贵妃三十八岁生日，安禄山重金聘请当时最出名的巧手金匠梁奇宝，打了一对指环送与杨贵妃。梁奇宝人称‘七巧宝匠’。后人将那对送与杨贵妃的指环列为七宝之首。”

胖子一拍脑袋：“想起来了，当时那位李老爷子，看见那张被画得一塌糊涂的薄帛，那一脸无奈，呵呵……”

王晓娟拍了胖子一下，嗔道：“别打岔，听东哥说下去。”

那时，不要说李嵘一塌糊涂，就是王晓娟、杨薇也稀里糊涂，虽说打开戒指的手法令人印象深刻，但是留下的秘密同样拨人心弦。

朱笑东接着说：“那梁奇宝也是一个工于机关、雕刻的人物，传说他留下来的东西，一共有七件，这才有‘七宝’之说……”

胖子又忍不住打岔：“那只戒指，我记得你说过，是什么七宝之首，李老头才给了两百万，这样算下来，就算七宝聚齐，也不就一千多万，有什么好稀奇的？东哥你随手一件，哪件不是几百上千万，你又何止有七宝，八宝十宝也不止。”

王晓娟恼了：“胖子，你就知道打岔，信不信我一脚踢你出去？”

朱笑东“呵呵”笑了两声，怜悯地看着胖子。

胖子一脸可怜样，回望朱笑东。

王长江连声责备女儿：“算了算了，晓娟，别闹，正听得精彩呢。”

朱笑东笑了一阵，接着说：“值不值钱是其次，关键是这七宝有个迷人之处。安禄山送给杨贵妃的礼物大多有迹可循，偏偏这七件宝贝少见于记载，坊间也只有传闻，这到底是为什么呢？胖子你们都记得，李嵘买的那只戒指，表面看普普通通，这块玉牌看起来也很普通，你带回来的镯子，除了质地是黄金的，稍显得贵气一点外，也不起眼。这到底是为什么？”

“啊！”胖子张大了嘴，半晌才说道，“东哥，你说……你是说，我随手一抓，居然抓了件价值连城的宝贝？”

胖子举起右手，炫耀般挥了挥，嘴里啧啧叹道：“什么叫黄金手，我这就叫黄金手，虽不敢说能点石成金，但起码拿到手里的东西，被东哥一点拨，还真比黄金还贵重。”

“美得你！”王晓娟没好气地瞪了胖子一眼。

王长江有些糊涂：“既然是宝贝，怎么会没有记载？既然是宝贝，为什么不值钱？”

“这就是我想不通的地方。”朱笑东说道，“按说，安禄山送礼物的对象是堂堂一国之母，那时，杨贵妃正是‘三千宠爱集于一身’之际，想要什么奇珍异宝还不是一句话的事，何必收几件破铜烂铁，白白欠安禄山一个人情？而且，这贺寿之礼要是被人看出来是平平常常的东西，他安禄山岂不是犯了欺君大罪？”

“就算安禄山是夷族，拿这些东西糊弄杨贵妃，岂不是自掉身价。安禄山一方大员，是土皇帝，不值钱的东西他拿得出手？”

胖子又忍不住插嘴：“说得也是，就算梁奇宝的玩意儿再稀奇，做工再精巧，无论如何也无法与皇宫里数不胜数的奇珍异宝相提并论，而且，这几样东西也不过如此。”

朱笑东不理胖子打岔，继续说道：“我说梁奇宝的东西有迷人之处，就是因为这些东西太反常了！”

杨薇凝想了片刻，说：“这东西有几处反常：第一，明明是宝贝，偏偏梁奇宝把它伪装成一文不值的东西；第二，明明是贺寿重礼，却没写进礼单，使得这些东西的来历扑朔迷离；第三，明明不怎么值钱，偏偏跟皇宫大内的奇珍异宝相提并论……”

朱笑东赞许地看向杨薇，点点头。

“这梁奇宝的东西充满了神秘色彩，七件宝贝已现其三，是不是预示着，其余四件也快出来了？”王长江问道。

朱笑东点点头，说：“我怀疑，这七件宝物里藏着一个大秘密，我很期待解开这个谜。”

胖子想起李嵘手里那对戒指的精巧，问朱笑东：“东哥，你说这两个也是梁奇宝的玩意儿，那多半也有精巧的机关，不如打开来看看，说不定从里面能找到线索。”

朱笑东叹了一口气：“我看过了，这玉牌和手镯没有什么机关，至于要怎么用，恐怕要把其他几件找齐，才能看明白。”

朱笑东和胖子一心惦记着梁奇宝的七宝，杨薇和晓娟惦记的却是什么时候去扯结婚证，再把结婚典礼办了。

胖子不以为然，说：“人生应该有更崇高的目标，老话说得好，好男儿志在四方，儿女情长会令英雄气短，岁月是把杀猪刀啊……”转头见王长江在场，胖子赶紧把后面的话咽了回去。当着老丈人、老婆的面，他不敢作死。

纵然胖子及时闭嘴，王晓娟还是狠狠地剜了胖子一眼，说：“行啊，胖子，你长进了啊，又是英雄又是好男儿的。知不知道这两个月你花了多少钱，才两个月啊，花了两百多万，只出不进。你去四方啊，去啊，我也不留你，你这么疯下去，把剩下的钱疯光了，到时我娘儿俩睡大街上去……”

一说到“娘儿俩”，王晓娟脸色通红，虽然朱笑东等人揣着明白装糊涂，不揭破，但是王晓娟自己说漏嘴就不一样了。

客厅里静得出奇，气氛尴尬到了极点，连朱笑东和杨薇都面面相觑，不知道怎么解围。

王长江咳了一声，说了句：“没茶水了，你们慢慢聊。”说着，起身走了。

王长江一走，杨薇赶紧指着朱笑东说：“你也是，你们这么疯下去，早晚坐吃山空。我要是嫁给你，总有一天，我们娘儿俩得去睡天桥下面。”

虽然杨薇也这么说了，但是效果远远不如王晓娟那句震撼。朱笑东笑了笑，连声说：“哪能啊，哪儿能啊……”

胖子见王晓娟发飙，赶紧解释：“晓娟啊，这也不能全怪我，对不对？你看以前，东哥每次接活儿，哪次不是赚得盆满钵满，就这两次，点儿背，老遭人算计，确实没赚到什么钱。不过我想好了，再干一次，就干一次，把咱们的、孩子的、老爸的……需要的钱都赚回来，就金盆洗手，好好待在家里陪你，踏踏实实过日子。要过日子，不就得有牢靠的经济基础做后盾，对不对？要不然，我怎么对得起老婆大人对我的深情。”

“花言巧语，油嘴滑舌。”王晓娟嘴里说着胖子，心里却像吃了蜜似的。

杨薇见气氛缓和了，起身拉着王晓娟去了洗手间，留下朱笑东跟胖子在客厅里咬耳朵。

胖子一副义愤填膺的模样：“现在的女孩子，怎么都一个样，都那么势利，就知道钱钱钱，一点远大的目标也没有，看着就叫人心痛！”

朱笑东知道胖子是在胡说八道，其实心里很在乎晓娟：“胖子，其实她们说得也有道理，坐吃山空立地吃陷，这是亘古不变的真理。想想我们这两个月，确实分文未进，出手就是几十万、几百万，长此以往，不单害了自己，还害了别人。”

胖子叹了口气：“也怪威斯那老不死的死瘸子，遇到他算我们倒霉。”

沉吟了片刻，胖子又挤眉弄眼地笑着说道：“东哥，你不是有一手冠绝天下的雕刻手艺么，随便弄几样出来，先垫垫底。一来可以缓解经济压力，最主要的是可以堵堵她们的嘴，这可是一举两得的好事！”

朱笑东叹了口气，说：“胖子，你是一家不知一家的难处，我还欠着陆林琛好几十件玩意儿呢，一直忙着，到现在都没来得及给人家做。你想，我要是先弄一批出来，填补了市场，然后再给他做，他会怎么想。不说我欠他那份情，到时候他拿在手里不值钱了，岂不是我坑了他，这样的事我不能做！”

“我知道东哥你重情重义，对朋友没得说。”胖子抓着脑袋，依旧嬉皮笑脸地说道，“也不多弄，弄个三件五件的，好歹先挣个三五千万，免得家里人唠叨。”

“不行，一件也不行。”朱笑东很坚决，“不把陆林琛这边的几十件弄好，一件我也不卖。”

“是吗？”胖子神秘地笑道，“那在湘南，你干吗又弄了一件？”

“你……”朱笑东无语，这个把柄算是被胖子抓住了，一时间，朱笑东找不到还击的话。

“所以说嘛，一件也是做，三件五件也是做，何必那么固执。”胖子笑着道。

朱笑东知道胖子是在打趣他，以他们的身家，怎么可能被几百万困住。

杨薇跟王晓娟从卫生间出来，就拉着朱笑东和胖子出去逛街，两人不敢不去。王长江可不怕两个女孩，扭头去店里了。

朱笑东和胖子一路撒钱，杨薇和王晓娟买了个尽兴。王晓娟又饿了，要找地方吃饭。

胖子苦笑着说：“养个老婆还真不容易，这边玩完了，马上又要吃的，哪样不是白花花的银子啊。”

朱笑东和杨薇拼命忍笑，王晓娟一边吐酸水，一边追打胖子。闹了一阵，王晓娟说，其实也不是特别饿，就是嘴馋，想吃酸的。

胖子连忙说，他知道有个果园，就在城郊，远是远了点儿，但是那里有四时果鲜。有种李子，就是这个季节成熟，有一次打哪里经过，没忍住买了几斤，咬一口，甜甜的，带着酸味，那滋味儿，一辈子都忘不了。超市里虽然也有，但根本没法跟刚从树上摘下来的比。

胖子说得有滋有味，王晓娟听得口水直流，扯了杨薇，就吆喝胖子头前带路。朱笑东和胖子笑着说，今天反正是交代给你们俩了，要去哪儿都奉陪到底。

四个人坐车去了胖子说的果园。

城区近郊，很多人会在田里种些蔬菜、果品，让城里人自个儿来采摘，当然，价钱比市场上的要贵一些，时令果蔬有时会比市场上高出一两倍，但是生意依然红火。

胖子说的果园就是这样一个地方，时下正是李子成熟的时候。一路上，王晓娟口水直流。

到了胖子记忆中的地方，一看，这里已经变成了工厂模样的建筑，高高的围墙上还架了铁丝网。门口两个保安，带着四五只大狼狗巡视着，防卫还挺森严。外面也没挂牌，看不出里面是干什么的，里面除了一溜厂棚，什么也没有。

见朱笑东四人下了车，往里面望，一个高大的满脸横肉的保安牵着一只狼狗就过来了，问他们是干什么的，态度甚是生硬。

胖子上前，笑眯眯地问：“大哥，原来这里是一片果园，怎么改建工厂了，原来的果园呢?”

一听是来问路的，保安脸上横肉一抖，说：“刚来，不知道，没事的话别在这逗留，出了什么事，后果自负。”

朱笑东上前，手里捏了两张钞票，在那保安眼前一晃：“我们只是听说这里有片果园，想过来采摘点新鲜水果，问个路。这两百块钱，大哥拿着，买包烟抽。”

一出手给两百块钱，对保安来说，也算是一笔不小的外快，而且，对方只是问个路，也不算违规。

没想到那满脸横肉的保安一脸轻蔑，连看都没看朱笑东手里的钱，呵斥道：“你干什么？快走开，再不走，我就要放狗了！”

朱笑东这个气啊，不就是问个路吗，至于吗？又不是白问，敢情这地盘是你家的？

杨薇赶紧拉着朱笑东走了：“我们是出来散心的，没必要跟这些人计较，问个路而已，他不说，再找别人不就得了，别坏了兴致。”

胖子和朱笑东气鼓鼓地转身走了，心情顿时低落了许多。

几人一路走一路问，还真找到一个果园。果园里果树低矮，青翠的绿叶间稀稀疏疏地挂着果子，大多青中透出微黄，尤其是李子。朱笑东只是看着，就觉得牙酸。

主人笑着说：“本来还没熟，现在就摘了有些可惜，不过你们也难得来一趟，就随便摘一些吧，不过，价钱肯定要贵一点。”

胖子高兴坏了，价钱不是问题，能让王晓娟开心比什么都好。当下掏出五百块钱给了主人，说：“恐怕我老婆摘的时候，会忍不住偷吃，您老多担待。吃够了，摘多少咱们再过称，有多少算多少。”

主人拿着钱眉开眼笑，就算四个人放开肚皮吃，这又酸又涩的青头李子，能吃多少，摘完还过称，那等于是白赚的。

主人大方地说：“你们只管吃，只管摘，注意别伤着树枝就成。”说完便自顾自的铲草去了。

王晓娟欢呼一声，上手就摘了一捧李子，到灌溉果树用的水龙头边，略略洗了洗，就开始大快朵颐。

看王晓娟吃得香甜，杨薇忍不住挑了一个李子，放进嘴里轻轻咬了一下，才咬下半片果肉，就觉得又酸又涩，瞬间牙齿倒了一大片，皱着眉头直甩脑袋。

王晓娟奇怪地看着杨薇，一边吃李子一边说："薇姐，有那么难吃么？我怎么吃着又香又甜，而且越吃越好吃呢。你看……"

王晓娟说着，随手拿了一个李子，一口就咬掉一半，大口大口地吃着，不但不觉得酸涩，还像是十分可口。

朱笑东帮着胖子摘，看着青色多过黄色的李子，硬是没敢尝。倒是胖子，跟王晓娟一样吃得香甜，摘下来之后都懒得洗，在衣服上蹭了蹭，一口咬下一大半。朱笑东看着，嘴里都忍不住冒酸水。

最后，胖子和王晓娟干脆蹲在水龙头边上，你一个我一个风卷残云般吃了起来，还一边吃一边低声商量，五百块钱哪，东哥他们两个又不帮忙，我们俩得把钱吃回来。

朱笑东跟杨薇一边摘，一边笑着看那两个吃货吃得不亦乐乎。

新果稀疏，朱笑东和杨薇两人采摘的速度都快赶不上王晓娟跟胖子两个人吃的速度了。一连跑了七八趟，胖子和王晓娟的速度才慢了下来，胖子拍着肚皮，打出一个又酸又涩响亮不已的饱嗝，这才满意地对王晓娟说："晓娟，你继续战斗，我去准备弹药。"说完，跟朱笑东他们一起去摘半生不熟的李子。

过称的时候，摘下来要带走的李子有十五斤，算算钱差不多三百块，加上先前给的，一共八百块钱。

胖子付了钱，赶紧走人，等主人发现半个园子的李子都让几人干掉了，肯定要懊恼好一阵。

几个人说说笑笑地走在路上，准备找个出租车回家。这时，身后响起刹车声，几人回头看去，见车里下来一个人，看到这个人朱笑东又高兴又惭愧。

来人是陆林琛。朱笑东高兴的是，见到陆林琛，他们就不用在这人迹罕至的郊区压马路找出租车了。惭愧的是，自己欠着人家几十件东西，到现在还没还上，自己两次进京，一次招呼也没打。

陆林琛可能早就认出胖子跟朱笑东了，高兴坏了，几步跑到朱笑东面前，上来就是一个熊抱，笑着说："想死老哥了，老弟也来赌石？"

朱笑东笑着摇了摇头，说是陪兄弟过来找果园，采点时令鲜果，并不知道这地方能赌石。

陆林琛笑着说："也难怪，这个地方，不是会员不让进，所谓会员，都是老板知根知底的人。现在赌石的风险比以前大了，所以，没有人引荐，就算是有钱也进不去。"

胖子好奇地问陆林琛，到底是怎么回事。

陆林琛跟胖子也熟，笑着说："赌石虽然和做生意没什么两样，但这玩意出货的几率少得可怜，要考赌石人的眼力，眼力好的机会也大些，眼力差的话就完全凭运气了，基本上是十赌十输。"

朱笑东点点头，说："有那闲钱，玩玩也可以，但要是执迷其中，倾家荡产也是早晚的事。"

陆林琛笑了笑，点头称是，说："我也有这方面的爱好，还好只是逢场作戏，没有沉迷。今天林老板说新到了一批货，要我过来看看，算是应酬吧。"这话的意思是，他来这里肯定要赌上一把，但不会大赌。

他们有四个人，一车也坐不下。王晓娟吃饱了，此时正昏昏欲睡，胖子却一脸跃跃欲试，陆林琛就说，要不让司机先把两个女孩送回去，朱笑东和胖子既然来了，就进去看看，不赌也可以结识一些人，都是做生意的，多个朋友多条路。

杨薇本想跟朱笑东一起去，但是见王晓娟困得不行了，不能让她自己回去，又不忍坏了朱笑东跟胖子的兴致，只好叮嘱朱笑东不许赌，别把胖子带坏了。王晓娟勉强睁开眼睛，迷迷糊糊地说了胖子几句，坐车走了。

胖子和朱笑东跟着陆林琛走了一段路，发现陆林琛要去的地方竟然是先前问路那个工厂。

走到门口，满脸横肉的保安看见陆林琛，认得是熟人，连忙点头哈腰，一点儿也不横了，还堆着笑脸跟朱笑东他们打招呼，仿佛不记得先前赶过他们似的。

陆林琛是这里的会员，自然有资格带朋友过来，这点规矩他们还是知道的。纵然胖子丢了他一个白眼，那家伙也只装着没看见。

陆林琛带着朱笑东、胖子进了工厂车间一样的大棚，朱笑东眼前一亮，近千平方米的场地上铺着大理石地板，一排排架子，各种不规则的石头摆在架上。架子上都贴着标签，供人选购，价格都不低。里面只有十几个人，不时有人付钱，让切石师傅切开自己选中的石头。石头开出，或失望或惊喜。

其中一个戴着眼镜的男子，比朱笑东还高半个脑袋，精瘦，两只老鼠眼在镜片后面冒着精光，见陆林琛进来，笑着走了过来，拱手说道："老陆，怎么才来，别人都看了好一会儿了。"

陆林琛笑着说："林老弟，接到你的通知，我可是紧赶慢赶，没想到起了个大早还是赶了个晚集，误了林老弟一片好意，惭愧惭愧。"

"没事没事。这两位是?"陆林琛口中的林老弟，就是这里的主管林志文。这种人都是有后台的，看着跟陆林琛一起进来的两个陌生的年轻人，眼中满是戒备。

"呵呵……"陆林琛笑着，"来来我介绍一下，我带来这两位可都大有来头，这位……”

陆林琛伸手一指朱笑东：“这位是天然集团的大股东，朱笑东。来，朱老弟，这位就是大名鼎鼎的赌石界大佬林志文，林先生，你们可得好好亲近亲近。”

朱笑东和林志文互相问了声好，照例寒暄几句。

介绍胖子时，陆林琛给胖子脑袋上加了一个虚衔，说是王氏企业的女婿，王氏企业未来的东家。从来都不怕吹破牛皮的胖子居然红着脸跟林志文打了招呼。

林志文可不管他们是股东还是东家，既然是会员引荐的，只要在这里花钱，那就是兄弟。

陆林琛带着朱笑东、胖子，顺着摆满原石的架子一块块看起来。陆林琛看的原石，多半是已经开了“门子”的原石。所谓“门子”，就是赌石商为了吸引人而将原石的诱人处露出来，将可能出现好货的石头撕开一条口子，让人通过原石开的“门子”看到里面的玉。

这样的原石，价钱比没开门子的要高好几倍，但能不能赌涨，还得看个人的眼力。

胖子对这些或褐或绿的石头非常感兴趣，但看着架子上的原石标价，禁不住咂舌，大大小小的石块，动辄几十万上百万，有的甚至标出上千万的天价。好在陆林琛百问不厌，胖子每每发问，他都一一详细作答。

“赌石能赌色、赌种、赌地张……老话说，神仙难断寸玉，赌石这行没有谁十拿九稳，就看运气。曾经有个身家过亿的玩家，一夜之间将全部身家都输光了，最后就开出一块价值不过十万，对他来说就是废石一块的翡翠。”

胖子没注意陆林琛说的赌色、赌种、赌地张……只一溜看着标签上的价钱。

“所谓种，就是翡翠的透明度，翡翠越透明，种就越好，翡翠从好到差顺次分为玻璃种、冰种、油种、豆种、干白种，种越好收藏价值越高，玻璃种、冰种即便没有绿色，也值得收藏，而豆种、干白种的翡翠，如果色彩不浓艳，绿色的面积不大，则没什么收藏价值……”

朱笑东跟在陆林琛身后，像个小学生一样听陆林琛讲，偶尔经过的林志文脸上禁不住露出一丝喜色。

像林志文这种规模的赌石场，有很多大师级的高手，既然是赌，肯定有准备。好的、有把握的，多数都开了门子，把价钱往高里抬，那些高手也不敢肯定，或者价值不大的，才卖原石。要不然，赌石场去哪里赚钱。

这时，切石台那边传来一阵刺耳的声音，估计是有人看中了原石，现场解石去了。

陆林琛也不急着下手，见那边有人开石，便带着朱笑东过去看。现场解石的，是一个戴着金丝眼镜、一身白西装的中年人。陆林琛说这人姓严，有些来头，赌石很有经验。

第十三章

玩得就是心跳

见有人解石，十几个人都是围了过来看热闹。赌石的人图的就是刺激，一刀下去，要么涨，要么跌。赌涨了，瞬间暴富，要是赌跌了，就算你是千万富翁，说不定一下就成了穷光蛋，玩得就是心跳。

不用说赌石者本人，就是旁观的人，心也提到了嗓子眼儿。

姓严的中年人看中的是一块篮球大小，两百万的原石，此时正固定在解石台上，解石师傅问明白切石的方向后，一按电钮，金刚石电锯便发出一阵刺耳的声音。

一刀下去，切掉了原石的五分之一。解石师傅拿起切下来的一小块原石，用水冲洗干净，细细观看，灰白的一片中露出一片不大的绿意。

出绿了，也就意味着赌涨的可能性很大，围观的人发出一阵欢呼，七嘴八舌地催促解石师傅赶紧下刀，也有人懊恼自己看了好几遍都没下手，还有人奉承姓严的运气好、经验足。

解石师傅见出了绿，也很高兴，下刀更小心了。几刀下来，一块不大的清水地翡翠就出来了，赌涨了。

按现在的市价估计，这块翡翠在两百三十万到两百八十万之间，所以这块标价为两百二十万的原石，姓严的中年人赌涨了，不过也就涨了五十万左右，不算什么。

见赌涨了，林志文脸上笑意更盛，大声鼓励其他人选购原石，说这批原石是刚刚到的新货，出翠的概率高达百分之十，意在激起赌石人砸钱。

果然，林志文的话还没说完，一个年纪稍轻，穿黑西装的男人，捧了一块标价五百二十万的原石放到解石台上，大声催促解石。

解石的师傅在原石上画下线，按动电钮，解石。第一刀下去，解石师傅拿起碎片用水细细清洗切口，见一片灰白中带着一条斜斜的、如丝如缕的绿色，翠绿，在翡翠中算不上极品，但也比严姓中年人那块清水地贵得多。

估计黑西装瞧中这块原石，就是冲着这条丝带般的翠绿去的，这种原石有个名称，叫“金腰带”，寓意金镶玉裹，大部分能解出翡翠。在赌石中，这种原石赌涨的机会大得多，算是赌石中的上上之选。出翡翠的几率大，价钱自然能往上抬。

可惜的是，解石师傅一连切了四刀，面盆大小的原石去了三分之一，这块“金腰带”那条如丝如缕的绿色还是没变大，依然不死不活地延伸着。

黑西装抹着汗水，战战兢兢地催促，要解石师傅继续下刀解石。

一刀刀切下去，黑西装的心渐渐沉了下去，整块原石越切越薄，剩下不到五分之一时，连胖子都知道，黑西装的五百二十万打了水漂。偏偏黑西装不死心，五百二十万啊，这就没了！

看着一块块被切下来不到一寸厚的石块，黑西装流了一会儿冷汗，突然发了疯一般窜上解石台，大声喝骂着推开解石师傅，亲自操刀，切剩下的五分之一原石。

看到这里，围观的人悄然转身离去，接下来的事可以想象。有道是，看涨不看跌，人家赌涨，你说什么都好，赌跌了，你说什么都不好。

陆林琛叹了一口气："年轻人，哼哼……"也不再看了，回头对朱笑东说，"算了，再看下去也没什么意思，走吧，我们在再瞧瞧。"

转过身没走几步，后面传来黑西装厉鬼般的嚎叫，只是没一会儿，声音就消失了，应该是被保安打发走了。

见胖子一脸怪异，朱笑东说道："胖子，你可看好了，这就是一刀生死，现实摆在面前，你可别动歪心思，我们就是来陪陆老哥逛逛。"

胖子不自然地笑了笑："东哥……我……"

这时，陆林琛看中了一块标价三十万，只有婴儿脑袋大小的原石，笑着说："笑东，你看看我选的这块怎么样?"

本来赌石最忌讳有人在一旁多嘴，一注押下来，是涨是跌，是生是死，都是自己的事，与旁人无干。若是有人多嘴，赌涨了，多嘴的人固然不会有多少好处，赌跌了，被人非议甚至迁怒，是必然的。

不过，陆林琛不是那样的人，一来朱笑东不是多嘴的人，二来无论涨跌，陆林琛对朱笑东都不会说什么，因为这三十万，对陆林琛来说，不过是九牛一毛。

朱笑东笑了笑，直言道："这块原石，黑里透红，条纹分布均匀有条理，远远看去就像是一条黑色大蟒横卧，多数能出好东西。按你先前说的，涨的可能性比较大，但是会涨到什么程度，这个我就……呵呵。陆大哥，我也是跟你学的，该怎么处理，我也不敢多嘴。"

陆林琛笑了笑，叫来工作人员，按价划了钱，然后抱着原石到解石台，笑着请解石师傅动手解石。

朱笑东和胖子自然跟了过去，围观陆林琛解石。

偏巧，那严姓中年人又抱了块标价两百五十万，面盆大小的原石过来，也要解石师傅解。其实旁边还有一个解石台，不过先前严姓中年人就是在这个台子上赌涨的，算是这个解石师傅手红。

大凡赌的人都有忌讳，看哪个解石师傅手红，便不想到别的台子解石了，免得碰上手运不好的师傅，触了霉头。

陆林琛把原石交给解石师傅，也没说怎么解，全凭师傅的经验。他自己则面露微笑，站在一边，浑然没把这三十万的原石当回事。

几刀下去，剩下中间一块时，露出一片薄薄的，约有指头大，半寸来长的油青地翡翠，无论是质地还是价值，离严姓的中年人那块清水地都差远了，这块油青地若是操作得好，估计能保本。

解石师傅中间虽然解废了一块，但三块中出来两块翡翠，这比例也算惊人，说明今天这个解石师傅鸿运当头，所以严姓男子径直上了台，把原石放在上面，做好记号。

解石师傅有两个解石原则，一种是由买家自己确定下刀的方位以及每次下刀的厚度，这样，无论能不能解出翡翠，或者是否把翡翠解废，都与解石师傅无关，解石的师傅不承担任何责任。

也有像陆林琛这样的买家，放心大胆地把原石交给解石师傅处置，自己只等着结果。当然，无论结果怎么样，同样与解石师傅无关。

只是遇到这种买家，解石师傅的心理压力会大些，一旦出错，虽然用不着赔钱，也会影响自己的工作和名气，一个上手就废了人家宝贝的人，谁还敢请。

解石师傅一刀下去，姓严的男子一阵狂喜，才切下薄薄一片，就露出篮球般大小的一片阳绿，虽然不是翡翠，但可以预见，里面肯定有一块极大的翡翠，而且质地应该不低于先前那块清水地。也就是说，这两百五十万的原石很可能解出一块价值千万的翡翠！

围观的人自然眼红耳热，这是大涨啊，两百五十万顷刻间涨了十倍不止。

旁边一个精瘦的老头上前叫停了解石师傅，把姓严的男子拉到一边，先是吹捧了几句，然后切入正题："老严，这块石头你是赌涨了，我说个价钱，你看看能不能让我做回这块石头？"

那姓严的顿时沉下脸，别人赌输了你未必会给人一条活路，见可能赌涨了，便要千方百计断人财路，这和明抢有什么区别！

朱笑东在一边听得清清楚楚，姓严的问："老刘，你能给什么价？"

精瘦的老头叫刘元平，看了姓严的神情，就知道他没有出让的意思，讪笑着说："老严，你也是这里的常客，我自然不会亏待你。至于价钱吗，一口价，四百万，让你转手就赚一百五十万，如何？"

姓严的中年轻哼了一声，不置可否。

刘元平咬了咬牙，道："老严，你也知道，我也就这么点能耐，最大限度，五百万。看在都是老朋友的面子上，五百万……这个价钱，你转手赚了一番，也不少了。"

姓严的摇了摇头，说："刘经理，既然你也有诚意，我也就不废话了，一口价，一千万，再多说就没意思了，行情你是知道的。"

一千万不是个小数目，刘元平只要一点头，姓严的转手就赚四倍，不说胖子，就是朱笑东眼皮也是一阵猛跳，这赚钱也太快了！

殊不知，刘元平只要把这块原石拿到手，转身找人买，单凭露出来这一汪阳绿，至少两千万！这个来钱快，还不担任何风险，

刘元平的神色有些冷，急切地说道："我最多给你八百万，再多兄弟我就没那个能力了！"

姓严的中年人又是一声轻哼，不理刘元平，转身回到解石台旁，让解石师傅继续解石。

刘元平阴着脸，信步踱到朱笑东和陆林琛旁边，看到陆林琛，低声叫道："陆老哥。"

陆林琛笑了笑，还没作答，刘元平突然说道："陆老哥，要不我们俩把它拿下来，然后均分？"

刘元平的意思是想跟陆林琛合伙买，限于他的身家，无论亏赚，他只拿得出八百万。陆林琛没想到刘元平会来这么一手，愣了一下。

这时，围观的人又是一阵高呼，第二刀切下来，石块上那片阳绿不但没小，还大了不少，绿意更浓，若不是肉眼可见的粗粝的石皮结构，几乎让人以为这就是一块翡翠了。

篮球大小，质地上乘的翡翠，能值多少钱？所有人都不敢想象，起码不止一两千万，怪不得刘元平都动心了，想要做回这块原石。

解石师傅也很激动，解了几年石头，看样子今天是要解出一块"翡翠王"，如果真能解出来，今年拿红包能拿到手软。解石师傅更加小心，即使姓严的画好了记号，在下第三刀之前，解石师傅还是再次征求了姓严的意见，再根据自己的经验提出一些建议，争取做到万无一失。

刘元平着急起来，越往后露出来的成色越好，姓严的要价就会越高，这第二刀的价格恐怕一千五百万都拿不下来了。机会稍纵即逝。

陆林琛虽然对赌石也有兴趣，和经理刘元平也交好，但他不是赌性大的人，让他拿出几百万上千万赌石，陆林琛决计不会干。只是刘元平相邀，他不好直接拒绝，正在寻思找个什么理由搪塞过去。

见陆林琛作难，朱笑东顺手指着一块标价两万五，面盆大小的原石问陆林琛："陆大哥，你觉得这块石头怎么样，能不能给我讲讲?”

陆林琛怎么会不知道朱笑东是在帮他解围，当下笑着回身看了看那块原石，说：“这块石头从颜色上来说，灰白中散落着一点一点的绿色，绿点分布很散，就像天上的星星，在行话中，这叫满天星，意为出翠的概率不大。真正的买家，不看好这种料子，所以价钱标得也低。说来好笑，这块石头从上个月就摆在这里，从来没人看过，摆在这里也就是充个数。”

刘元平见朱笑东打岔，额头上汗都急出来了，冷冷地看着朱笑东。

几句话间，那边第三刀已经切了下来，欢呼声都快要把屋顶掀翻了，第三刀在另一边切下一块不足三公分的石片，把另一边也开了个小门，门子里边，一块铜钱大小的绿色露出来，虽然只是表皮，但可以肯定，里面会出一块稀世的大翡翠。

围观的人疯了般叫着，姓严的脸色反而平静下来，只是眼里有掩饰不住的兴奋和得意。

刘元平叹了口气，都怪自己胆小，当初第一刀下来，姓严的开口要一千万自己不敢下手，现在三刀下来再想要，拿五千万人家也未必肯出手了。

见无论如何也拿不到手了，刘元平叹了口气，转身走人，连招呼都没跟陆林琛打，对朱笑东打岔也怀恨在心。

见胖子在一边跃跃欲试，朱笑东笑了，对胖子说：“胖子，你不是一直想试试手气么，这个才两万来块，就算出不了翡翠，也伤不了筋骨，要不，拿去试试?”

“东哥，你是说，我可以试一把?”胖子喜出望外。

朱笑东笑着说道：“看你眼睛都红了，就让你玩一把。”

陆林琛在一旁善意地提醒：“没身陷其中，最好不要参与，免得有朝一日不能自拔。”

胖子充耳不闻，叫来工作人员要了一块原石，不是朱笑东看的那块满天星，他拿的那块是只有饭碗大小的“沙皮翠”，标价五万八，出翠概率比“满天星”高一些。

胖子没带银行卡，现金也不够，他把身上的现金一股脑掏出来，往朱笑东手里一塞，对工作人员说：“他结账。”然后急不可耐地拿着原石跑到另一台解石机旁，叫来解石师傅，也不说怎么解，完全由解石师傅自己做主。

这台机器的解石师傅是个年轻人，虽然入行几年了，但因为年轻，也没解出过几块像样的翡翠，所以他的解石机很少有人光顾。此时见胖子拿着原石来解，年轻人很高兴，细细看了一遍，做好记号，开始解石。

两边的机器同时开动，声音嘈杂刺耳，看到胖子这边解的是最低等的“沙皮翠”，很多人只看了一眼，就又去关注另一块原石了。

朱笑东和陆林琛自然看胖子解石，算是给胖子捧场。

两台机器刀起刀落，众人的反应差别极大。姓严的这边一刀下去，围观的人发出震天动地的欢呼，每一刀下去，解出“巨翠”的希望便增加一分，连给胖子解石的年轻师傅都有些走神。

反观胖子这边，陆林琛跟朱笑东两人一脸泰然自若，微笑着看年轻师傅解石。

胖子的脸色很不自然，一刀下去，露出来的茬口一片灰白，一点杂质也没有，预示着这块原石很可能只有翡翠的沙皮。

几刀下去，胖子五万八千块钱的沙皮翠就成了一堆分文不值的碎石废料。虽然只卖五万八千块钱，胖子还是脸色难看。几万块钱是小事，他就是不服气。姓严的那边欢声如潮，自己这边冷冷清清，人家那边一转手升值千倍，自己这边，一转眼五万块钱化成碎石废料。

胖子红着脸，咬着牙看着朱笑东，好半晌才说道：“东哥，我还想试试……”

朱笑东微笑不语，算是默认。陆林琛却摇摇头，示意胖子，赌石这玩意儿当不得真的，几万块钱是小事，这里扔了到其他地方找回来就是，切不可意气用事。

胖子见朱笑东不语，咬着牙走到货架边，也不仔细察看，随手抱起一块篮球大小，标价十一万，类似“金腰带”的原石，二话不说放上解石台，账单自然是朱笑东刷卡。

这时，姓严的那边欢呼声不如先前热烈了，那边的解石师傅小心翼翼地一连解下五刀，整个原石已经切下来三分之一，那片阳绿不但没像预想中那样变深，反而越来越浅，范围也比先前缩小了一半。这时，那片绿色只有不到饭碗大小，而且还有消失的迹象。

看来那阳绿又是引人上当的假象，看涨不看跌，不少人悄无声息地闪人了。

胖子这边，一刀下去，出来的又是一片灰白，再一刀下去，依旧是一块废石，连出翠的希望都没有，更不值得看了。

姓严的神色有点儿慌了，明明看起来就要出一块“翠王”的，怎么眼看着就没了呢，照这样下去，恐怕得到的只是废料上的一片阳绿而已。姓严的让解石师傅停下，自己蹲到一堆废料边，拿起废料，一块块看起来。

刘元平躲在一边，幸灾乐祸地抿嘴偷笑。幸好自己没加价买下，要不然仅此一役，就足以让自己永无翻身之日，此时，他竟莫名其妙地对之前打岔的朱笑东生出些好感。

胖子脸色苍白，十一万买来的还是一堆废料。盯着白生生的石头茬口，过了半晌，胖子一言不发，疾步跨到货架旁边，略看看，选了一块黑中带红的“蟒带”，有面盆大小，标价八十万，也不叫人帮忙，弯腰发力，直接抱到解石台上，吐了口气，从牙缝里蹦出一个字：“开!”

工作人员最喜欢胖子这种砸钱砸得爽快的人，反正朱笑东眼睛一眨不眨地跟着付账，也不怕没人买单。

年轻的解石师傅犹豫了一下，看出胖子是赌出火来了。像胖子这样容易起火的买家，八成不输个底儿朝天是不会罢手的，年轻的解石师傅出于好心，希望胖子能冷静下来，再考虑一下。

胖子虚火上升，又喝一声：“开!”看样子已经昏头了。

陆林琛摇了摇头，脸上很是不以为然，这时，他也不好阻止胖子开石。朱笑东依然笑着，朝解石师傅点点头，示意他听胖子的，继续开石。

胖子眼睛都鼓出来了，盯着小师傅解石，脸上的表情，恨不得把原石砸碎，看里面究竟是什么。朱笑东懒得看下去，回过头去看姓严的那边怎么样了。

姓严的细细研究了那堆废料，脸上露出一丝喜意，竭力装出一副平静的样子，在几人好奇的目光下，对解石师傅说：“继续开，这次一定要慢一点。”

解石师傅头点点，再次按动电钮，启动机器，缓缓切割起来。

这一刀下去，剥下来一块五公分厚的石块，里面的阳绿又浓了些，虽然大小没变，但是看到变深的绿色，姓严的脸上终于再次露出了喜色。

姓严的胸有成竹，把还剩近一半的原石换了个方向，要解石师傅从另一边下刀。解石师傅抹了一把汗，依言一刀切了下去。这一刀下去，所有人都张大了嘴。

薄薄的石片上，露出来的茬口上，那抹阳绿像用树叶捣出来的汁液般，绿得惊心动魄，要不是没有透明度，质地太过粗粝，几乎可以认为是出翡翠了，而且是顶级祖母绿。

姓严的满脸喜色，拿出厚厚一叠钞票给了解石师傅。解石师傅接过钱，连声道谢，问下一刀该怎么切？看样子出翠是必然的，到底会出一块什么种地、多大、能值多少钱的翡翠，大家都急于知道。

姓严的摇摇头，笑着说，不急不急，反正现在也没人来解石，先歇歇，喝口茶，等手稳了再切，免得等下出错。

姓严的笑意盈盈，成竹在胸，几个围观的人上前说些恭维的话，还有几个人上了解石台，把切下来的废料拿在手里细细观看，想在废石料上找出些端倪。

朱笑东怎么看怎么觉得姓严的不顺眼，没什么原因，可能是跟胖子一样，觉得姓严的运气太好了，人家十买十赔，他却每买必中，嫉妒了。

回头看胖子这边，面盆大小的一块“蟒带”，切下来三分之一了。胖子脸上已经不是苍白，而是灰里泛青了，眼睛瞪得像铜铃，眼睛里的血丝几乎要盖过黑色的瞳仁了。看来切下来的石料里没见到翡翠。

朱笑东暗暗叹了口气，看来胖子还是没蹚过“贪”这一关。

这时，姓严的这边有个尖细的声音突然大声说道：“什么，最多两千五百万？关老弟，严公子要是两千五百万就卖给你，我……我……全聚德，我摆上一桌，请你……”

另一个低沉沙哑的声音说：“老肖，我最多只能出两千五百万，原因有三，第一，按这颜色的范围，估计出不了篮球大的翡翠；第二，神仙难断寸玉，就现在来看，还是在赌的阶段；第三……”

另一个平和的声音插了进来：“老关，老肖，你们两个说的，在下都不赞同。”

朱笑东哑然失笑，姓严的一停下来，围观的十几个人就争起来了，争的是还没影儿的“翠王”。见这边闹热，陆林琛也回过身，低声问朱笑东：“你怎么看？”

朱笑东摇摇头，笑而不语。

另一边的争论愈发激烈，有人放言，要是严公子肯卖，他出五千万！当即有人说出五千五百万！

陆林琛再次低声问朱笑东：“朱老弟，如果你出价，你给什么价？”

一连问了两次，朱笑东若是再不出声就有些失礼了，朱笑东伸出一根指头，在陆林琛眼前一晃，说：“我没什么钱，要我出价的话，我最多就给……”

能给多少，陆林琛还没听清楚，就被一阵欢呼声淹没了。

姓严的站到石台上，等欢呼声稍停，大声说道：“各位，有道是君子成人之美，既然是杨大哥、李老开口相求，我也只好忍痛割爱。我也就不多说了，我这块因为想要的人多，我给谁也不好，那就现场拍卖，出价最高者得之，谢谢各位捧场！”

听说要现场拍卖，胖子停下了手里的活，站到朱笑东身边，给他解石的师傅也停下了机器，过来看热闹。

在赌石场，无论是切出来的，还是没切出来的原石，要是同时被几个人看上，就用现场拍卖的方式，按照出资者出资多少定归属，赌石场方面不仅不会阻止，还很欢迎。现场拍卖可以大大活跃气氛，让人热血沸腾，也更利于大家砸钱买原石。

“为了答谢各位的厚爱，我就以最低价一千万起拍，每次加价一百万！”姓严的笑意盈盈地说道。

围观的人自然一片赞叹，无非是说严公子人好，明明有人开价五千万，他却以一千万底价起拍……总之都是些阿谀之词。

第一个出价的是声音尖细的老肖，说：“我先出个价，抛砖引玉，我出一千五百万！”

老肖话音刚落，立刻有人举手：“两千万！”

“两千一百万！”

“我出两千三百万！”

“三千万！”

现场气氛热烈，连陆林琛都忍不在三千二百万的价位上举了一次手，加价一百万，算是捧严公子的场。价格以极快的速度飙升，眨眼间达到四千五百万。

胖子铁青着脸，眼睛血红，就差上去宰了姓严的，或者抢了那块还固定在解石台上的原石，原因就是嫉妒。

朱笑东拉着胖子，淡然地看着，没有一点儿出价的兴趣。

经过激烈的竞争，最终那块原石以五千五百万成交。银货两讫，杨老头办完手续，姓严的喜滋滋地再三恭贺杨老头，推说出来大半天了，还有些事等着处理，走了。

姓严的一走，杨老头又拿了一叠钞票丢给解石师傅，让他继续解。

朱笑东叹了口气，拉着陆林琛和胖子转身去看胖子的石头。

其他人继续围观那块原石的新主人——杨老头解石。

陆林琛问朱笑东：“干吗叹气？”

朱笑东摇摇头，没说什么。胖子的解石师傅已经切下大半原石，也没发现半点要出翠的迹象，后面的石料，解石师傅胡乱切割起来。一连三块都没出翡翠，想像那边的师傅那样拿红包，门儿都没有。

随着最后一块废料被切开，解石师傅关了机器，看也不看胖子一眼，果断闪人，免得胖子发起火来骂人。

胖子脸色灰败，一屁股坐到地上，呆呆望着朱笑东，眼里的血红居然被一层水雾蒙住了。胖子不是心痛钱，是恨自己怎么就没那么好的运气，自己的手怎么就那么不争气！

朱笑东扶起胖子，淡淡地说道："你这是小意思，看看人家，一眨眼几千万就没了，那才叫惨。所以说，但凡是赌，你我还是不沾手的好。"

陆林琛也劝了胖子两句，说蚀本往前算，赚钱往后算，统共才不到一百万，算是买个教训。没有经验，技术不如人家，经济基础不够，沉迷进去，早晚死路一条。

杨老头那边围观的人三三两两悄然离开了，紧接着传来杨老头暴跳如雷的咒骂："狗日的姓严的，敢阴老子，跟老子玩心眼！"

杨老头解下来的石头只剩下足球大的一块了，那抹阳绿再次消失，灰白的茬口嘲弄似的看着杨老头。杨老头已经疯了。

陆林琛说，杨老头气的不是五千多万打了水漂，而是姓严的可能早就发现这块原石不可能解出翡翠，这才让解石师傅喝茶，设局，现场拍卖。

老杨头上了恶当，只能在现场骂骂人解解气，想要追回那笔钱，或者报复姓严的，都不可能。

听杨老头骂声不绝，原本脸上死灰的胖子居然咧嘴笑了起来，说："狗日的，我还以为就我一个人点背，原来我只是个小角色。"

朱笑东笑了笑，问胖子："现在明白了？想开了？"

胖子笑道："我有什么想不开，钱是你的，账是你付的，最多我再跟着你多打两年工而已，嘿嘿……"

"你……"朱笑东也说不出话来了，遇上胖子，只能自认倒霉。

解石师傅低声问老杨头，剩下的石料要不要再解下去？毕竟人家给了不少红包，活还是得干完。

老杨头大怒，亲自上了解石台，抱起那块剩料，骂着姓严的祖宗十八代，一扬手，"哗啦"一声，将那块剩料扔进了废料堆，骂骂咧咧地走了。

其他人也没什么兴致了，那么好的原石都没解出翡翠来，再留下来不是砸钱找死么？三三两两地散了。

陆林琛也想走，今天他花了三十万，解出来一块油青地，保住了本钱，瘾也过了，待下去也没什么意思。跟朱笑东一说，朱笑东却笑了，说这大起大落的场面，还真想亲身经历一次。

胖子愣了，盯着朱笑东："东哥，我可是死过了一回的，你可别……"

朱笑东径直走到先前看的那块"满天星"面前，叫来工作人员，付了账，让人帮忙用推车送到解石台上。

工作人员问朱笑东打算用哪台解石机，找哪个师傅？朱笑东犹豫了一会儿，指着先前解出过两块翡翠的师傅，说："就他吧，我也看好他。"

这个师傅今天虽然解出来两块翡翠，但是价值最大的一块原石也让他解废了，见朱笑东来找他，有些不自然地问："你可想好了，这一刀下去，没准儿就废了。"

朱笑东也不着急，慢条斯理地问："师傅贵姓啊？"

"免贵姓黄！"解石的师傅谦逊地答道。

"黄师傅，你看，我这块才两万多块钱，能不能解出翡翠都没关系，伤不了筋骨。"朱笑东说道，"再说，我也是第一次进这种地方，也不怎么懂规矩，黄师傅多担待些。"

黄师傅笑了笑，问："你这块要怎么切？"

朱笑东拿了记号笔，咬着嘴唇，想了想，直接在原石三分之一处画了一条线，想想，觉得不大妥当，又换了个方向，从四分之一处做了记号，又犹豫了半晌。

看朱笑东举棋不定的样子，黄师傅和一旁的工作人员都摇头，连菜鸟都算不上的雏鸟一只。稍微懂行的，要么交给解石师傅处理，要么顺着一边，从最边上开始，逐寸逐分地往里切，像他这么拦腰一刀，就算有翡翠，也切废了。

犹豫半晌，朱笑东一咬牙，似乎拿定了主意，让黄师傅从四分之一处下刀。一刀下去，这块“满天星”还真切出了翡翠，可惜比先前陆林琛那块大不了多少，最气人的是，刚好从中间被切成了两块。

翡翠质地不错，是上乘的油青地，坏就坏在这一刀是斜着切下来的。黄师傅用极快的手法把两块翡翠剥离出来，大的一块大约能值十万，小的这块分文不值，原本值三十万的翡翠，就这么废了。

黄师傅和工作人员叹了一口气，朱笑东的运气还可以，就是经验差了点。

第十四章
翡翠王

听说又出了翡翠，还在附近的刘元平等人又围了过来，见朱笑东真的解出了翡翠，刘元平又想以八万块钱把大的那块买下，说到底，就是欺侮朱笑东不懂行。

朱笑东也不计较，八万就八万好了，交货拿了钱，给了黄师傅一个红包。一转头，又找了块三角形的沙皮，标价五万五，还是找黄师傅切石。这次，黄师傅小心了些，朱笑东做了记号，黄师傅也没按他的记号切，他也是为朱笑东好，免得像上一块一样，本来值二三十万的翡翠，一刀下去，就卖了八万。

朱笑东不好拒绝黄师傅的好意，笑着看黄师傅解石，黄师傅一连切了三刀，第四刀，平滑的石料上露出一抹绿色，淡淡的，细看可以肯定里面有翡翠，这是切到翡翠边缘了。

看到这儿，刘元平又开始动脑筋，扯着朱笑东想用八万买下这块原石。大家都开始厌恶刘元平了，这人就是见不得人家赚钱，总想从人家嘴里夺口肉。

好在朱笑东不在乎，出手可以，但是要十五万，少一分都不成。

东西你可得看好，是赚是亏，是生是死，别事后来骂我。

刘元平犹豫了半晌，又趴在原石上仔细研究了许久，胖子都要发火了，才要了。朱笑东又去看原石，这次一下子买了一大一小两块，一共花了二十万，大的十七万，足球大小，小的也有碗口大小，三万。

陆林琛好意提醒朱笑东，大的那块已经在这里摆了三个月了，无数人看过，都没兴趣，小的这块倒是新进的，只是怎么看都不像是好东西。

朱笑东笑着说："反正都是赚来的，输了也没什么大不了的。"

陆林琛点头，说，就凭朱笑东这份淡然，自己就望尘莫及。

刘元平刚买过去的那块原石，黄师傅三两刀就切完了，一来已经知道了翡翠的位置，下手就没多少顾忌了，二来黄师傅不齿刘元平的为人，切起来也是草草了事。

刘元平捧着解出来的翡翠，大略估算了一下，花了十五万，应该可以卖二十万左右。做朱笑东两笔生意，转眼七八万到手了。

朱笑东那块十七万的原石没出翡翠，朱笑东无所谓，倒是刘元平有点儿失落。黄师傅问朱笑东要不要把那块小的解出来。朱笑东咬着牙想了想，说先别慌，这么小一块，估计也解不出什么来，先放一会儿，免得又解不出来，坏了心情。

说得黄师傅跟几个工作人员直笑。

朱笑东也不去理会，拉着刘元平说："刘老哥，看你也是做大生意的，要不，咱们合伙做笔大的。"

刘元平哪里肯答应，跟朱笑东合伙，就得承担一半风险，自己虽然厚着脸皮掏人牙缝，却半点风险也不担，当下推辞了几句。

朱笑东再三劝说，刘元平有些烦了，说要上趟厕所，转身离开了，朱笑东这才作罢。如此一来，黄师傅和周围的人都愤愤不平，劝说朱笑东，刘元平不是好人，别跟他做生意。

胖子大骂刘元平不是东西，有赚头的时候，这家伙像只赶不走的苍蝇，东哥亏了十七万，老不死的连一句安慰的话也没有。

朱笑东笑了笑，也不计较，看看货架上大大小小十来块原石，好的坏的都有，总价在一千万左右，看了一会儿，也懒得挑了，在众人瞠目结舌下付了账，一股脑儿让工作人员装在推车上，送到黄师傅的解石台解石。

这时，去“上厕所”的刘元平回来了，见朱笑东一下子买了这么多原石，又听朱笑东根本就没选，随手就把一货架都买了，暗自庆幸，幸好没答应跟他合伙，要不然自己那点家产一下子就败光了。

朱笑东随手指了一块原石，让人搬上机台，几刀切下来，成了一堆废料，什么也没有。再指一块，依旧是一堆废料。两块原石，近三百万打了水漂。

别人都没说什么，偏偏刘元平装出一副关心的模样，劝朱笑东把剩下的原石低价处理掉算了，后面那十几块的成色还不如先前切开那两块废料呢，肯定没希望了。

朱笑东笑着问他给多少钱，刘元平扳着指头算了算，说：“我也不能给得太低，一万块钱一块的话，我可以要八块……”

围观的几个人都气坏了，八万块，人家一千多万花得眼睛都不眨一下，差你那八万块？何况，你那八万块还是从人家嘴里掏出来的。

连一向温文尔雅的陆林琛都忍不住想给刘元平两个耳刮子，人家让你吃点残羹剩饭，那是人家大度，你以为你什么东西！

胖子火冒三丈，要不是朱笑东拦着，肯定上前揍人了，朱笑东掏出钱来能砸死你，你竟然想拿八万骗人，真当我们都是傻子！

刘元平见犯了众怒，一时间不敢再作声了，但是又不愿意离开，对众人的冷嘲热讽只当耳边风。

解石的黄师傅也被气得够呛，一心想开出块翡翠打刘元平的脸。

黄师傅亲自从十几块原石中挑了一块放上解石台，也不用朱笑东交代，使出看家本领，两刀下去，就切出一片绿来，淡淡的，不算很好。有了大概的位置，黄师傅精细地计算了一番，手起刀落，一块巴掌大小，厚约寸余的水清地翡翠显露出来。

在众人的叫好声中，刘元平使劲挤上前，想跟朱笑东谈谈。没想到大家一起使劲，生生把他挤出去了，连朱笑东的边都没摸着。

朱笑东站在圈子中间，拱手向四周作了一个长揖，连声感谢大家捧场，至于这块翡翠，如果有人有意，可以低价奉送，以答谢诸位的支持。

一听朱笑东愿意低价脱手，刘元平第一个忍不住了，在几人背后，跳着脚高喊："朱老弟，我要了，我出价……一……一百万……"

不知道是谁偷偷踢了刘元平一脚，刘元平跳起来刚落地就一屁股坐到了地上，"嗷"一声惨叫。周围众人一阵哄笑，都感觉非常解气。

"那可是上千万的东西，你好意思给一百万？你那张脸皮真是你身上最神奇的部分，可大可小，可厚可薄，甚至可有可无啊。"不知道谁阴阳怪气地说了一句。

众人笑得更大声了。

哄笑怒骂间，赌石场里比先前姓严的开出绿时还热闹。

朱笑东笑着给大家作了个长揖："各位兄弟，他也是混口饭吃，就不要见怪了。为求公平，在场的人只要对这块翡翠有意思，都可以出价，不限高低，随意就好。"

话一出口，所有人都鼓起了掌。朱笑东这话说得漂亮，当即就有人出价五百万，加价的人更是踊跃，虽然人数比先前少了三分之一，但是热情却高了许多。

最后，这块巴掌大小的水清地翡翠居然以八百七十万成交。

接下来，朱笑东继续解石。众人也不管什么看涨不看跌，一块原石切下来，无论里面有没有翡翠，都会发出一片呼声，不为别的，就为图个开心，给朱笑东捧个场。

不知不觉间，朱笑东除了成本，居然还赚了两千多万。忙上忙下的黄师傅和两个工作人员，好几次从朱笑东手里接过红包，个个都很卖力。

解到倒数第四块原石，朱笑东的电话响了，摸出来一看，是杨薇打来的，说有要紧事，得赶快回去。

正好陆林琛的司机回来了，黄师傅和工作人员帮忙将剩下的四块原石打包，放进陆林琛车里。

坐在车里，胖子早就忘了自己一口气赌输了几百万的懊丧，笑呵呵地说："东哥赚了两千万，沿山打猎见者有份，这样算下来，我也能分六百多万，这可是一笔意外之财。"

陆林琛哈哈大笑，顺着胖子的话说了下去："本来只想去应酬一下，没想到顺手牵羊，发了一笔小财。"

朱笑东见陆林琛一个亿万富翁，还为能分个六百万而得意洋洋，心里着实好笑。别说陆林琛了，就是胖子的身家，也不会在乎这六百万，大家不过是图个乐呵，解石解得高兴罢了。

"朱老弟心胸宽广，非一般人能比，这一点我承认。但老弟也绝不是任人欺压，逆来顺受的主儿，怎么会如此容忍刘元平这种人?"陆林琛大有深意地问道。

见陆林琛已经看破了，朱笑东抿嘴偷笑，手里把玩着临走之前，顺手从废石料堆里捡出来的，老杨头被骗之后扔掉的那块剩料。

"赌石场也是赌场，小赚一点是可以的，像我们这种没来头没身份的人，要是赢得过分了，再有规矩的赌场也会变得没规矩，会招来祸端的。"

胖子细细品味朱笑东的话，感觉对，又好像不对。

“不至于吧!”陆林琛笑道,“两千万而已,哪家赌石场一天的流水不得上亿,何况你买他们的原石,已经交了钱,他们该赚的钱已经赚了。”

朱笑东笑着摇摇头,没说什么。

陆林琛想了想,又问:“对了,记得姓严的现场拍卖时,我问过你,如果是你出价的话,你能出多少。当时你伸出一根指头,但是我没听清你出多少。说说,你当时心里打算出什么价位?”

陆林琛是老狐狸,想瞒他着实不易,朱笑东只得老老实实地回答:“那个时候,我想出一个亿!”

“一个亿?”事情都过去好几个小时了,胖子一听朱笑东当时准备出一个亿,心还是“扑通扑通”地跳了起来,自己一百万三块石头,一个水花都没见着就没了。没想到朱笑东准备扔一个亿。

陆林琛一脸惊讶,还以为朱笑东当时最多给一百万,或者一万。惊讶过后,陆林琛自嘲着道:“我还真看不明白了,看来是我老眼昏花了。”

陆林琛看着朱笑东自从上车之后就没离过手的那块废料,怎么看都觉得不对劲儿。从姓严的解石,老杨头被骗,一气之下扔了这块废料,到朱笑东临走之前编的那个蹩脚的借口:说想要这块废料做个纪念,提醒自己以后切不可沉迷赌石。

当时所有人都把这块剩料当成废料,所以谁都没在意。但是陆林琛太了解朱笑东了,朱笑东根本不可能沉迷赌石,他从头到尾都非常冷静。

“要是我现在想要,你卖多少钱?”陆林琛突然问道。

朱笑东看着似笑非笑的陆林琛,心里暗叹:老狐狸就是老狐狸,还是被你看破了。朱笑东淡淡地答道:“本来是准备回去剖开之后,看能不能还上欠陆大哥的债。既然陆大哥想要,反正迟早都是陆大哥的，陆大哥拿去就是，说什么钱不钱的。”

朱笑东一脸肉痛地将一直捧在手里那块剩料送到陆林琛手边。

“既然如此，我就却之不恭了。”陆林琛眼前一亮，看着朱笑东的表情，他什么都明白了，“这块料给了我，那我们两人之间的账就一笔勾销了，要不然，你就是送我，我也拿不动。”

朱笑东欠陆林琛几十件雕件，总价格不低于一个亿，胖子是知道的。此时见陆林琛只要这块废料，一个亿就不要了，胖子大吃一惊：“这块一连被两个人抛弃，最后被东哥从废料堆里拣出来的玩意儿，值一个亿？”

“最少一个亿。”陆林琛盯着一脸懊恼的朱笑东猛看，心里乐坏了，能在朱笑东脸上看到这种表情，实在太难得了。

“我的妈呀！”胖子一激动，忘了自己还坐在车里，一个高蹿起来，脑袋撞到车顶，一屁股又坐到车座上，还好上面有一层软布装饰，不然胖子脑袋上非撞出一个大包不可。

朱笑东不理胖子捂着脑袋叫痛，问陆林琛：“陆大哥，那个刘元平是什么来头？那个人很讨厌，这玩意儿到了你手里，恐怕他少不了要搬弄是非！”

“那个刘元平啊，我们也没多少交情。他也是做古玩典当的，据说，他跟他师兄本来在同一家古玩行做事，他师兄打了一次眼，连累了他，两人欠了一屁股债，还要还高利贷。至今没人再聘请他做古玩行了。”陆林琛把自己知道的都说了。

胖子顺口问道：“他师兄是谁？刘老头又奸又滑，让人讨厌，别是他害了他师兄吧？”

“到底是师兄连累了师弟，还是师弟连累师兄，我也不清楚。他师兄叫李三眼……”

陆林琛话还没说完，朱笑东跟胖子齐声叫了起来“李三眼？”

胖子拍着胸口，大叫：“哎哟，我的娘诶，这还真是一个雷接一个雷啊，我这都快要得心脏病了。”

“怎么回事?”陆林琛笑问，“莫非，你们认识李三眼?”

朱笑东沉吟不语，胖子抢着说：“李三眼是我们柜上的一个掌眼，他……他都这么有名了？我们怎么一点儿也不知道?”

要知道，一个掌眼打了眼，被人赶走是小事。但要是被人赶走了，还欠下一屁股债，他这辈子就算是断了掌眼这条路了。按陆林琛所说，李三眼打了眼，还欠下了不少债，这样的人让他掌店，那不是送羊入虎口吗。

谁欠一屁股债不急着还，那可是能逼死人的高利贷啊！他们店里的东西还不得被李三眼倒腾光喽!

陆林琛一听李三眼是朱笑东柜上的掌眼，顿时哑然。

朱笑东咳了一声：“或许是同名同姓，巧合吧，再说……再说，不是有二叔么!”

“别自欺欺人了，东哥……”胖子尖着嗓门，要说别人同名同姓还说得过去，但是古玩行的掌眼，有几个李三眼？有这样的巧合么?

“可是，这么大的事，连陆大哥都知道，王……你老丈人怎么会不知道？他可从来没提起过这茬儿。”朱笑东看着一脸不屑的胖子。

李三眼的事，王长江确实没对任何人提起过，如果属实，王长江多半也不知情。

到了市区，几人径直去了王长江的店，那里有小型切割工具。王长江见陆林琛来了，立马泡了好茶，听几人说要在店里解石，立刻让店里的伙计帮忙搭好工作台。

喝完茶，朱笑东拿着那块一直没离身的剩料端详了很久，这才放到工作台上，动手解石。王长江把店里的伙计都打发走了，就留下他和胖子还有陆林琛围着朱笑东，看他解石。

篮球大小的一块石头，朱笑东根本没敢切，而是用金刚石砂轮片一点点擦。足足花了十几分钟，石料上擦出指头宽的一道门子。门子一现，还没等朱笑东把门子上的尘屑清洗干净，陆林琛、王长江、胖子就“啊”一声，惊叫着跳了起来。

从门子上看，整个篮球般大小的石料，厚处不到一公分，薄的地方不足五厘，就这样薄薄一层石料，包裹着一块个头比石料小不了多少，白色透明的冰种翡翠！白色透明的翡翠，只有基本的元素硅酸盐铝钠，不含其他成色元素。

这块翡翠的个头之大，品质之高，不要说陆林琛，就算是朱笑东都有些吃惊。在传统观念中，人们普遍认为翡翠中绿色最美，绿色翡翠一度成为翡翠中唯一的成交品类，但随着绿色翡翠价格连年攀升，逐渐超出大部分消费者的消费能力，一块好的白色冰种翡翠已经不亚于顶级玻璃种翡翠了，而无色玻璃种翡翠远远超过同等克拉的钻石的价格！

胖子脑袋里“嗡”的一声，一片空白。朱笑东在姓严的现场拍卖时，准备出价一亿，现在看来，就算是出两亿，都低了。

这块翡翠，已经不能用钱来衡量了。陆林琛喃喃说道：“姓严的和杨老头都是有眼不识金镶玉啊！”

朱笑东淡淡地说道：“冥冥之中自有定数，当时姓严的要是再坚持一下，杨老头要是多切一刀，这块名副其实的‘翠王’岂会被扔进废料堆。”

“你是怎么知道的？”陆林琛眯着眼睛问朱笑东，“后悔把它送我了吧？”

朱笑东咧嘴笑笑：“我就是有种感觉，当时就感觉这块石头里有翡翠，呵呵……”

“说我不后悔，那是假话，但只是我说过的话要我反悔，我会更后悔！”朱笑东说得坦诚。

这块“翠王”一定要用金钱衡量的话，不会低于十五亿，十五亿是什么概念？用来抵陆林琛的债务，十分之一都用不了。

“这样吧。”陆林琛松了口气，“朱老弟，这东西拿在我手里也是要出手的。这样，我再补你五个亿。你我兄弟，你也不必推辞，老哥我占了便宜，我心里明白！”

朱笑东笑了笑，没多说，拒绝陆林琛既多余，又显得小家子气，给就给吧，大家都安心。

胖子缓过神来，眼睛里还有一层雾，问：“东哥，我不怎么明白，一般人喜欢的都是绿色的翡翠，这白色透明的真那么值钱？”

朱笑东还没说话，刚得了宝贝，心里乐开了花的陆林琛先开口了：“翡翠中这种晶莹通透的冰种，无色，质地细腻，属于翡翠中的极品。这类翡翠不存在颜色比较，随着翡翠受欢迎度日渐提升，无色玻璃种翡翠的价格也随之上涨。这块翡翠有较好的透明度，里面一点儿杂质都没有，虽然没有绿翡翠那么艳丽招摇，但纯洁似水，低调奢华。”

陆林琛感叹完，匆忙给朱笑东打了钱，连朱笑东留他吃饭都不吃了，兴冲冲捧着那块包装好的“翠王”就往外走。

陆林琛刚走到门口，竟然迎面撞上了刘元平。刘元平火急火燎地往里冲，差点跟陆林琛撞个满怀。

陆林琛惊讶中带着戒备：“你怎么追到这儿来了？”

一看是陆林琛，刘元平赶紧拉住他，神秘兮兮地说：“陆老哥，有件事情，我想跟你商量商量。”

陆林琛原本比刘元平还小几岁，刘元平竟然对陆林琛以“老哥”相称，自己心甘情愿做了小弟，可见是有求于陆林琛。

陆林琛打心眼儿里不喜欢刘元平：“什么事？我忙着呢。”说着把手里用报纸包得严严实实的“翠王”放进车里。

刘元平看了一眼送陆林琛到门口的朱笑东，吞吞吐吐地说：“这件事……这件事，本来对大家都有益处，只是这里……这里不是说话的地方，要不，全聚德，我办一桌，我们边吃边谈。”

“吃饭就不必了，有话直说，我真的很忙！”陆林琛有些不耐烦，对于刘元平的人品，陆林琛实在不敢恭维，只是出于礼貌，才没甩袖子走人。

见陆林琛要走，刘元平拉着不放，谦卑地说：“那位朱小哥，先前说要跟我合伙做一笔买卖，我想通了，过来找他。”

真会找理由！陆林琛没好气地想，嘴上却说：“这事儿啊，不是已经过去了吗？再说，这跟我也没什么关系啊。你要跟他合作，你自己跟他谈不就是了。我估计这事没戏，小朱兄弟什么身份。”

陆林琛没明说，论身份论地位，你刘元平给朱笑东提鞋都不配。

刘元平讪讪地笑道：“我这不是跟他不熟吗？陆老哥跟他是兄弟，我就想求陆老哥帮我在朱小哥面前美言几句。”

陆林琛回头，见朱笑东已经返身进店里去了，多半也是不想见这个人，刚想走人，突然想起这家伙是李三眼的师弟，朱笑东想知道李三眼的事，与其费神费力去打听，不如当面问个清楚。

陆林琛强忍着厌烦，说道：“这样啊，既然已经到了门口了，我就陪你进去一趟。不过成与不成，就要看你自己的本事了，我可不敢打包票。”

听陆林琛这样说，刘元平差点儿给陆林琛跪下，连声说，要是事情成了，肯定忘不了陆老哥的恩德，将来得了好处，绝对不会亏待陆林琛。

朱笑东见陆林琛带着刘元平进来，依然满面笑意地招呼陆林琛，对刘元平却没有在市场那么客气。

陆林琛单刀直入，一句话就说出了带刘元平进来的目的：“他想要找你合伙做生意，我也想知道一些事。”最后加了一句，“小朱，你自己看着办吧！”

刘元平红着脸，弓着身子，一双手像没放处似的，不住在衣服上蹭。

朱笑东淡然地问道：“说罢，有什么计划？”

既然是合作，肯定得有计划。朱笑东明知道刘元平是刚从赌石场出来的，就算有计划，也不可能详尽周密，这么问，其实就是想让刘元平着急，慌乱之下，主动走人。

刘元平略一思索，张嘴就说道：“小朱老弟对赌石有着常人难及企及的观察力，小朱老弟最高明的地方是心性淡定，无论是谁，无论解出来有没有翡翠，值钱不值钱，都会把持不住，一旦乱了方寸，就会浪费许多机会……”

朱笑东摆手打断他的话：“对不起，对于赌石，我没有任何兴趣。就算今天赌了一把，也是兴之所至。你也看到了，我真没想用这个赚钱。如果是这方面的合作，就算有天大的利润，我也不会做！”

“你真不再考虑一下？小朱老弟，以你的能力，加上我的操作……”刘元平急切地说道。

他的话还没说完，朱笑东突然问道：“据说你和李三眼是同门师兄弟，能不能说说你们先前是怎么回事？”

说到这事，本以为刘元平会遮遮掩掩，没想到他一脸悲愤：“想来，朱兄弟也听说过我和李三眼的事了。我们确实是同门，一同共事，不过，我们俩几个月前栽了个大跟头……”

听刘元平的意思，没有推诿责任，连打眼栽跟头都说是跟李三眼一起，还算有点义气。

那天，店里去了个“土扒子”，说是有刚出土的物件儿，要卖给店里，当时是刘元平接手经办的。

“土扒子”拿出来的是一个白玉如意，尺许长，雕工还算精细，只是玉质稍差，太白了些，成了死白，是白而不润的葱白，雕工有些唐风，龙凤造型，圆雕镂雕为主，造型别致，继承了“汉八刀”的双沟碾法，有游丝毛雕的简洁明快。

剔除玉石质地不谈，这玉如意的雕工形态确实是刚出土的古物，按说是有收藏价值的，要是卖的话，应该是有赚头的。

当时，李三眼和刘元平出价十万，“土扒子”见实在给不了高价，只好出手。交接之后，这件事就算完了。不料，恰好老板带了个客人过来，见到这玉如意，一张口给了一千万，非要买走。

一转手赚了这么大一笔，老板、刘元平、李三眼自然喜不自胜，高兴之余摆酒庆贺。谁知乐极生悲，第二天，那客人拿了玉如意过来，说李三眼和刘元平坑他，说到火起，差点砸了店，还索赔五百万。

那客人是有来头的，李三眼和刘元平惹不起，本想忍气吞声，和李三眼各拿两百万了事，谁知道老板为了讨好客人，跟客人一起，拿刘元平跟李三眼出气，不但当场解雇了两人，还跟着索赔！老板和客人都有背景，跟他们讲理，那是自找苦吃。

刘元平说到这里，眼泪差点流下来。两人丢了工作，赔了几百万都是小事，但是受不了这份冤枉。拿着那个玉如意，去请教同行，得出的结论让两人十分吃惊。

他们请教了四五个富有盛名的玉器专家，居然得出了几个不同的结论！有的说很值钱，一千万是少的，有的说一万块钱都不值，有的根本说不出价钱。究其根本原因，因为这个玉如意有很多不合常理的地方。

朱笑东一脸好奇：“什么不合常理？”

有一个专家说这玉如意是现代赝品，一般的玉如意，取的是“事事如意”的象征意，多半在一头雕了柿子，或者云纹，作用跟现在的痒痒挠差不多。但是这个玉如意雕的是龙凤呈祥纹饰，雕龙凤呈祥纹饰也就罢了，那龙还不是普通百姓所用的三爪，而是五爪！

五爪龙在封建社会是皇家的象征，普通百姓家里发现此物，会被视为犯上造反，弄不好会祸及九族。

既然是皇家人拿来挠痒痒的东西，自然是稀世之宝，怎会弄这么一块死白死白的破玉？这只能说明，这是一个现代人的作品，而且，做假的人连最基本的封建社会等级观念都弄不清楚。至于玉如意看起来年代久远，专家说多半是造假人做出来的。

刘元平反驳说，既然人家做假能做到把年代设计得无法分辨，怎么会犯下不清楚封建社会等级这样的低级错误。

那专家也解释不明白，最后只好说这是件孤品，没有旁证，最后不了了之。

朱笑东沉默了许久，才说：“你和李三眼到有多大损失？”

刘元平毫不掩饰地说，客人和老板一共诈取了他和李三眼一千七百万。刘元平身家厚实一点，家财去了一半。可怜李三眼，全部家当搭进去不说，还欠了三百多万高利贷。据说现在找了个好老板，勉强还能撑下去。

朱笑东笑了笑，没说李三眼就在自己手下：“偏巧我对玉器还有些研究，要是不嫌弃的话，能不能拿来我看看？”

刘元平对那玉如意本已不抱任何希望，听朱笑东这么说，只道是个好的开始，跟人合作，总不能马上让人拿钱投资。

不管是以什么样的方式开始，只要有了开始，就有希望。刘元平当下就答应，说明天一准儿送过来。

随后闲谈了几句，朱笑东就送客了。

第十五章
人为财死

第二天一早，刘元平果然准时来了，依言到了王长江家，手里拿着白玉如意。

那玉如意质地刘元平说过了，葱白，但是朱笑东看应该是比水干略好一点，达不到葱白，介乎两者之间，死白死白的。就这质地，一千块朱笑东也未必肯出。

造型有些奇特，严格说来，只是与如意的造型相近，同样有头，有握手，尺许来长。头部的龙凤雕饰果然是简洁明快的“汉八刀”，圆雕镂雕为主。如意握手两边参差不齐，最高的凸起有两三公分，尾端还不像平常的如意那般平滑，而是短钝的三角形。

总的来说，这玉如意不伦不类，不怪人家第二天就翻脸了。

听了朱笑东的解释，刘元平佩服得五体投地，人人都说这是如意，朱笑东直接否定了，光是这份见识，就比旁人高出不知多少倍。既然不是玉如意，那是干什么用的呢？

朱笑东坦言：“我也不知道，要是能留在这里，我找些资料，查证一下，或许会有个说法。”

“既然如此。”刘元平沉吟了一下，“反正我们以后就是合作伙伴了，这东西又值不了多少钱，就放在这里你拿着慢慢研究就是了。”

胖子立即反对：“你说东西放在这里让我们研究倒可以，合作的话，那就免谈了。”

刘元平脸色有些难看，张嘴要说什么，朱笑东淡淡地说道：“我也实话跟你说了吧。李三眼就在我的铺子里做掌眼，你昨天说你们为这东西亏进去一千七百万，看在李三眼是我的掌眼师傅的面子上，我可以给你们解决一些。不过我是看在李三眼的分儿上，才给钱的。”

“你……”刘元平见合作无望，心中很沮丧，他也知道合作是强求不来了，叹了一口气，说，“你能给多少钱？”

朱笑东说：“你也是做这一行的，什么价钱，你心里肯定有数，你说吧。”

刘元平一咬牙，说：“我们最开始卖了一千万，但是我们倒赔了七百万，加上三眼兄弟的三百万高利贷，就两千万吧。”

“就这破玩意儿，还两千万？你不是说十万块钱买进的么，你杀人啊？”胖子吼道。

朱笑东眼睛眨都没眨一下，既没说刘元平要价高了，也没说胖子给价低了，只是定定地看着刘元平。

刘元平从朱笑东眼中看不出深浅，半晌，才试探说：“我当然知道这玩意不值两千万，要买的话，一千万……你们看怎么样？”

朱笑东“嗯”了一声，就再没下文了。

刘元平心里一抖，赶紧说：“给八百万吧，亏进去的，我也不想捞回来了，但是还欠着人家的债，不能不还，要是觉得高了，我……我……”

朱笑东皱起眉头，鼻子里“哼”了一声，依然没说话。

刘元平眼中泪花一转，几乎是哀求着说：“要不，就给五百万吧。三眼那边还欠着人家三百万高利贷，到现在连本带利，利滚利，差不多四百万了，剩下一百万，我们俩分了，留点买棺材的钱。朱老板，你大仁大义，好心有好报，将来，儿孙满堂……”

杨薇在一旁，脸色绯红，看向朱笑东。虽然朱笑东和刘元平谈生意，她不便插嘴，但是女人天生心软。

朱笑东点点头，转头对杨薇说：“帮个忙，把电脑拿过来，我这就转账。”从头到尾也没说刘元平要价五百万高了还是低了。

没过一分钟，刘元平的手机响了，打开一看，刘元平突然激动起来：“你……你……”声音竟然带着呜咽。

朱笑东淡淡地说道：“没办法，我们之间是不可能有合伙的机会的。这点钱，我希望你遵守诺言，帮李三眼把高利贷还了，剩下的你们再平分。”

刘元平激动得连连点头，差点给朱笑东下跪，胖子见不得这一套，扶了刘元平，客客气气地送他出了家门。

送走刘元平，胖子回来问朱笑东：“怎么回事，你给他多少钱啊？把你当亲爹似的，还要给你磕头。”

朱笑东把玩着玉如意，头也不抬地回答：“也没多少，就是多给了千儿八百万。把我当亲爹是你说的，我可不想要这么个儿子。”

胖子眼睛都瞪大了：“东哥，你一出手就是千儿八百万，这玩意值那么多钱么？你刚赚了几个亿花不完是不是，拿来，我帮你花。”

朱笑东笑着说：“舍得宝，宝换宝，舍得珍珠换玛瑙。你们知不知道，这两天我手气好，千儿八百万算个毛……毛虫！”

朱笑东有些兴奋，差点在王长江和杨薇面前得意忘形。

“这么说，这还真是个宝贝？”胖子见朱笑东一脸得意，也看向那玉如意。

朱笑东不再卖关子：“梁奇宝的七件玩意儿，已现其四，我们独据其三，哈哈……到底是机缘巧合，还是命中注定。胖子你说说看？”

“这是梁奇宝的七宝之一？”杨薇一脸无法置信。

胖子又一个高蹿了起来，好在屋顶高，这次没撞到脑袋：“东哥，你说梁奇宝每样玩意儿都搞得神神秘秘的，他这葫芦里到底卖得什么药啊？”

朱笑东苦笑着摇头：“我也搞不明白，要不我们先回陶都，找李嵘把他那对戒指买过来？”

胖子一巴掌拍在大腿上，恨不得马上飞回陶都。

杨薇想了想，问道：“笑东，梁奇宝的东西你知道多少？”

朱笑东回答：“也没多少，我看的那本书写到最精彩的地方，突然没了。除了这几件，还有一个女人用的发簪，其余的我就不知道了。不过，要是见着，或许能认出来。”

“你知道发簪的下落吗？”

“不知道！”

“这么说，一时半会儿也揭不开谜底。”杨薇说道这，脸上飞起两片红晕，低头绞弄着手指，一脸娇羞。

“你是说……”朱笑东揣摩着杨薇的心思，半晌，猛一拍脑袋，“你看，我居然把这茬儿给忘了……”

胖子看着朱笑东：“东哥，你又要闹哪样啊？不是说要回陶都吗，你可别说话不算数啊！”

朱笑东笑着摇摇头：“陶都肯定是要回的，不过，回去之前还有些事情要办。”说着看了杨薇一眼，朱笑东脸上也难得地染上了一抹红色。

胖子歪着头看着两张大红脸，嘿嘿笑着，他早就知道两人要去领证，只是没想到朱笑东竟然也会因此而害羞，还真是难得一见的奇景。

一个电话打破了屋里尴尬的气氛。电话是烟锅叔打来的，虎子出事了！

不知道虎子撞了哪门子邪，好好的工作不做，约了杨华的丈人、舅子一起去找墓，已经失去联系一个星期了。烟锅叔在电话里声音都哽咽了，因为是去找墓，不好报警，只好打给朱笑东，也是病急乱投医。电话那边，杨华也很着急。

朱笑东安慰了烟锅叔几句，说自己马上赶回去。挂了电话，朱笑东叹了口气，看着杨薇。

杨薇点点头，别说虎子是朱笑东的伙计，就算是别人求到朱笑东头上，杨薇也不会阻止朱笑东去救人，毕竟人命关天。只是先前满腔的欢喜瞬间化为乌有。

虽然要走，但走之前朱笑东还是要带杨薇先去看看岳父方天然。订了四个小时后的机票，大队人马浩浩荡荡急急忙忙地奔赴方天然家。

刚到方天然别墅门口，就见三个人等在那里。

其中一个是方天然，人老了，手里的事情都放下了，闲下来那种孤独感难以形容。好几个月没见着杨薇和朱笑东，着实想念。朱笑东刚刚打电话过来说要带杨薇过来，方天然就跑到门口翘首以盼。

另外两个一个是专门过来找方天然的姚观心，另一个是碰巧路过的陆林琛。

朱笑东是姚观心的关门弟子，虽说平日里没鞍前马后地侍奉姚观心，但却是行过拜师大礼的。所谓一日为师终身为父，加上扳倒司慧朋、袁小忆，他也出过一臂之力，见到姚观心，朱笑东自然少不了一番亲热。

杨薇也上前，恭恭敬敬地叫了声“姚老”。姚观心喜不自胜。姚观心门下三个弟子，一个高东征，一个林少华，随他学艺十几年，虽然有些成就，但是在半道出家的关门弟子朱笑东面前，却黯然失色。朱笑东的媳妇儿又是老友方天然的女儿，深得姚老喜爱。这个关门弟子无论是身家、地位，还是学识、能力都是出类拔萃的，青出于蓝而胜于蓝，姚观心岂会不高兴。

胖子跟王晓娟也跟朱笑东叫姚观心一声师父，姚观心摸着下巴考虑要不要答应。胖子说了一大堆理由，还说要是叫师父不答应，他就叫师公，再不然叫师祖也成，说着，当即就要下跪，闹得姚观心手忙脚乱，连连说使不得。

陆林琛过来看个朋友，见方天然和姚观心站在门外像是在等什么人，上前一问，知道朱笑东要来，他也不走了，说是要跟方天然讨杯酒。昨天他占了大便宜，本应请朱笑东喝一杯的，可惜有事没喝上，今天这杯酒算是借花献佛，就算方天然不欢迎他，他也得喝了再走。

平日里方天然都是一个人，非常孤单，陆林琛说是借花献佛，实则是多一分热闹，方天然怎会不知他的好意，当下说：“陆老弟既然来了，不喝这杯酒，就是不给我方天然面子。”

人到齐之后，饭也准备好了。方天然特意请来了全聚德的主厨，菜色可谓色香味俱全，还拿出了珍藏了好些年的女儿红，酒汁清冽，香味浓醇，不过，除了胖子“勤劳务实、勇于创新”地埋头苦干，其他人都没怎么动筷子。

姚观心喝了两口酒，赞了两句，这才说出今天的目的。他最近遇到一件古怪的东西，百思不得其解，想找个人琢磨琢磨，就想到了方天然。

方天然听后大笑，说姚观心这句话说得太假了，他可不懂古玩鉴赏，姚观心明明想找自己的徒弟朱笑东，来他这里碰碰运气，没想到瞎猫碰上了死老鼠，还真见着了朱笑东。

众人听了哈哈大笑。姚观心被老友说破心思，也不在意，跟着一起笑了起来。

朱笑东一脸惭愧，师父想见自己，居然还要到岳父家里碰运气，自己实在是太不孝了。可惜眼下要事缠身，不然，一定陪师父好好参详。

胖子嘴里塞得满满的，腮帮子一鼓一鼓地说道："以师父的阅历都百思不得其解的东西，岂是一般人能看懂的？不过，东哥遇到过的怪东西不胜枚举，怪东西找东哥错不了。师父，到底是什么怪东西啊？"

"几个月前，我收了一件凤纹盘龙酒壶雕件，价值不菲，可就是看不出来历。收藏一道，物件来历尤为重要，没有来历的东西，价格会大打折扣。"姚观心是正宗的古玩爱好者，不仅注重物件本身的价值，对物件的来历同样看重。古玩背后的故事，也是收藏的乐趣。

姚观心重点强调了酒壶底座上还有一幅微雕。雕件上出现微雕画或诗，原本也不稀奇，朱笑东就能做到，姚观心被称为"北姚南马"，当然更不在话下。一幅微雕而已，为何会引起姚观心的重视？朱笑东很好奇。

"师父，那是幅什么画？"

姚观心掏出一张纸递给朱笑东："这是我复印的，你看看……"

纸上横七竖八乱糟糟地印着许多线条，似断似续，大部分竟像是随手涂鸦，看不出个所以然，也没有题跋落款。

朱笑东和胖子看了，忍不住"啊"了一声。

众人不解地看着两人古怪的表情。

姚观心眯了一下眼睛，意识到了什么：“你们知道这玩意儿的出处？”

胖子嘴角抽了抽，指着朱笑东：“东哥追查这玩意儿很久了，没想到在师父手上，这……这还真是命啊……”

“到底是怎么回事？”姚观心问出了所有人心中的疑惑。

方天然、姚观心一个是岳父，一个是师父，陆林琛是至交好友，王长江父女、杨薇更是自己人，所以朱笑东也不避讳，将梁奇宝的事简明扼要地讲了一下，最后叹了一口气：“到现在，七宝已现其五，到底是怎么回事，我也不知道。”

姚观心听完朱笑东的讲述，从随身的袋子里摸出一个红绸小包，一层层打开，众人闻到若有若无的芳香钻进鼻孔，让人精神一振。

红绸包里，是一个微雕细颈酒壶，跟成人的大拇指差不多大小，龙尾盘底，龙身为把，龙头低俯成了壶盖，是五爪龙。凤身伏在酒壶上，凤头做成壶嘴，小巧精致，质地是发黑的沉香。姚观心在壶颈处系了根细细的红绳，看起来很有意思。

姚观心看向朱笑东：“今天你要是能把这玩意儿说出个道道来，我就把它送给你！”得知朱笑东在研究梁奇宝的七宝，姚观怎么可能不把这件微雕酒壶给他，但送东西也要有个名头，也可以顺便考考徒弟。

朱笑东知道师父的心意，心中感激，沉吟了片刻，清了清嗓子，说：“既然师父要考我，我就献丑了，不当之处，还请师父指正。”

“一般人会把沉香与沉香木混为一谈，其实沉香跟沉香木是两种截然不同的东西。所谓沉香，其实是沉香树受了外伤，为了保护受伤部位，树脂聚集在伤口周围，当累积的树脂浓度达到一定程度时，便会形成类似琥珀的沉香。这块只有指头大的沉香，抛开其他不说，就材料而言，价格就要一百五十万。”

姚观心微笑着点了点头，让朱笑东接着说。

“沉香根据形成的环境分为土沉、水沉、蚁沉、倒架……原材又以奇楠木为最，好的沉香价值连城，数量极其稀少。从味道上来说，沉香的香气悠扬绵厚，与沉香木不同，它的香气更典雅，闻之可以凝神静气。大凡瑞香科树木，受到外伤或真菌感染后，能大量分泌带有浓郁香味的树脂，但是却达不到沉香级别，只能算是沉香木。”

姚观心击掌叫好，其他人也连连赞叹。陆林琛对古玩颇有研究，此时也自叹不如，心中钦佩不已。

朱笑东继续说道：“师傅这个沉香酒壶，如果让我出价的话，最低一千五百万！”

姚观心满面笑容，还带着得意之色：“不错不错，笑东深知此壶精义。不瞒各位，我拿下这酒壶，花了六百五十万，除了看在这沉香的质地上，就是看它的雕工。”

姚观心送他沉香酒壶，朱笑东不敢不接，只是一时间没有回赠之物，想要给钱，又怕被姚观心斥责，只得收下沉香酒壶，对姚观心说，等以后解开其中谜团，定会登门告知师父。

姚观心等的就是朱笑东这句话，当下还多喝了两杯。

胖子原本是想跟朱笑东一起回陶都的，谁知在去机场的路上，王晓娟突然肚子疼，胖子立马慌了神，连忙带着王晓娟去了医院。最后，只有朱笑东和杨薇回了陶都。

烟锅叔知道朱笑东要回来，早早等在朱笑东家里。

朱笑东一进门，就见烟锅叔和杨华愁眉不展地坐在客厅里，见到朱笑东，差点落下泪来。

杨薇回屋休息，朱笑东边喝水边听烟锅叔和杨华讲虎子的事。

杨华的岳父和舅哥上次跟着朱笑东发了一笔财之后，闲了一段时间，又动了心思，不知从哪儿打听到消息，说是有一个叫扎什么湖的地方，遍地是宝藏。

朱笑东问：“你们不知道具体叫什么名字吗？”

杨华想了好一阵：“那天，我回家正好听到马小娟跟他哥哥说这事，只听到只言片语。他哥说，那地方在青海。怕我拦他们，所以神神秘秘的，见我回去，就不说了。我稍微问了几句，劝了两句，也没细问。过了几天，马小娟慌慌张张地跟我说，他哥的电话打不通了，可能是出事了，要我想办法。”

“马小娟应该知道得多一些吧，你问过没有？”

杨华摇了摇头：“她就知道这么多。那天我回去的时候，她和她哥才说了两句话，他哥见我回去了，就不说了。”

一直没出声的烟锅叔补充道：“虎子临走之前还让我放心，说他这趟出去欠了小朱老板好多钱，而且他女朋友凯斯随时都可能回来，得准备点儿钱……还说一起去的是杨华的岳父、舅子，都是熟人，让我不要担心。至于地点，他说他也不知道具体在地方。”

见杨华和烟锅叔都不知道具体地点，朱笑东叹了口气，问两人愿不愿一起去找人，两人自然一迭声答应下来。

打发走两人，朱笑东在网上找叫扎什么湖的地方，发现高原上有好多湖都叫扎什么湖。最出名的是扎陵湖。扎陵湖，在藏语中是“白色的长湖”的意思，跟鄂陵湖并称“黄河源头姊妹湖”。

杨薇来到朱笑东身后，一边帮他按摩肩膀，一边跟他一起看向屏幕。朱笑东回过头，四目相对，一片浓情蜜意。

随着朱笑东不经意地滚动鼠标，屏幕上的地图随之放大缩小，杨薇突然“咦”了一声。

“笑东，你看地图，像不像一个人头？”

朱笑东顺着杨薇的手指看去，果然，眉眼鼻口俱全，颧骨略高，神情忧郁，望着西方，油彩画般的人头上仿佛还披着一块头巾。四周是星星点点的绿色，唯独人头像五彩斑斓，十分抢眼。

人头像东南不到一百公里就是扎陵湖。往北五十公里，是一座山。

朱笑东看了半晌，喃喃说道："要是去旅游，这倒是个好去处。"

次日一早，烟锅叔和杨华带着装备出现在朱笑东的别墅门口。随后，店里的掌眼师傅李三眼和二叔朱谨榆也来了。

李三眼也顾不得有其他人在场，见到朱笑东"扑通"一声就跪下了。李三眼是来道谢的，刘元平还算讲义气，按朱笑东的吩咐，分给李三眼一半钱，李三眼彻底摆脱了高利贷的纠缠。听说是朱笑东收了他们打眼的玉如意，还给了两千万。李三眼知道这是朱笑东仁义，想让他一家老小过上安宁的日子。回想以前，李三眼自知心胸狭隘，今天无论如何也要谢谢朱笑东。

朱笑东赶紧扶起李三眼，说："在我店里做事，就是一家人，家人有困难，我怎么能视而不见。以前李叔不曾提起，要不是这次在京城听刘师傅说起，我还不知道李叔有这么大的困难。李叔以后有什么困难，直接跟大家说，我们都会帮你的！"

李三眼含泪点头称是。

朱谨榆说了些铺子里生意的事。近段时间，黄西城高买低卖，短短两个月，挤垮了四家同行，吞并了一家，大有想垄断陶都典当市场的架势。

朱笑东知道，黄西城有个妹夫在陶都做副市长，这家人也算是有钱有势。朱笑东的典当行在陶都说大不大，说小不小，朱笑东也不指望它赚钱养家，不过是老辈传下来的，在他手里关门了不好。再说他也有钱，就算养着这家店，他也不在乎。

店交给朱谨榆打理，朱笑东还是放心的。听朱谨榆说完店里的情况，朱笑东随手转了五千万到店铺的账号上，说是给店里做储备资金，以防黄西城恶意竞争。

朱谨榆连连说不用，店里的生意虽然不如以往，但是除开各种工资开销，流动资金足够用。他还没给朱笑东利润呢，怎么能让朱笑东自己掏钱贴补店里呢？最终，朱谨榆还是拿根本不在乎这几个钱的朱笑东没办法，承诺到年底向朱笑东报账，把钱一起上交朱笑东之后，朱谨榆这才领着李三眼离开。

两人离开之后，朱笑东把昨天查找的情况跟烟锅叔和杨华说了一下。

杨华一拍脑袋："没错，就是扎陵湖，那天我大舅哥说的就是扎陵湖！"

地方确定下来，朱笑东松了一口气。

下午四点，几人正要出门，门突然被胖子挤开了。

朱笑东一脸诧异："你怎么来了？"

胖子端起茶几上的杯子，也不管是谁喝剩下的，一口吞了，这才眉开眼笑地说道："虎子可是我手下的副副总，他有事，我这个副总不去，以后可怎么混！"

杨薇看看门外："晓娟呢，她没来？"

胖子得意地笑着："晓娟是深明大义的女中豪杰，朋友有难，我不想两肋插刀都不成。"

"不会吧，她肯放你走？我看你走路一瘸一瘸的，摔的？不小心撞到了？"朱笑东才不信胖子。

胖子一怔，随后说："我说晓娟深明大义你还不信，这不，晓娟嫌我英雄气短儿女情长，走得慢了，在我屁股上踢了一脚。"说着还哈哈笑了两声。

朱笑东和杨薇虽然将信将疑，但是飞机起飞的时间就要到了，实在耽误不得，一行人只好赶去机场。

下了飞机，五人直奔扎陵湖畔。

已是深秋，游人很少。扎陵湖本来就是高原湖泊，进入秋季，天气渐凉，来旅游的人自然就少了。

朱笑东花高价请了一个当地的导游阿苏妮。别看阿苏妮是个女孩子，她不仅熟悉附近的地形，还身手了得，性格彪悍。最重要的是，阿苏妮见过虎子他们。当时阿苏妮正好带着一队驴友去沙漠旅游，亲眼看到虎子他们去了魔鬼城。

阿苏妮给朱笑东介绍了一个当地人马大贵。前段时间，有一个旅行团在附近发现了狼，他们要去魔鬼城，正好要穿过野狼出没的地方。马大贵以前杀过狼，有经验。朱笑东欣然同意，多个人多一份保障，反正他也不在乎那儿点钱。

他们这趟出来着实倒霉，刚走了一天，就被狼群盯上了。好在朱笑东在进沙漠之前，花重金买了十匹好马，一行人策马狂奔，狼群一直没追上，但是也一直追在后面，怎么也不放弃。想来是真饿了，又找不到其他食物。这下可把朱笑东郁闷坏了。

几人跑跑停停，折腾了三天，被狼群追得人困马乏。

第四天中午，几人匆匆吃过午饭，把马喂饱，刚休息了不到一个小时，负责放哨的杨华就发现狼又追上来了，只有六七只，估计是先头部队，狼群很快就会追上来。

没办法，大家只好上马走人。

下午，风突然变向，变成了“屁股风”。所谓“屁股风”，就是从几个人背后往前吹。当年有几个深入大漠腹地的科考人员，开着车遇上了“屁股风”，算是倒了大霉，发动机水箱里的水很快就沸腾了，没走多远，冷却水就蒸发得一干二净，车就不能开了。

好在朱笑东一行人骑马，顺风而行，风力大时，连马跑起来都轻快了不少。阿苏妮见状，有喜有忧，喜的是狼群跟在后面，想凭气息追踪他们，难度大了很多。忧的是“屁股风”越来越大，极有可能形成沙尘暴。在大漠，狼群可怕，沙尘暴同样可怕。这里虽然不全是沙漠，但是在沙尘暴里，非常容易迷失方向。

要是后面没有狼，还可以找个背风的地方住下，等沙尘暴过了再走，奈何后面的狼紧追不放。

天色暗下来时，果然起了沙尘，还好不是风暴。阿苏妮带着大家走进一片雅丹地形，这一带非常干燥。亿万年前的河湖，将泥沙沉积，形成了地面，经过亿万年间歇性的流水冲刷和风蚀作用，才形成今天的样子。旅游盛季，有不少驴友来这里游玩。阿苏妮说，这里是除了鱼卡之外，另一处比较奇特的地方。

胖子不关心奇特不奇特，他现在只想赶快找一个既能避风，又能防狼的地方安营扎寨，然后好好吃上一顿，再好好睡上一觉，都两天没合眼了，铁打的金刚也磨软了。

杨华和烟锅叔听了，既好笑又心酸，这趟出来把朱笑东和胖子累狠了，换了其他老板和同事，未必会做到这样。

阿苏妮说，现在想休息，想都别想，这里特别不安全，有风，陡峭的土壁随时可能塌下来，连人带马活埋了，想出来，等着考古队来挖吧。

一听可能被活埋，昏昏欲睡的胖子一下子被吓清醒了，不但不吵着睡觉了，还催马跑到了最前面。

阿苏妮带着大家在“大蘑菇”“大石笋”里穿行，走到后面，路越来越窄，有的地方仅能容一匹马过去，顶上灰蒙蒙的天空就像是一根线，阴森森的，看起来很怕人。

阿苏妮说，这里叫一线天，是自己起的名字，是一条捷径。要想休息，出了一线天，前面不远有座孤山，孤山上有个驿站，可以补给食物和水，在那里能安心休息。

朱笑东等人听了，大为振奋，纷纷快马扬鞭，想在天黑之前赶到那里。

谁知道在一线天里走了两个多小时，眼看就要出去，前面却塌方了，堵住了去路，这段路窄得连马都调不了头。

朱笑东下马挤到前面查看了一下，塌方高达二三十米，人还能爬过去，马是无论如何也过不去的。问阿苏妮怎么办，阿苏妮一耸肩，马调不了头，要退到稍微宽点的地方，少说得半个小时，再绕路到驿站，至少得五个小时，这段时间很可能被狼群追上。

没办法，大家只得弃马。胖子含着眼泪，万分不舍地将刚刚驯服的“宝马”送到宽敞的地方，看着它走了，这才背好背包，跟在朱笑东身后，顺着阿苏妮放下来的绳子，翻过塌方。

没了马匹代步，几个人翻过塌方，到那个废弃的驿站时天色已经黑透了。驿站很坚固，墙壁都是水泥刷过的石头墙，天花板是混凝土浇筑的，地面也是混凝土浇筑的。

门是将近两寸厚的木板，还包着铁皮，一米五的窗台上焊着茶杯粗细的钢条，别说狼咬不开，就算是拿钢锯锯，没个把小时也锯不开。只要关上门，不管狼群多厉害，也只能干瞪眼。

几人累坏了，关了门，倒头大睡。睡到半夜，众人被敲门声惊醒了。在呼啸的风声中，门被撞得地动山摇。

第十六章
魔鬼城

胖子醒过来第一反应是："狼群找上门来了，大家抄家伙！"

朱笑东细细听了一会儿，说："不是，不是狼，也不是风，应该是人！"

几人都跳了起来，这样的天气，这样的地方，能是谁？该不会那么巧，是虎子他们吧？

朱笑东冲过去打开门，还没看清来人是谁，就被灌了一嘴沙子。

门一开，五个背着大包小包的人挤了进来。带头的跟胖子的身材差不多，其余四人有老有少，都不认识。

几人装备齐全，进了屋，打开背包，取出防风灯点燃，拿出酒精炉，准备烧水煮饭。期间，一个大个子和朱笑东等人攀谈起来。

大个子姓梁，排行老三，大家都叫他梁三。他们是来旅游的，本来是开车来的，不知怎么回事，好好地车子开着开着，发动机的温度突然高得吓人，后来就着火了，五人把火扑灭，一部好好的车子就废了。摸黑赶了一段路，本来以为迷路了，误打误撞发现这里有栋房子，他们在外面已经敲了半个小时门。

朱笑东心里清楚，他们的车子多半是被“屁股风”毁了。这几人没经验，只一味赶路，不知道遇上“屁股风”，得走一段休息一会儿，给车子降温。

梁三给朱笑东介绍了另外四个人，脸上有刀疤的是温强；浓眉大眼的汉子，是曾德宝；稍显瘦弱的，是魏九斤。三个人的年纪都差不多，三十来岁。年纪最大的，是梁山的叔叔梁国华。

相互认识了之后，梁三又问朱笑东等人怎么会在这里。朱笑东把目的和经过说了一遍，梁三等人一听有狼群，个个面如土色。

吃饱喝足，收拾家伙，众人准备睡觉。曾德宝在收拾家伙的时候，无意间把一个背包打开露出背包里几样造型古怪的玩意儿。

烟锅叔一见那几样东西，马上明白过来，梁三一伙根本不是来旅游的，是来发死人财的。他们是一伙盗墓的“土扒子”。烟锅叔以前就是干这买卖的，对探墓的工具熟悉得很。烟锅叔悄悄跟朱笑东说：“那些工具看起来不伦不类的，可能是高手。”

朱笑东暗想，明天天亮，就跟他们分开走，不跟梁三他们搅和。

梁三叔侄因为没车子，没向导，还可能遇到狼群，就想跟朱笑东他们搭个伴。梁三大大方方地说出他们的目的地是魔鬼城，那里遍地宝藏，大家见者有份，一起发财。

朱笑东刚想推辞，阿苏妮突然坐了起来，说：“你们知道去魔鬼城的路？”

梁国华笑着说，自己虽是南方人，但是祖上也是走南闯北的生意人，听说这地方有个魔鬼城，见过里面的宝藏，出来之后还画了一张图。祖上告诫后人，要是日子能过得下去，不要去找那宝藏，因为那里太凶险。近来，他们手头有点儿紧，还欠了人家一大笔债，实在是没办法了，这才铤而走险。

阿苏妮说：“现在这个世道，那个正正当当的行业不能挣钱，好好的事不做，干吗要做这些挖坟掘墓的勾当?”

梁三脸色一沉，说，“我们可不是去盗墓，魔鬼城里的宝藏是无主之物，谁拿到手就归谁，我们这叫探险。我们不是盗墓的，盗墓违法不说，还有损阴德，我们怎么会干?”

朱笑东一针见血地反驳：“你们不是去盗墓，那洛阳铲、捆尸索、起尸钩……是怎么回事?”

梁三一愣，随即干笑着解释：“听祖上说，魔鬼城里凶险无比，有粽子僵尸。既然有那些玩意儿，我们当然要带上器具，嘿嘿，这叫有备无患。”

胖子一翻身爬起来，冲着梁三一乐，说：“听说对付粽子最有效的是黑驴蹄子，再就是糯米，你们带了没有?”

梁三咧嘴一笑，露出一口白森森的牙齿，说：“当然带了，可惜黑驴的蹄子只有一个，其他的是白驴的。没法子，黑驴蹄子是抢手货，贵得跟黄金似的，我们买不起。白驴蹄子我找法师开过光，据说效果也不错。糯米是带了些，只是在路上耽误了几天，没吃的了，我们就煮着吃了。”

胖子彻底无语了，好一会儿才说：“哥，你们这也太不专业了吧？居然把糯米给吃了，那可是救命的!”

梁三讪讪地笑着说：“那也是没法子的事，在大漠里转了几天，要是遇不上你们，再有两三天，就该煮驴蹄子吃了。”

阿苏妮一脸怪异：“你们不是有地图么，怎么迷路了?”

梁国华一张脸红得像猪肝，说：“都几十年前的老地图了，我们又没来过。头两天还好，后来走着走着就迷糊了，看哪里都一样。要不是我们五个人猜拳决定方向，我赢了，现在还不知道躺在哪个鬼地方呢!”

朱笑东忍着笑，这伙人多半是看书看多了，一点实践经验也没有，就学着人家盗墓探险，纯粹就是一帮不作死就不会死的二货。

两伙人熟络了些，不那生分了，曾德宝炫耀：“虽然以前没下过墓，但是盗墓资料研究了好几年，知道僵尸就有黑凶、白煞之分，所谓黑凶白煞是说打开棺材，看见里面的粽子长着黑毛，就叫黑凶，这种僵尸很容易对付，直接砍掉脑袋完事，遇上长白毛的，那可就要小心了，普通的刀枪，根本奈何它不得，得用糯米，一把糯米撒过去，烧得它吱吱冒烟儿。”

烟锅叔忍不住说：“你们的糯米不是让你们煮着吃了么？要是遇上白煞，你拿什么撒？”

曾德宝尴尬地笑了笑，说：“一般情况下，能碰上黑凶就不易了，碰上白煞就跟中了五百万大奖似的。十来斤糯米，吃了也就吃了，不打紧……”

要是梁三一伙人明里暗里，稍微露出一点儿贪婪或是霸道的痞气，朱笑东断然不会跟这伙人搭伴。谁知攀谈了半天，五个人个个冒着傻气，简直就是一个二货团。朱笑东觉得，就这么把他们扔下，这伙人不是被狼吃了，就是迷路饿死，到时候自己就间接成了凶手了。

再加上早已弹尽粮绝的五人软语央求，希望跟他们一起走，朱笑东无奈，只得半推半就地答应下来。

次日一早，风势减弱，朱笑东等人把水袋装满水，草草吃了早饭，赶紧上路。

多了五个没心没肺的二货，一路上更热闹了。走到下午，进了一条干涸的河道，稍事休息，梁国华拿出地图，比画着看了一阵，大叫道：“新月谷！我们到了新月谷！”

新月谷，很早以前有一条河流经这里，在高原上侵蚀出一道河谷，形状像一弯新月。这样的地方，高原上有不少，叫新月谷的也有好几处。

胖子急切地问："新月谷离那魔鬼城还有多远?"

本是问阿苏妮的，梁国华却抢着回答："魔鬼城就在新月谷的那边，出了新月谷，就是魔鬼城的城门。"

原本面无表情的阿苏妮脸上神色一松，笑了笑，转头招呼朱笑东等人出发。这时，负责放哨的杨华气急败坏地大叫："糟糕，那些狼！那些狼追过来了!"

朱笑东神色一凝，抢过望远镜看去，大约两三公里外，十几只狼正追过来。

听说有狼追来，魏九斤、曾德宝和温强拉开背包，齐刷刷拿出枪，大声问："在哪里?在哪里?"

朱笑东一看，大皱眉头，三人叫得厉害，却是虚张声势，就凭魏九斤一把双管猎枪，曾德宝一把长火铳，温强一把自制的短火药枪，还想要抵挡狼群?哼，真要和狼群打起来，两把火铳打一下，还得费时费力装药填弹，还不如藏刀有效。

阿苏妮大声招呼大家进新月谷，谷里有地势险要的地方，据险而守，可以避免陷入群狼的包围。

魏九斤、曾德宝、温强三人拿着枪主动殿后，胖子和朱笑东拿着藏刀，跟他们一起。杨华、马大贵、梁三照应着杨薇、阿苏妮和年纪稍大的梁国华、烟锅叔他们。

朱笑东看了，点了点头，梁三这伙人虽然二得厉害，但却个个都是讲义气的。

不到一个小时，后面的狼就发现了朱笑东等人，十几只狼不疾不徐地追着，没有进攻，估计是在等后面的狼群。

到了新月谷中心，梁三等人就跑不动了。尤其是梁国华，毕竟岁数大了，要不是梁三跟马大贵两人架着，他早就瘫在地上了。

如此一来，两伙人立刻分出高下了。朱笑东等人的体力比梁三他们好多了。这才跑多久啊，朱笑东这边的人，年纪最大的烟锅叔刚开始喘粗气，体力稍好的朱笑东等人还没怎么样。

梁三喘得气都快断了，还没忘对朱笑东等人竖大拇指，表示佩服。

还好，阿苏妮指着谷地右边的峭壁说："那上面有个浅洞，可以防守狼群。"浅洞离地也就四五尺，洞口不大，并排站两个人刚好。

等朱笑东最后一个进洞，那十几只狼也到了脚下，差点一口咬住朱笑东的靴子。魏九斤实在忍不住了，返身挤到洞口，对着狼就是一枪。

猎枪子弹在狼身上打出碗口大个血洞，其余的狼四散奔逃，不过也没跑远。

魏九斤想再开一枪，把倒地哀嚎的那头狼打死，朱笑东拦住他："打伤的狼给狼群的震慑力比直接打死大得多。

魏九斤垂下枪口，有些怀疑，问："真是这样么?"

胖子笑着说："我们可是在枪林弹雨里摸爬滚打出来的，和这群畜生打交道也不是一次两次了，对这些家伙的习性很清楚，用不着跟你说假话。"

朱笑东说："估计狼王用不了多久就来了，猎枪威力大，别浪费子弹，到时候专门招呼狼王。"

魏九斤听了，心里登时就乐了，回到洞里，等着收拾狼王。

胖子和朱笑东守着洞口，看着退到射程外却不愿离去的狼群，苦笑着说："这群狼是和我们对上眼了，我看起来就这么好吃吗?"

朱笑东看了一眼胖子身上的肉，心想：看着能喂饱好几只狼。

朱笑东叹了口气，说："狼王很狡猾，我们困守在这洞里，只怕……"

胖子嬉笑着说："哼哼……狼王再狡猾，我们这洞口就这么大一点，一夫当关，万夫莫开，哥几个轮流堵在这儿，我就不信它们冲得进来。"

朱笑东摇摇头："我倒不担心它们进攻，我担心它们就把我们困在这里，只需守在外面，用不了几天，我们吃光喝光，就只能等死了。"

几人窝在洞里，眨眼间天就黑了，随着一阵狼嚎，一大群狼赶了过来。

朱笑东见到狼王，忍不住咂舌。狼王足有半人高，近两米长，其他狼在它面前小了一半，尤其是那气势，几乎不输百兽之王。

狼王一到，上百只狼立刻臣服在狼王脚下，静等狼王吩咐。

朱笑东叫过魏九斤，要他看准狼王，伺机射杀。

魏九斤叹了一口气："外面乌漆麻黑的，根本看不清狼王在哪儿，怎么射杀？"

朱笑东瞬间省悟，他又忘了自己的眼睛不同寻常。朱笑东拿过猎枪，瞄准狼王，"砰"开了一枪。

可惜，狼王离得太远，呼啸的子弹把它前面一头狼打得半死不活，狼王慌忙后退几步，回过头冲朱笑东一阵狂嚎。一百多只狼同声应和，声震天地。加上新月谷地形闭塞，回声震得躲在洞里的朱笑东等人耳朵发痛。

直到这时，梁三一伙人才认识到狼群的可怕程度。

朱笑东让其他人先休息，守洞口的人轮流换班，估计一时半会儿狼群不会发动进攻，先让杨华跟曾德宝守着，每个人都得保存体力。

把藏刀放在洞口，方便值守的人使用。朱笑东牵了杨薇的手往里挤，洞口狭窄，真要是狼群进攻，一个人肯定兼顾不过来，两个人又略显拥挤，施展不开，大家要尽量给守洞口的人留足空间。

梁三在洞里点亮风灯，洞里很亮。

十几个人窝在洞里，更显得拥挤不堪，洞实在是太小了。胖子半蹲半躺，没一会儿就嚷了起来，这样太不舒服了。站着又睡不着，躺又躺不下来，半蹲半躺的，脚酸腰麻，痛苦不堪。

梁三等人也难受，大声骂了几句狼，又觉得浪费精神，便不骂了。

这时，梁三一拍脑袋："瞧我这脑袋，我们不是闲着没事吗？洞壁是黄土的，又不硬，挖几下，把洞里拓宽一点，我们也能待得舒服点儿。"

几人说着，打开背包，从里面拿出几把像模像样的兵工铲，人手一把，就近挖起来。

挖下来的土送到洞口，把洞口筑高，也方便防守。

十几个人忙活了近两个小时，终于把浅窄的土洞加深加宽了不少，差不多每个人都能有一个宽敞的休息的地方了，这才停了手。

胖子熬了一锅香味浓郁的牛肉汤，大家分着吃了。

几个人舒舒服服地躺在洞里，聊天聊到深夜，换了两班岗，也没见狼群发起攻击。轮到胖子和阿苏妮值夜时，狼群发动了一次突袭，一共四只狼，估计是狼王派来试探虚实的，遇上胖子和阿苏妮，没费吹灰之力砍死三只，砍伤一只，砍伤的那只被活捉进洞。

朱笑东让杨华拿出绳子，把跑不动的、半死不活的狼捆了起来，吊在洞口，让它发出凄厉的哀嚎，以震慑其他狼。

没想到刚吊出去不久，那头狼就没了声息，把绳子拉起来一看，那头狼已经死透了，估计是狼王嫌受伤的狼的惨叫声动摇了军心，悄然过来，趁胖子和阿苏妮不注意，给了受伤的狼一个痛快。

此后，直到第二天早上，狼群再也没发动进攻，在新月谷里安营扎寨，静候朱笑东等人出来。

朱笑东揉着惺忪的眼睛，看了好一会儿，很是无奈。好在十几人昨天才装了饮水食物，暂时饮食还不短缺。

见狼群没有离开的意思，朱笑东和阿苏妮商量了一下，决定出去看看。两人在腰间系了绳子，拿着藏刀，洞口魏九斤、曾德宝两人拿着猎枪、火铳，防备狼群突袭朱笑东和阿苏妮。

出了洞口，朱笑东和阿苏妮小心翼翼地往前走了几步，拽着朱笑东和阿苏妮两人腰间绳子的梁三、胖子等人都屏住了呼吸。

朱笑东和阿苏妮既是出去探访虚实，借此机会激怒狼王，让狼王下令，痛痛快快决一死战，还想观察一下四周的地形。昨天光顾跑了，都没来得及查看。

阿苏妮说，从新月谷冲出去的几率微乎其微，人腿跑不过狼腿。她想看看能不能从峭壁上突围。百十米高的峭壁，以阿苏妮的身手，爬上去虽然要费不少力气，但总比从新月谷底强行突围安全得多。

狼王似乎看出了朱笑东和阿苏妮的意图，待阿苏妮爬到四五米高时，一阵长嚎，狼群一阵骚动，齐声长嚎。嚎叫声中，阿苏妮头顶突然稀里哗啦落下泥土石块。

朱笑东大吃一惊，峭壁上竟然也有狼。阿苏妮已经爬了五六米了，一旦被石块砸中摔下来，可就麻烦了。

还好，阿苏妮随着泥土一起落到地面，和朱笑东紧紧贴着峭壁，险险避开头顶的落石泥土。胖子等人慌忙拉绳子，硬生生把朱笑东和阿苏妮拉回洞里。

这狼王也太狡猾了，居然连上面都安排了狼，这是要我们上天无路，下地无门啊！

胖子收了绳索，让杨华在洞口监视狼群，自己挤到洞里，躺下，说：“这里头冬暖夏凉，住上几天，安心养养膘，让外面的狼眼瞅着，馋都馋死他们。”

梁三也笑着说：“狼群不是要困住我们么，我看它还有什么招？只要我们不出去，它还能打进来？”

既然上天无路，下地无门，一群人只好在洞里困着，反正有吃有喝，大家也不着急。

闲得无聊，曾德宝从背包里拿出一副扑克牌，大叫着玩牌打发时间。朱笑东彻底无语了，这帮二货还说是出来盗墓的，分明是出来旅游的，还带着扑克牌。

两人叫了一阵，没人捧场，曾德宝最后拽了胖子，一定要胖子跟他玩。胖子这人整天嘻嘻哈哈的，跟曾德宝他们早就混熟了。

胖子坐下，笑嘻嘻地说：“陪你们打牌也可以，但是打牌没点彩头不刺激。输的得有点儿惩罚。”胖子晃了晃胖胖的身子，“输了的挖土，咱们一盘一结账，既打发时间，又活动了身子，还能把洞加宽点，算是为大家的住房问题贡献力量，怎么样？”

胖子打得就是这个主意。他一直觉得这个洞太窄了，洞里被拓宽之后，他虽然能躺下睡了，但是因为身体太胖，翻个身就能挨着旁边的人，这可把他难受坏了。而且他负责做饭，做个饭走来走去的，不是碰到这个，就是踩到那个，烧个火也能热一身汗。所以他一心想着能把洞里再拓宽一点。

梁三说：“又不打算在这里住一辈子，窄点儿就窄点儿，何必费那个力气。”

曾德宝咬着牙，劝梁三：“胖子兄弟说得有道理，这不差人吗？就依他，反正谁输谁赢，各凭运气。”曾德宝实在是待得无聊死了，见胖子肯陪他们玩，觉得挖土也比干待着强，“挖土也可以，输家怎么个挖法？”

“要是输了，就不停地挖两分钟，还得把挖出来的土弄出去。还有，挖的时候得使出全力，谁要是偷懒，就不玩了。”

为了讨个开心，梁三和曾德宝答应下来。

三个人吵吵嚷嚷地玩了起来，一会儿吵成一团，一会嘻嘻哈哈地去挖土。其他人也睡不着了，又没个去处，干脆过来观战。

于是，除了杨华和魏九斤两人值守之外，其他人分成三个阵营，分别给胖子、梁三和曾德宝出谋划策，当起了军师。反正就是打发时间，大家也图个热闹。几次三番下来，洞壁被挖进去五尺多。

累是累了点，但是大家都很开心，每一盘下来，无论是输是赢，都欢声雷动。

梁三呼哧呼哧地挖完土，走回来提议，输家连同军师一起罚，独乐乐不如众乐乐，大家一起挖。

提议得到大家的一致通过。如此挖了一下午，个个又累又饿，这才罢手。本来是大家闹着玩地挖土阔洞，谁知在烟锅叔加入挖土的行列之后，在他的指导下，众人居然一边玩闹一边挖出了一个盗洞，还打进去四五米。后面挖土的人按照烟锅叔的要求，盗洞打得形神俱全。梁三他们以往都是纸上谈兵，还是第一次见到传说中的盗洞，立时对烟锅叔佩服得五体投地。

众人吃饭时，狼群来了次突袭，原因大约是原本离地四五尺高的洞口被他们拓宽洞体的泥土堆起来一道斜坡，更方便狼群进攻。不过，在阿苏妮和马大贵两人的据守下，狼群丢下三具尸体，伤了七八只，退了回去。

众人情绪高涨，就这么样守着也不是没有好处。狼王耐不住性子，就来进攻，每次都会丢下几只狼，这样跟狼王耗下去，用不了多久，狼王就变成孤家寡人了。

吃完饭，大家又兴高采烈地斗起了地主。挖出来的泥土就撒在洞口，给狼王铺好进攻的道路，让它眼红，来攻。

到晚上，打牌的人疲累至极，放手不玩的时候，盗洞已经打出十多米了。

一夜无话，连值守的朱笑东都打了好几回瞌睡，狼王一次也没进攻，大约是想用攻心计，等到朱笑东等人失去耐心冲出去，或者饿死在里面。

第二天一早，朱笑东和阿苏妮又到洞外试探了一下，狼王不见了，可能是藏在附近，狼群没有一丝慌乱，防守更加严密了，都在猎枪的射程之外。他们稍有动静，便有好几只狼爬出来堵截，要想突围，依然不可能。

一群人无聊，分城几队，继续打牌挖土。没多久，盗洞又长了好几米。烟锅叔无聊至极，到洞口透透气，刚坐了一会儿，急忙转身回了洞里，问："你们挖洞的时候，有没有发现异常?"

"异常? 什么异常?"众人好奇地问。

"土质!"烟锅叔有些激动，说话都不大利索了，"我看过了，刚刚扔到外面的土是封土!"

"封土?"对"盗墓资料"有过好几年研究的曾德宝一听"封土"，顿时瞪大了眼睛，有封土就有墓葬! 这是毋庸置疑的。一帮人打牌还打出个墓!

所谓封土，是大型墓葬将墓主安葬完之后，回填先前挖墓穴的泥土。在回填的时候，不可能按原来的土层回填，所以形成了特有的形态。有些地方的墓葬封土堆得极大，很容易辨认，有些墓葬，仅仅填平挖好的墓穴，还会做些伪装，多余的泥土尽数搬走，则很难辨认。

梁三一脸激动，二话不说，拿了兵工铲，带头钻进那个打着玩儿的盗洞，温强、魏九斤也拿着装土的背包钻了进去。

梁国华老泪差点流出来，莫非祖上有德，在天显灵，在狼群的威胁下，居然让他们找到一个墓葬。

梁国华拿着那张地图，翻来覆去地看，嘴里唠叨着，从来没听说新月谷里有墓葬，是什么人的墓葬，怎么会埋到百十多米的地下？

越往里挖越令人吃惊，盗洞挖了十几米，还是没见到墓室，封土就像无穷无尽一样。

烟锅叔也激动起来，封土越多越厚，说明墓葬越大。墓葬越大，说明墓主人的身份越高，里面的陪葬物品肯定不会少。以前，烟锅叔也进过几次大墓，可惜限于技术以及消息渠道，总被人捷足先登，这一辈子也没找到一件值钱的玩意儿。

总算是苍天垂怜，无意中遇到一个没人进过的大墓。

朱笑东、杨薇的兴趣不在墓葬，但也不忍心坏了一群人的兴致，便担负起守卫洞口、监视狼群的责任。

挖了八九个小时，最前面的温强的兵工铲“当啷”一声轻响，温强一怔，随即大叫“前面是石壁，到墓室了！”

烟锅叔亲自检查石壁，发现石壁是半米来长的麻条石浆砌而成，灰浆用的是糯米和石灰，极为坚固，手边的工具根本没办法打开。

魏九斤嘿嘿笑着说，他以前在矿场干过，专门跟炸药雷管打交道，不就是一堵破石壁么，看我的。

烟锅叔说：“没有石壁也就罢了，遇上石壁，动用炸药不是最好的选择。石头极有可能风化，遇上较大的震动，很可能会垮塌。”

魏九斤拿着锤子敲了敲：“这个我在行，就这种石头，能承受住适量的炸药爆炸的威力。”说着，从腰里拿出乳化炸药，这种炸药可以像按橡皮泥一样黏在要爆破的地方引爆。

点燃导火索，所有人都跑到洞口，以防万一。

狼群一见十几个人都出了洞，还以为要突围，都号叫着现身了，蠢蠢欲动，少数几只忍不住扑了过来。

那几只狼刚扑到洞口不远的地方，洞里就传来一声闷响，紧接着，一股气浪冲了出来，震得躲在洞口的朱笑东等人纷纷趴到地上。

那几只狼吓了一大跳，最前面那只狼被气浪掀翻在地，待它晕头转向地爬起来时，身后的狼早已经吓得跑远了。

过了几分钟，朱笑东他们才进洞，刺鼻的硝烟充斥着整个山洞。梁三等人已经等不及了，嚷着要进去看效果。

朱笑东和烟锅叔拦住他们："现在进去，硝烟和墓里的阴沉腐气非常危险，搞不好还没进墓，就会被毒气熏倒了。"

烟锅叔建议两个小时之后再进去。

梁三几人几乎是盯着手表，一分钟一分钟数着，好不容易数到一个半小时，就忍不住了，一定要进到盗洞，看看结果。

马大贵和梁国华留下守洞口，其他人在烟锅叔的带领下，鱼贯而入。

石壁被炸开直径一米左右的洞口。烟锅叔计算了一下，盗洞口应该在墓室左边的一间侧室。进了侧室，梁三打开狼眼手电，发现侧室并不大，也就八九个平方，两米来高，室顶是硬土夯的，墓壁粉饰过，但没有壁画，让人觉得有点寒酸。

胖子、梁三搜了一遍，整个侧室，除了几具被灰尘掩盖的羊骨头之外，没有其他的，更别说陪葬的明器了。

梁三一点儿也不气馁，准备进主墓室。

第十七章
悬魂梯

梁三打头，顺着墓室右侧的小门，进了第二间。按照烟锅叔的计算，第二间墓室必是墓主的主室，没想到进里面一看，依旧空荡荡的，连正式的棺椁都没有，更别说陪葬的明器了。地上只有骨头，朱笑东和烟锅叔捡起一根骨头看了看，是牛骨。

梁三问烟锅叔，主墓室怎么会葬牛骨呢？这不合常理啊。花这么大的力气，就为埋几头牛，还要拿羊来陪葬！

烟锅叔慎重地说：“中国墓葬礼制千奇百怪，有注重机关防盗的，有偏重方术蛊毒的，有爱故布疑阵，扰人耳目、混淆视听的。这种墓他也没见过，很古怪，大家小心为上。”

细细检查了一遍，只有右侧有一道通往侧室的小门，没有门板。

梁三等人进去一看，大失所望。按烟锅叔的说法，这里根本就是一座疑冢，三间墓室除了羊、牛、马的骨头，什么也没有，连烂瓦破砖都没看见，看来是白忙活一天。

这座疑冢是为谁而建？真正的墓主埋在哪里？几人心中都充满了疑问。

烟锅叔问阿苏妮，这一带有什么传说。

传说附近有座魔鬼城，不但金银珠宝遍地，还有冤魂无数。阿苏妮曾经到过魔鬼城的边缘，后来稀里糊涂地就出来了，再想进去就找不到路了。

朱笑东好奇地问阿苏妮：“怎么会找不到呢？”

阿苏妮说：“我们这里几大家族争斗，根本原因就是魔鬼城。我们几姓的先祖，原本是元代武官宿卫都指挥使，后来因伤归籍，相传，魔鬼城就是那位前宿卫都指挥使的旧宅。”

胖子说：“什么宿卫都指挥使，怎么这么拗口，官很大吗？”

阿苏妮解释说，在当时，宿卫就是守卫皇城的卫戍，也就是御林军。都指挥使差不多等于现在一个师团级职位，官位当然不小。我们几大家族，就是这样一个人物的手下。

在那个时代，做上那么大的官，后来又被封为万户，所得的财物自然不少。

宿卫都指挥使归籍之后，估计是为了抵御外敌，或者马贼之类的，从中原请了一个高明的设计师，帮他设计建造了魔鬼城。再后来，不知道出于什么原因，住在城里的人突然消失了。我们几家的后代流传着一个传说，谁要是能找到魔鬼城，就能控制这片大漠。

朱笑东心想：阿苏妮他们几大家族的争斗，估计就是为了那批宝藏，说到底还是财帛动人心，人为财死，鸟为食亡而已。

阿苏妮继续说：“几百年来，从来没人进过魔鬼城，偶尔有人说进了魔鬼城，还带出东西了，可是后经查证，他们只是到了魔鬼城边缘。”

胖子忍不住问道：“你这么肯定？那你又说虎子可能被困在魔鬼城了？”

阿苏妮撇撇嘴：“我看到他们奔魔鬼城去了，至于他们进没进去我怎么知道？你们来找，就说明他们没出来，他们没出来，很可能是被困在里面了，这有错么？”

朱笑东不解：“阿苏妮小姐，你说看见虎子他们去了魔鬼城，怎么又不知道魔鬼城在哪里呢？对不起，我不是怀疑你，只是不大明白这是怎么回事。”

阿苏妮想了想：“这么说吧，我见到的是海市蜃楼一样的幻境，那是魔鬼城的一个重要特征，有些人不知不觉就能进去，有些人追在他们后面，追着追着就眼睁睁把人追丢了。就是这么回事，信不信由你。”

朱笑东多次经历过奇诡的事，对阿苏妮的说法，也不意外。梁三等人觉得很稀奇，眼睁睁把人追丢了，这也太假了。

一行人忙活了一天，一无所获。魏九斤心痛自己的炸药，这东西用一点少一点，先前为炸开石壁，用了不少。

临出墓前，魏九斤懊恼地在主墓室壁上踢了一脚，没想到他这一脚居然把石壁踢凹了进去。

听到魏九斤大叫，本来已经出了盗洞的朱笑东等人又折了回来。

烟锅叔看了看被魏九斤踢凹进去的地方，伸手一推，“哗啦”一声推出个窟窿，原来就是薄薄一层泥砖墙。

一时间，灰尘、霉味充斥了整个墓室，呛得人不住咳嗽。

等灰尘和霉味散去，出现了一条黑乎乎的通道。几人刚想进去，突然墓室一阵晃动，轰隆轰隆声从盗洞传进来。朱笑东返身扑到杨薇身上，把杨薇抱在怀里。梁三等人抱着脑袋，挤到了墓室墙角。

就在大家以为要被活埋在这大墓里时，晃动停了下来，墓室只掉下来一些土块，没塌。

就在朱笑东等人惊疑不定，不知道发生了什么事时，守在洞口，监视狼群的马大贵、梁国华惊慌失措地冲进墓室。

朱笑东连忙上前问："怎么了，狼群攻进来了么？"

马大贵拍着胸口说，狼群倒是没进攻，不知怎么回事，土洞突然塌了，幸好我们跑得快，背包差点儿没抢出来。

洞口垮了，看来是魏九斤炸墓室壁的时候震塌的。这样也好，狼群也被堵在外面了。

垮掉的洞堵住了狼群，也把他们困在这个不知来历的墓里了。

见众人都看向自己，魏九斤讪讪地说："我……我……只是想把石壁炸开，真没想会把洞炸塌了。"

朱笑东帮杨薇背好背包，对大家说："算了吧，也不能怪老魏。现在大家只能闯这座大墓了。"

曾德宝第一个踏进墓道，朱笑东拉着杨薇，紧跟其后。通道是用方砖铺的，两旁的墙壁是石头砌的，粗略地粉饰过，没有壁画。

看着脚下的方砖，朱笑东想起司慧朋和袁小忆害他那次，洞里的通道也是铺着方砖，方砖下有机关。

朱笑东叫住曾德宝，捡起一块泥砖往通道里扔去。

"噗噗……"几声闷响后，通道里没发生异常。

曾德宝笑着说："我对摸金倒斗研究了几年，什么样的通道有机关，我一眼就能看出来。"

曾德宝话还没完，只听见一阵叮叮当当的响声，原本平整的石壁上，出现无数小孔，"嗖嗖……"射出铁镞箭矢，射在对面的墙壁上，带出一溜火星。不消片刻，通道地就铺了一层箭矢。

还好，朱笑东把曾德宝往回拉了一把，要不然，铁定把曾德宝射成一只刺猬。曾德宝铁青着脸，感激地看了一眼朱笑东。

梁三抹了一把冷汗，感谢朱笑东救了曾德宝一命。朱笑东摇了摇手："不要说话，通道凶险，你们还是跟在我后面吧！"

又往通道里扔了几个砖块，又触发了几处机关。这里的机关竟然没有任何规律可循，完全是随机布置的。

一般墓道的机关都是有规律的，找准规律，就能安然通过。朱笑东回忆了一遍朱由校留下来的机关术数，觉得这个墓道里机关迥异，竟然没有记载。这种机关比有规律可循的高明多了，在破解难度上大了很多，达到了“攻心”的地步。

所谓“攻心”，按现代的说法，是一门心理学。人说明枪易躲，暗箭难防，只要明白了人类的心理，抓住人性的弱点，设计出来的机关就算是明枪，也躲不掉。这才是机关术数中的最高境界。可惜，那位贪玩的皇帝留下来的机关术数中，唯独缺了“人性”这一节。

朱笑东惊怔之余，只得让后面的人不断递泥砖过来，随手乱扔。两边墙壁一共射出十四次箭镞之后，终于没有箭矢射出来了，估计机关弩上的箭矢已经用尽了。

这时，通道里已经落了厚厚一层箭矢，两边的墙壁都掉了一层粉饰的东西。朱笑东这才小心翼翼地走进通道。

通道全长近三十米，朱笑东等人用了一个小时，才安然通过，虽然慢了点儿，但胜在安全。

通道尽头，还是一间墓室，依旧只有牛的骸骨，不过旁边没有侧室。墓室左边又出现一条通道，依旧是方砖铺设，跟先前一样。朱笑东试了几下，没有机关。

通道尽头出现了台阶，是条石的，明显有机关的痕迹，朱笑东一级一级试探，可是一直走完，也没触动机关。

下了台阶，通道变得崎岖起来，忽上忽下，忽左忽右，在里面走了好几个小时，居然都没走到头。好在也没什么机关。

众人中间停下吃了干粮，继续跟在朱笑东身后小心翼翼地往前走，又走了两个小时，朱笑东大叫一声：“停!”

后面的人一惊，以为又触动了机关。朱笑东指着地上说，我们走过这里。

胖子挤上前一看，也叫了起来，地上有个方便袋，是他们之前吃东西时扔的，走了两个小时，他们又回来了。这是怎么回事？

“还能是怎么回事！”朱笑东苦笑着说：“我们在绕圈子，从上了那几级台阶之后，我们就一直在绕圈子。”

曾德宝说：“根据我对摸金倒斗的研究，估计这个圈子差不多要走两个小时。”

梁国华在一边插嘴：“小曾，你研究个屁，成天躺在被窝里看盗墓小说，那也叫研究？有什么话直说。”

曾德宝尴尬地笑了笑，说：“按我们每个小时走三公里计算，两个小时走了六公里。也就是说，这条通道一共是六公里长，直径将近两公里。”

朱笑东问，你们在后面走，发现这条通道有什么异常的地方没？

几人都摇了摇头，胖子说：“因为记挂着先前走那石头台阶时像是触动了什么机关，一路上也不敢东张西望，一直盯着脚底下，所以，没看见什么不对的地方。”

朱笑东沉吟片刻，说：“是了，设计墓道的人果然厉害，应该就是在台阶那儿动了手脚！大家继续往前走，这次要注意两边的墙壁，我们尽量靠一边往前走……”

往前走了不远，朱笑东就发现一段墙壁有异常。石壁上面有一条细缝，看样子像是在粉饰这个地方时，粉饰材料里的水分消失的快慢不一样而留下的。

朱笑东让梁三拿兵工铲把石壁上的墙皮铲下来，一道整齐的门缝一样的细缝出现在众人面前。这是一道经过伪装的石门。

朱笑东一边铲墙一边说：“估计当初的设计者是故意把石头台阶做得像机关一样，让进入通道的人顾忌机关，不敢随意检查墙壁。

墙壁都是普通粉饰，看得人眼睛发痛，要找到这道门，还真不容易。”

门是找到了，怎样打开呢？曾德宝摇头晃脑，一张嘴又说：“根据我对摸金倒斗的研究，这门肯定是有机关的……”

梁三一把拉开他，笑骂道：“你真是个宝儿，长着眼睛的人都知道这里肯定有机关，还要你说。你真要研究过，说说，这道门怎样才能打开？”

曾德宝讷讷地说：“根……根……”怎么也根据不出来了。估计，他也不知道盗墓小说上那些机关是不是真的。

魏九斤上前推了推石门，不动，一转身，拿了管乳化炸药出来，笑着说：“看来又到我老魏出场的时候了……”

朱笑东连忙上前说道：“老魏……别……别啊……”

梁国华也呵斥：“九斤，你用点儿脑子好不好，先前你放了一炮，把我们的洞搞垮了，好不容易找条出路，你一定要把我们活埋在这里你才高兴是不是？”

魏九斤不服气地说：“把洞搞塌了，那是我没计算好，真不是故意的……要不你说这门怎么打开？”

烟锅叔上前看了看，摇摇头，说：“这是一整块石头做成的，有机关控制，你这一炸，不但打不开石门，还可能触动机关。”

一听说可能触动机关，魏九斤讪笑着，一连往后退了好几步。

朱笑东将整个石门上的墙皮都用兵工铲铲了下来，发现右手边有个小小的凹痕。朱笑东把凹痕里面也刮干净，看了看，问梁三：“有撬棍一类的工具没有？”

“这个还真有！”梁三说，“我们本来就要开棺，撬棍自然少不了。”

朱笑东将撬棍轻轻顶进小洞，使劲一推，只听见“咔塔”一声，似有机关打开。

“来两个人帮忙推，我一个人推不开！”朱笑东说道。

魏九斤走上前：“不是用机关打开吗？怎么还要推？”

朱笑东无语至极，这道石门根本没有机关，后面有一个木质门栓，经过这么多年，门栓早已腐朽，从那个小凹洞把门栓没腐朽的部分拔掉，就能推开石门了，就这么简单。

胖子上前，和朱笑东、魏九斤合力，慢慢将石门推开，露出一道三尺来宽的空隙，看不见门后边的情况。朱笑东让胖子和魏九斤停了手。

力气最大的温强把背包捆好，隔着石门，“嘿”一声把六七十斤的背包扔进去五六米远。大家都被之前墓道里的箭矢吓到了，为了以防万一，都是先试验一下再进去。

“砰”一声闷响，背包落地。温强拉着背包上的绳子，慢慢拉回来。朱笑东说：“你能不能让背包跳着回来？”

“成。”温强一拉一扯，六七十斤的背包果然跳了起来，五六米的距离，温强一连试了三次。朱笑东这才确定安全。

一行人进了通道，又试了几次，没发现异常。朱笑东皱起眉，先前那条通道和石门处都没有机关，那石头台阶上那么明显的机关痕迹是怎么回事？

胖子一边走，一边笑道：“东哥不必多虑，我们运气好，叫什么来着，鸿运当头，无往不利。再厉害的机关，在我们面前都失去了效用，这叫贵人多福！”

“你自求多福吧！”朱笑东一边在前面带路，一边没好气地答道，“被狼群撵得像老鼠一样钻地洞，还鸿运当头。第一条通道里的机关失效了么？你还无往不利，我看是见利忘形！”

小心翼翼走完通道，是个墓室，这间墓室比先前遇到的几间都大。墓室里有棺材，呈品字形摆放，保存得很好。三口木棺俱是黑漆大棺，没有墓主身份的标志，说不上富贵，但显得大气。

梁三等人狂喜，折腾了这么久，终于见到想要的东西了，也不管棺材里有什么，五人先手舞足蹈地笑闹起来，终于逮到了一个发财的机会！

梁国华老泪纵横，一屁股坐在地上，带着哭音说：“苍天有眼，终于找到墓葬了，得了明器，回头先给祖上烧三炷香。卖了明器，还了债，以后再也不赌博了。”

见梁三他们又哭又笑，朱笑东暗暗摇头，牵了杨薇的手，退到角落。朱笑东对摸金没什么兴趣，但是这时丢下梁三他们，独自去找出路，他又做不出来，只好在一边静静地看着。

曾德宝很“专业”地在东南角放了一根蜡烛，满脸虔诚地祷告了几句，无非是摸金门下弟子某某，为生计所迫，来找墓主讨几件值钱的玩意儿，墓主莫怪，四方神灵保佑，诸天鬼怪退开……说得杨薇背上冒出一股凉意。

祷告完毕，曾德宝拿了打火机去点蜡烛。一连点了好几次，居然没点着。梁三上前点，点了几次，总算点着了。

蜡烛虽然点着了，但只有烛芯顶着一颗黄豆大的火焰，飘飘摇摇的，人稍动一下，就能将那豆大的火焰带灭了。

见蜡烛着得惊险，所有人都不敢乱动，连说话都不敢大声。

众目睽睽下，蜡烛就这样顶着一点火苗，不死不活地燃着。

曾德宝低声对梁三说：“根据我对摸金倒斗的研究，这种情况还没见过。要么答应，要么不答应，这样不着不灭的，算什么意思？”

梁三抓了抓脑袋，动作幅度稍微大了点儿，差点儿将那豆子般的火焰带灭了。梁三张大嘴，一脸紧张，唯恐蜡烛被自己弄灭了。

保持着抓脑袋的姿势差不多有五分钟，蜡烛才总算回过神来。

半晌，梁三低声说：“肯定是那个龟儿子老板，拿了不好烧的次品蜡烛给我们，害我们得不到明确指示。老魏，这蜡烛不肯着，不管它了，把防风灯拿来，我们用防风灯代替蜡烛！”

朱笑东忍不住有些好笑，要是不讲究，就什么都别讲究，拿防风灯代替蜡烛，这不是脱了裤子放屁，多此一举么！

魏九斤取了防风灯递给梁三，防风灯就是一种马灯，都已经快要绝迹了。这时，蜡烛顶着的那点豆子般大小的火焰跳了一下，终于灭了。梁三懒得理蜡烛，调高防风灯上的玻璃罩，转动灯芯，让灯芯冒出来近半寸，这才拿打火机去点。

防风灯的燃油是普通的煤油，前几天一直用着，梁三点了半天，好不容易点着了，谁知防风灯灯芯上也顶了一颗豆子般大小的光。

梁三、魏九斤、曾德宝脸上都讪讪的。看样子墓主人是不愿意我们发财了，如此吝啬，那就对不起了，哥儿们不能白来一趟吧？

看着玻璃罩里那点黄光，梁三一咬牙：“二叔，把你手里的狼眼给我。奶奶的，蜡烛不着，防风灯要死不活的，我就拿你没办法了？把狼眼打开当蜡烛，这回总成了吧！你不是鬼吹灯么，你吹，你吹，你有本事把狼眼手电给老子吹灭啊！”

梁国华讷讷地说：“三儿，我这手电也用了好久了，估计……估计也……”说着，还是把手电交给了梁三。

梁国华的手电明显电力不足，灯泡连发红的钨丝都看得清清楚楚。

梁三拿着手电咬牙切齿，说：“哥儿几个，既然老粽子不肯给这个面子，我们也就不多说了，开棺！”

胖子早等得不耐烦了，笑着说：“何必这么麻烦，早开棺岂不是省事，明明不熟悉摸金一门，还要学摸金的讲那些规矩，真是浪费时间。”

反正人多也不害怕，见胖子这么说，除了朱笑东和杨薇不感兴趣站得远远的，其他人都一拥而上，想看看木棺里到底有什么。

曾德宝一看，十几个人围着棺材，当下摇头晃脑地说：“根据我对摸金倒斗的研究，我们还是要做个分工。老魏，马老哥，你们两个力气大，负责开棺；杨小兄弟，你就拿着手电，给大家照个明；胖子哥，阿苏妮小姐，我们拿上家伙，万一里面蹦出个老粽子，也不至于手忙脚乱。”

阿苏妮、胖子拿着藏刀，梁国华拿着手铳，枪口对准棺木，准备一旦出现粽子，就一枪打碎它的脑袋。

朱笑东见十几个人倒有八个人如临大敌，摆足了架势，等着拼命，心里忍不住有些好笑。

一阵沉闷的“咯咯”声中，魏九斤和马大贵推开棺盖，顿时，一股浓重的霉味钻进众人的鼻子里。

所有人都紧张不已，梁国华拿着手铳，几乎是闭着眼睛，咬着牙，第一时间将枪口顶进木棺里，哆哆嗦嗦地差点儿扣动扳机。

阿苏妮、胖子的藏刀差点就举起来了，其余人连大气都不敢出，两只眼睛死死地盯着棺椁里面。

一时间，整个墓室里静得连针掉在地上都能听见，诡异的寂静持续了不到一分钟，负责照明的杨华长长出了口气。

棺椁里有些锦被布帛，只是时日太长，都腐烂了。锦被布帛下，看不出有人的尸体。墓室、棺椁、锦被布帛都有，怎么会没有人呢?

十几个人面面相觑，竟然是一具空棺！

众人见棺椁里没有僵尸，立马就不怕了，好奇心大起，拿刀的拿刀，拿兵工铲的拿了兵工铲，一起去挑那些已经腐烂的织物。直到把棺椁里的腐烂织物挑完，搞得墓室里一股霉味，众人连指头大的明器都没看见！

魏九斤不服气，要马大贵帮忙，把左下角的棺材也打开。棺椁里还是只有一堆锦被布帛，都已经腐烂，一干人失望之极。

等棺椁里腐烂织物的霉味稍淡，竟似有似无地飘出一股香味，很淡，淡到不凝神细闻，根本无法察觉。

见两口棺椁里都没有东西，梁三等人心头火起，就想打开最后一口棺材。此时，大家都明白，这间墓室里没有什么值钱的东西，只是心中气不过而已。

朱笑东突然说道："别动，千万不要打开那口棺材!"

梁三等人一愣，魏九斤和马大贵两人的手都搭在棺材盖上了，此时一动都不敢动。

片刻，曾德宝讪讪地问："小朱老板，怎么回事?"曾德宝破天荒没把那句"根据我对摸金倒斗的研究"说出来。

朱笑东沉吟了一下，说道："我觉得这三口棺材是大墓设计者设下的局，是一个机关……"

"机关?"胖子挨个看了一遍三口棺材，不明所以。

"大家听说过，有些墓里有毒气吧？我觉得这三口棺材里面装的是三种毒素……"

朱笑东还没解释完，曾德宝就接过话头："多亏小朱老板提醒，我在资料上看过，说有种极为阴毒的下毒方法，一种药物没有毒性，几种药物混合在一起就成了剧毒，这样，就算小心翼翼挨个试毒，也防不住。"

朱笑东点点头，说："就是这样。设计这个墓室的人用了三种药物，打开两口棺材没事，要是把最后一口打开，我们就会毒发身亡了。"

胖子不甘心地说道："不会吧，我们破解了那么多机关才进了这个墓室，这里还是机关？那这座大墓到底有多大啊，埋得到底是谁啊?"

胖子说出了众人心中的疑问。

一路上，朱笑东表现出来的睿智和果决，以及他对各种机关的了解，并最后成功破解，早已得到了大家的认可。所以，大家此时虽然都没有异样，没有中毒的迹象，但是却没有人怀疑朱笑东的话。

胖子和梁三虽然听得心惊肉跳，但实在不甘心，眼巴巴盯着最后那口棺材，不肯离开。

朱笑东叹了口气："你们一定要打开，也不是不行。把毛巾打湿捂在口鼻上，裸露在外面的皮肤不要碰墓里任何东西。"

说完，朱笑东拿出毛巾淋湿递给杨薇，自己也捂好，拉着杨薇出了墓室。

众人纷纷照做，然后开棺。果如朱笑东所说，里面还是破布烂棉，用刀子稍微搅动了一下，空气里便生出一股淡甜的香味，还好众人都捂着湿毛巾，刚闻到那股香味，便往后退去。

一无所获不说，还差点不明不白地把自己撂在这儿。梁三等人小心翼翼地收拾好装备，跟着朱笑东进了通道，走了好远，都没人把遮住口鼻的毛巾取下来。

刚刚在鬼门关转了一圈，众人心悸之余，连话都不想说了。一路上除了细碎的脚步声，十分安静。

又走了一段通道，尽头又是一间墓室。与其说是墓室，不如说是通道头上一个稍微宽敞一点的地方。

也就十多个平方，通道占了一半，其他地方摆满了棺材，依旧是黑漆大木棺，有六口，把半个墓室占得满满的。

这次不用朱笑东吩咐，胖子、梁三等人把湿毛巾绑在脸上，这才去开棺。棺材里没有机关也没有尸骨明器，六口棺材，里面不是腐烂得一文不值的破布烂棉，就是已经锈蚀得根本看不出来是枪还是矛的冷兵器。杨华和烟锅叔想找件趁手的家伙，稀里哗啦把几口棺材翻了个遍，硬是没找着。

出了墓室，胖子忍不住问朱笑东：“到底在搞什么鬼？说是墓室，怎么连一具人的尸骨都没见着？这还是墓葬吗？花了这么大力气，又是机关又是毒药，连五六公里的圆形通道都搞出来了，难道就是为了逗我们玩？”

朱笑东摇摇头说：“我们应该还在大墓的外围，我们遇到的这些机关，只是大墓外围普通的防守。”

梁三“啊”了一声：“外围的机关就这么厉害，再往里走还了得？”

朱笑东苦笑不答，为了保证自己的尸骨、财物，以及风水龙脉不被破坏，墓主人自然无所不用其极。

胖子双眼冒光：“既然这里是大墓的边缘，可想而知这墓主人是何等富贵，待会儿找到他的真身，嘿嘿……”

被胖子一说，众人眼前都是一亮。此时前面已不再是黑沉沉的墓道，而是闪闪发光的金条、钞票。

通道斜斜向下，七级石阶，每级不过一尺来宽，一尺高矮。朱笑东阻止不及，梁三一脚踏了上去。

第十八章

地下人间

梁三脚下石阶一沉，瞬间，七级石阶一起向下落去，就像七级石阶原本就飘在空中，被人触动，就掉下去了一样。梁三“啊”一声，身子跟着石阶一起向下摔去。

朱笑东眼疾手快，一把抓住梁三的背包。梁三下坠的力道太大，带得朱笑东身子一歪，失去重心，跟着梁三往下跌去。

杨薇大叫一声，合身扑上去，双手搂住朱笑东的腰。杨薇离朱笑东最近，原本她只要拉住朱笑东的背包或衣服，就能阻止朱笑东和梁三下坠之势，偏偏杨薇看到梁三脚下黑沉沉看不见底、怪兽嘴巴一样的洞口，一下子慌了神，扑上来搂住朱笑东。这下，她也跟着朱笑东和梁三掉进了黑洞。

还好胖子、阿苏妮两人一起出手，在杨薇滑下洞口的瞬间，扑倒在地，抓住了杨薇的脚踝。这时，洞底发出轰轰两声闷响，估计台阶掉到底了。

胖子和阿苏妮两人抓住杨薇的脚踝，被带着往下滑，杨华、温强也扑了上来，抓住两人，后面的人一起上前救人。

忙乱之际，黑黑的洞里突然一亮，洞底冒出火光。

众人一怔，暗想：这么深的洞，里面怎么会有火光？这火是干什么用的？

火光亮起，朱笑东大叫一声："火油！"

火油，即为石油，经常被古人用在墓里防盗。这个机关就是让人将石阶踩落，继而引燃洞底火油。这样踩中机关的人即使侥幸摔不死，也会被火烧死。

火油烧起来，速度极快，在杨华、温强等人稍微迟疑之际，便烧到了梁三脚下，引燃了梁三的衣物，连朱笑东的头发都被火燎了个焦黄。还好，火刚燎到他们，就被众人拉了出来。

火势极猛，只片刻，众人就抵挡不住大火的炙烤，连连后退。浓烟弥漫了通道，呛得众人都咳嗽起来。

大家把先前用来防毒的湿毛巾堵在口鼻上，原路后退。退到先前有六口棺材的墓室，浓烟弥漫过来，胖子还想继续后退。朱笑东摆了摆手，让众人拆棺木，堵浓烟。

人多力量大，众人七手八脚地抬着棺材塞进通道。通道虽然堵住了，但是烟雾还是会从缝隙里钻进来，不过少了很多。朱笑东发现烟雾里有毒，虽然经过上千年，毒性大大减弱，但吸多了，依然会致命。

梁三等人脸色铁青，想继续退。

这时，朱笑东大叫一声："老魏，炸药！"

所有人猛然省悟过来，就算他们继续往后退，烟雾也会弥漫过来，无论退到哪里，最后都会被毒烟毒死。要彻底解决，唯一的办法就是炸塌前面那段通道。

魏九斤应了一声，拿出两管炸药，点燃导火索，顺着棺材缝隙把炸药扔进通道。

众人都蹲在石壁边上，捂紧耳朵。少顷，地面一抖，墙壁，墓道顶“扑簌簌”往下掉泥石土块，整个墓室像是要塌了似的。

好一阵，泥石土块渐渐不再往下掉了，墓室顶横七竖八地裂开许多指头宽的缝隙，估计塌下来是迟早的事。

烟雾不再透进来了，大家同时松了一口气。

“啊！”阿苏妮大叫一声，吓了众人一大跳。

杨薇和阿苏妮躲在男人们身后，离炸药爆炸的地点最远，她们最先从爆炸中回过神来。爆炸过后，阿苏妮就感觉有东西靠近，在淡淡的烟雾灰尘中，用狼眼灯照过去，顿时花容失色，大叫出声。

通道另一头，不知道什么时候涌出来一片黑潮，黑潮翻滚着向众人逼近，不时发出嘶嘶声。是一种罕见的，长得类似甲虫的黑色虫子。

看到那些虫子，阿苏妮和马大贵用本地语言大叫，意思是“圣虫”。“圣虫”最喜欢一种毒烟，平日像冬眠一样蛰伏不动，一旦受毒烟刺激，就会醒过来。这种“圣虫”胃口极好，超过蝗虫，遇上什么吃什么，什么都能吃。

石阶、火油、毒烟、毒虫，这还真是要把进墓者一网打尽啊！

前路被炸塌了，十几个人蜷缩在墓室里，逃无可逃，避无可避。

几人相互帮忙，爬到剩下的几口棺材上。魏九斤甩手又是两管炸药。众人还没反应过来，“轰”一声巨响，剧烈的爆炸，强劲的气浪，把棺材上的人全都掀到角落里。

通道瞬间垮塌，大部分圣虫被活埋，只有十几只被气浪冲了进来。

魏九斤从地上爬起来，一脸笑意，嘴巴动了几下，可惜没人听到他在说什么。所有的人耳朵都被震得暂时性失聪，所以也没人理会魏九斤。

墓室顶上能掉的泥石土块被先前那次爆炸一震，也掉得差不多了，这次反而没掉下来多少。众人还没回过神来，被气浪冲进来的十几只圣虫先活过来了，迟疑了片刻，纷纷爬向魏九斤。

魏九斤正得意，突然脚上一痛，弯腰去摸，抓下来一只指头大的圣虫。那圣虫当真厉害，被魏九斤抓住，竟一口咬向魏九斤的指头。

魏九斤手指一痛，使劲一甩，想把圣虫甩掉。谁知圣虫咬住魏九斤就不松口，魏九斤疼得脸都白了。他大叫一声，捏起拳头，一拳砸向地面，想要把圣虫砸死。圣虫被他狠狠一砸，终于松了口。

魏九斤腿上刚被圣虫咬过的伤口处传来撕心裂肺的痛，魏九斤低头看去，见一只圣虫半个身子已经钻进他的皮肉里面了，还有几只循着血迹，正往他腿上爬。

魏九斤一咬牙，抽出一把刀，将那只钻进皮肉的圣虫和附近的皮肉一起削了下来。

这时，梁三、温强、烟锅叔也遭到圣虫袭击。

两只圣虫咬着梁三的左腿不放，温强手上有一只，烟锅叔被圣虫咬在了耳朵上。烟锅叔急切间把手缩进衣袖，隔着衣袖，忍痛一把将咬着自己耳朵的圣虫捉了下来。

朱笑东顺手拿起一把兵工铲，把爬向杨薇的一只圣虫拍在地上，肠肝肚肺都被拍出来了，偏偏那圣虫还没死，依旧顽强地爬向杨薇。

朱笑东一连拍打了七八下，连脑袋都拍烂了，方才罢手。胖子、阿苏妮等人拿着刀，见一只一刀下去，砍作两半。

圣虫虽厉害，但也有弱点，就是行动慢。在众人的拍打、砍杀下，十几只圣虫，终于被打杀干净。魏九斤躺在地上，脸上一片死灰。

朱笑东扶起魏九斤，细看之下，发现魏九斤被圣虫咬过的地方黑肿发亮，中毒太深。

魏九斤倒是坦然，笑着对朱笑东说：“小朱老板，跟你们在一起这段时间，是我这一生过得最精彩的日子，我也没什么遗憾了。”

朱笑东鼻子发酸，对梁三、魏九斤这伙人，他颇有好感。一路上屡次遇到凶险，几人都能主动帮忙，不惧危险，虽然经常犯二，止不住地冒傻气，但却个个讲义气，重情义。

“我知道小朱老板是个了不起的人物，我想请您帮我一个忙……”魏九斤喘着粗气说。

朱笑东眼睛模糊，强笑着说：“老魏，别傻，你会没事的！”

梁三等人也围了过来，拉着魏九斤的手，想安慰魏九斤几句，偏偏一句话都说不出来。

“小朱老板，本来，我也不好意思求你，但是现在，除了你，我也没别的办法。”魏九斤脸色愈加灰败。

“你说！”

“我家里有个老娘，还有一个三岁的女儿。我不敢要求小朱老板照顾她们，我只希望你能施舍一点儿钱给她们，用不着太多，能让她们吃饱穿暖就行。”魏九斤艰难地说道。

“我知道，这是个不情之请，但是我们这几个人，嘿嘿……”魏九斤一脸无奈，没说下去。

朱笑东明白，梁三他们这伙人都是穷光蛋，来倒斗摸金也是迫不得已，要他们养魏九斤的娘和女儿，都不用指望。

“好！”朱笑东答应得干脆，“你放心，多了我不敢说，你闺女长大成人之前，所有的花费我朱笑东一力承担，决不食言！”

魏九斤艰难地点点头，向烟锅叔招了招手。烟锅叔俯身到魏九斤身前，以为魏九斤要对他交代什么。

没想到魏九斤说：“我听说，要是中了毒，用嘴巴把毒吸出来就没事了。你过来，我帮你把毒吸出来……”

朱笑东和烟锅叔一怔。

魏九斤艰难地说：“我快不行了，让我在临死之前做一件有意义的事，别让我死了，也没什么价值……”

朱笑东落下两行热泪，杨薇等人掩面抽泣。

胖子痛苦地捏着拳头，不住捶打墙壁。几次出来探险，生死见过不只一次，偏偏这个刚认识没几天的魏九斤，让所有人都难过不已。

烟锅叔的伤口在魏九斤的吸吮下，流出鲜红的血，毒都被吸了出来。

接着是梁三，最后是温强。待把两人的毒吸尽，魏九斤长长地出了口气，一脸微笑，心满意足。

看着魏九斤带着微笑的面容，所有人都怆然失声。

良久，朱笑东站起身，打开一具棺材，把里面已经腐烂的东西清理出来，所有人都默默帮忙。

胖子、烟锅叔、杨华、梁三拿了兵工铲，就地挖坑。通道两头都被堵死了，大家出不去了。魏九斤为了众人先死了，大家要把他好好葬了。

朱笑东抱起魏九斤，放进棺材，让大家最后看了一眼，就地安葬。不知道在地底待了多长时间，所有人都默默地陪着魏九斤。

朱笑东突然说道：“我们十几个人窝在这么一间小墓室里，你们没觉得闷气?”

胖子红着眼，说：“怎么不闷气？这鬼墓主人害死了魏哥，胖爷我这口气就堵在喉咙里，等有机会，我非轰平了它不可！算是替魏哥出口鸟气。”

梁三也说：“反正大家都出不去了，干脆把老魏背包里的炸药全部拿出来，轰他娘的一炮。我们出不去，该死的墓主也别想好过，炸塌了它，免得再害人!”

朱笑东摆摆手：“我说的不是那个意思，我是说，这么小一间墓室，我们十几个人挤在里面，你们难道没发现，呼吸一点儿也不困难?”

烟锅叔等人一怔，随即明白了朱笑东的意思。这间墓室还有其他通道，所以十几个人挤在里面，才没感觉到呼吸困难。

梁国华、烟锅叔、胖子顿时跳了起来，四处寻找，连棺材底下都翻了一遍。

这时，梁国华一声惊叫。原本被魏九斤炸塌通道堵住的圣虫，居然拱开泥土钻了过来。

阿苏妮在梁国华身边，看到四五只圣虫钻出来，挥刀砍死了。胖子见了圣虫，恨得咬牙切齿，也不去找通道了，拿出藏刀和阿苏妮一起砍杀钻进来的圣虫。

土堆蠕动，钻出来的圣虫越来越多。胖子一口气杀了十几只，忍不住大叫：“东哥，快顶不住了，出路的事有希望没?”

梁三杀红了眼，拿出两管炸药，装好雷管，导火索，大踏步走到胖子身前，大喝：“让开，老子炸死这帮狗日的!”

这时，朱笑东大叫：“炸药！老魏!”

和魏九斤一起久了，一想到炸药，朱笑东脱口而出，叫了老魏。梁三还算清醒，听朱笑东要炸药，当下转身，把炸药递给朱笑东。

朱笑东面前，有一条两指宽的缝隙，朱笑东把一管炸药折断，剩下的三分之一插进缝隙，剩余的还给梁三。

朱笑东一边往缝隙里插炸药，一边让人拿棺材先把圣虫拦住。偌大一块棺材盖放在土堆上，只听一阵“刷刷”声，棺材盖顿时千疮百洞。好在圣虫有了吃的，一时半会儿不会离开那棺材盖。见一块棺材盖挡不住圣虫，胖子等人合力又抬了一块，扔在只剩不到一半的棺材盖上。

扔完，胖子大叫："东哥，快了没？"

朱笑东满头大汗，要了打火机，让大家躲到棺材后面。烟锅叔大声叫朱笑东赶紧点火，棺材已经被圣虫吃了一半，估计要不了一分钟，圣虫就会过来吃他们了。

朱笑东点燃导火索，一翻身躲到棺材后面。"轰然"一声巨响，角落里出现一个直径一米多的洞口。

朱笑东减少了六七倍药量，不仅炸开了一个通道，还没造成塌方。间不容发之际，朱笑东拉起杨薇往洞口一推，又去拉还伏在地上的胖子。

原本还在啃食棺材板的圣虫被炸药一震，像炸了窝的马蜂似的，四处乱窜，眨眼间窜到朱笑东等人脚下，遇到什么啃什么，遇到谁啃谁。

梁国华爬起来慢些，眨眼两三只圣虫就钻进了他裤腿。

朱笑东一把提起梁国华，大喝："快走！"

没想到梁国华却拉起身边的温强，大喊了声："快上棺材！"

随后，梁国华又喊道："三儿，给我两管炸药。"

梁三站在棺材上，大喊："二叔！"

梁国华苦笑着说："三儿……二叔走不了啦，回头帮我照顾你二婶！"

说着，梁国华的脸开始扭曲，估计已经有圣虫钻进了他的身体，梁国华伸手从贴身的衣袋里拿出他"祖传的宝图"递给梁三，嘶声说道："三儿……给我个痛快！"

梁三满眼泪花，飞快地把导火索点燃，交到梁国华手里。

这也是没办法的事，圣虫的厉害梁三亲身体会过，要不是魏九斤临死前替他吸出毒液，恐怕他现在已经跟魏九斤睡在一块儿了。

梁国华身上已经开始流血了，说明已经有不少圣虫钻进他体内，带不带走梁国华，这个时候能给梁国华一个痛快，反而是给他最大的安慰。

朱笑东叹息了一声，拍了拍不愿意离开的梁三，示意他赶紧走，现在就剩他们俩了。

梁三抹了一把泪，拿起魏九斤的背包，叫了一声“二叔”。

梁国华早已站不稳了，扭曲着脸冲朱笑东和梁三笑了笑，干脆坐了下去，一只手高高地举起导火索已经快要烧到尽头的炸药。梁国华这一辈子，没做过几件像样的事，在最后一刻，梁国华想干掉这些让人讨厌的圣虫。

朱笑东拉着梁三，跳过棺材，进了通道。没走多远，身后就传来一声巨响，巨大的气浪把两人掀翻在地，身后的通道不住垮塌下来。

眼看垮塌的通道就要将两人埋住了，胖子和温强回过头来，一个拉朱笑东，一个拖着梁三，没命地向前狂奔。

等跑道没力气了，也不知道跑出多远，距离垮塌的通道多远，胖子放开朱笑东，一屁股坐在地上，大口大口喘气。

暂时摆脱了圣虫及塌方的威胁，几人身心俱疲，想起魏九斤、梁国华，大家连吃东西都没有胃口了，虽然很饿。

一群人靠在通道壁上，连话都不愿说，一片死寂。

朱笑东不知不觉间昏睡过去，不知过了多久，只觉浑身酸痛，稍微活动了一下身子，一下惊醒过来。众人都疲累至极，睡了一觉，此时醒来，饥渴难忍。

胖子找出牛肉干，分给众人。梁三啃着牛肉干，唉声叹气，这趟出来，他们原本有五个人，一眨眼，就没了两个，其他人也身陷墓道，不知道能不能闯出去。

朱笑东咽下牛肉，喝了口水，说："梁三哥，我们不能死，我答应过魏九斤，要照顾他娘和女儿。你也答应了你二叔，要照顾你二婶。"

胖子也说道："他妈的破墓，想要拦着胖爷我回去，没门儿！胖爷我命硬得很，没见着我儿子，谁他妈要我的命，我先摘了他脑袋，就算阎王爷亲自来，这事也没得商量。"

梁三唏嘘了一阵，点点头说："小朱老板说得对，我不仅要出去，还要找到墓主，向他索要一笔丧葬费、安家费，要是这墓主不肯，我就炸他个底儿朝天。"

说完，梁三站起来，手一挥，说："弟兄们，我们要化悲痛为力气，走，就算这里是地狱，我们也要闹它个轰轰烈烈，鸡犬不宁。"

依旧是朱笑东头前带路，其他人跟在后面。

众人随后经过两间墓室，里面都有棺材。一间墓室里是木棺，依旧是黑漆大棺，没有任何标志，里面同样是分文不值的东西。另一间墓室里是石棺，上面有云鹤花纹，除此之外，什么都没有。

梁三他们见棺必开，最终在石棺棺底找到一个小物件。是一枚小小的玉佩，昆仑青玉，鹤鸟云纹，质地不算好，雕工更是平淡无奇，多半是大户人家丫鬟仆人的佩饰。朱笑东估计，能值个三五万就不错了。

古玉这东西，除了质地造型，还讲究"沁"。由于墓中环境不同，会造成墓中的陪葬古玉形成不同的"沁"，石灰、细沙、泥土、水银以及人的尸身体液侵蚀玉体，就会让古玉形成"沁"。

梁三收起来的这块玉，沁色青中带紫，是死人尸骨腐烂侵蚀出来的尸血沁，有尸血沁的古玉，行中人比较忌讳，但是也不是说尸血沁的古玉不值钱。

遇上质地、雕工上乘的古玉，可以找人盘玉，即把古玉贴肉而藏，一年到头玉不离身，两三年时间就能盘出来，盘好之后，古玉的斑色愈加深厚，色泽更加温润。

这块玉佩质地一般，造型、雕工粗糙，找人盘玉就不划算了。朱笑东看中它的收藏价值，才说能值三五万，要是去典当行，掌眼师傅最多给个三两千。

出了石棺墓室，没走多远，脚下出现森森白骨，是人骨。之前什么都没有，大家还觉得阴森森，现在看到遍地人骨，反而没感觉了。

朱笑东开始还小心翼翼地绕着走，避免踩到白骨，但是越往前走，地上的人骨越多，根本就避不开了。最后大家都顾不得了，也不看脚下，径直朝前走，一脚踩下去，就会发出“咔嚓咔嚓”细碎的声音。

满地人骨一直延伸到一个高大的石门前。总算是到了墓主的墓室。大家都长长地出了口气，梁三恨恨地说：“进了里面，有什么好玩意儿尽量拿，老粽子要是敢出来，就跟他干，不图钱，就图个解气！”

朱笑东站在石门前，劝道：“梁三哥，老魏和梁二叔的事，我也很难过，但是我不得不劝你一句，人为财死鸟为食亡，也属正常。你想要出口气，我不想阻拦，但是我希望你能见好就收。”

梁三想了半天，才对曾德宝和温强说道：“小朱老板也是一番好心。这样吧，我们也不能太贪心，按原来五个人计算，每人拿够一千万左右的财物。到时候请小朱老板给估个价，多了的我们也不拿，你们两个谁多拿，我第一个不答应！”

曾德宝、温强两人点点头，应承下来。

朱笑东苦笑着摇摇头，暗想：反正现在没见着金银财宝，说话都轻巧。自己把话先说了，也算是仁至义尽。进去之后他们会拿多少，只能走一步看一步了。

朱笑东回头打量石门，两扇石门有两个巨大的门环，门环上有一把一尺来长的铜锁，一把蚀得不成样子的铁柄斧头，插在门环里。

阿苏妮在地上找了一遍，没有任何兵器。也就是说，插在门上那把铁柄斧头，是化成白骨这群人唯一的武器。

朱笑东皱眉，回头看了一眼地上的尸骨，心中奇怪，这些人为什么把自己锁在门后面？锁了也就罢了，还在门环上插一把斧头干什么？不想进门，还是不想让门那边的东西过来？

胖子咧嘴笑道："当然是不想那边的东西过来啊！这不明摆着吗？不想过去，也用不着在这边锁了门又插斧头，这不是脱了裤子放屁，多此一举吗？"

曾德宝沉吟了一会儿，说，这群人不会也遇到圣虫攻击了吧？遇到圣虫，把门关上，再插上唯一的斧头，也说得过去。

烟锅叔摇摇头："不是圣虫。石门四周有几寸宽的缝隙，圣虫完全可以自由出入。再说，我们一路过来，这么长的通道，他们遇到圣虫攻击，也可以逃走啊。所有人都死在这里，只能说明一个问题，他们锁上门之后，没想往其他地方跑。"

梁三点点头："老爷子说得对。不过，这事不是我们能管的，我们的任务是去找老粽子拿安家费，然后走人。至于这些人是怎么死的，为什么死，我们也管不了那么多。"

胖子一刀就砍开了铜锁，拿下斧头。朱笑东叮嘱大家小心之后，这才试着去推门。门很沉，胖子和朱笑东合力才推开。

门打开之后，里面还是通道，地面上整整齐齐铺着方形石砖，两排人形石俑矗立在通道两侧，每个石俑手上都捧着一个灯台。

石俑造型各异，真人大小，脸上表情互不相同，或悲或喜、或怒或乐，喜的手舞足蹈、神采飞扬，怒的龇牙咧嘴、狰狞凶狠……

阿苏妮和马大贵喃喃低语："魔鬼城……这里就是魔鬼城……"

朱笑东问道："阿苏妮小姐，你认为这里就是魔鬼城？也就是那位宿卫都指挥使，哈喇子都的陵寝？"

阿苏妮摇了摇头："我也不敢确定，但是除了那位都指挥使，我实在想不出来还有谁有这么大本事，能修建这么大的地下城。"

梁三走了几步，在一个手舞足蹈、喜气十足的石俑面前停下，见石俑手里的灯台上还有黏黏糊糊的半盏灯油，拿出打火机就点着了。

一盏油灯被点着，通道两边石俑手里的灯盏没一会儿都亮了起来，远远看去，有几百尊石俑。

青光朦胧，梁三熄了手电，嘿嘿笑道："算那老粽子识趣，知道我们的灯快没电了。就冲着这一点，我怎么也得给他留点儿！"

曾德宝两眼泛光，说："根据我对摸金倒斗的研究，墓主人必定就在通道尽头。"

胖子哈哈笑道："老曾，你这不是废话么。我对摸金倒斗没什么研究，我也知道墓主人肯定住在最豪华、最显眼的地方。前面有那么多房子，老粽子肯定在正中间，最高的那栋楼里！"

曾德宝嘿嘿干笑两声，说："那是，那是。"

穿过两旁都是石俑的通道，前方就开阔起来。这里就像是一座地下城，中间有一条笔直的大路，沿途有不少民居。看得出昔日这里的繁盛，只是千年之后，众人看到的只剩满目疮痍。

梁三、曾德宝不时窜进民居，想找些值钱的玩意儿，可惜总是败兴而归。民居里面像是被扫帚扫过一样，除了灰什么都没有。

民居中间是一个圆形广场，周围依然是人形石俑，广场后面是整个地下城最高大的，类似庙宇的建筑。

庙宇门前有四五级台阶，两边各三尊人形石俑，手里青灯摇曳，照着大敞的庙门，以及门前两个门神。

一般来说，庙宇门前的守护神要么是狮子，要么是天王或哼哈二将。这座庙门前的守护神居然是两个低眉顺眼的女子。女子发髻高挽，袍子宽大，胸部微挺，谦卑地躬着身体，说明这就是两个大户人家的丫鬟。

朱笑东很是不解，让两个丫鬟守庙门是什么意思？

胖子嘻嘻笑道：“没见那些做生意的，门口站的礼仪、迎宾都是又漂亮又年轻的女孩？要弄上两个黑白无常，或者怒目金刚，往门口一站，谁还照顾你生意啊？所以说，这俩丫鬟，应该是欢迎咱们的意思。”

杨薇“噗”一声笑了出来，胖子连这都能联系在一起，真能瞎扯。在古代，女人地位低下，哪有站在门口迎客的道理，又不是青楼。

梁三一摆手：“欢迎不欢迎都无所谓，我拿了该拿的东西就走。我走我的阳关道，他走他的奈何桥，大家相安无事也就罢了，倘若不然，我一定好好放上它两炮，大家一起热闹热闹。”

第十九章
女儿香

进了庙，众人登时瞠目结舌。

大殿金碧辉煌，四面都是壁画，大多都是佛教故事。标榜墓主人的一幅也没有，这些壁画构图饱满，形象夸张，装饰繁杂，描绘细致，色彩浓艳，光彩夺目。

找不到介绍墓主人身份的图，朱笑东一脸失望。

墙上的壁画好多地方都残缺了，很多残缺明显不是自然因素造成的。朱笑东在左边一幅达摩诵经的壁画前停下，在左下角一个长约两尺、宽约两寸的破损处端详了半天，回头对杨薇说：“这不可能是自然风化的，有人用刀在上面砍过。”

烟锅叔在另一幅观音坐莲图上也发现了类似的痕迹，说道：“奇怪，我怎么感觉这里像是发生过打斗一样。”

朱笑东点点头：“烟叔说得没错，打斗得还很激烈，墙上、柱子都有刀砍斧削的痕迹，不知道是怎么回事。”

胖子、梁三等人可没心思看壁画，壁画虽然值钱，但是他们可没本事把壁画弄走，找些值钱又能带出去的东西才是正经事。

几人在庙里一顿翻找，可惜连个破木鱼都没看到，更不用说值钱的东西了。最后，失望的几人把目光锁定在神像身上。

大殿里供奉的是一尊真人大小的送子观音，此时脑袋只剩下半边，像是被人一刀削去了左边，右边的手臂也被人砍掉了，胸前的婴儿，以及观音像的胸腹，被人捅出一个大洞，连脚也只剩下一只。断口开裂处露出丝丝缕缕的东西，估计当时塑这观音像时，用的是泥塑描金法。奇怪的是，即使观音像损毁如此严重，却依然屹立不倒。

梁三等人看了一会儿观音像，觉得实在是太寒碜了，最终还是失去了兴趣。

“既然前殿找不到值钱的东西，不如到后面去看看。”曾德宝建议。

一行人依言去了后殿。

来到后殿，入眼的场景只能用“惨烈”来形容。几间破败不堪的房子，门板被砍成数块，散落在地上，一脚踩上去，顿时化成一堆尘土。窗子只剩个大洞，窗棂都不知道哪儿去了，墙壁受过猛烈的撞击，摇摇欲坠，刀斧痕迹到处都是。

胖子拍着胸口，说：“他奶奶的，敢情这地方是被鬼子扫荡过吧？抢光砸光啊！”

朱笑东看着这触目惊心的场景，说道：“很可能是之前进墓的人因分赃不均，发生激烈冲突，从后殿一直打到前殿。”

杨薇很不解：“这么激烈的打斗现场，应该有不少人死于非命，怎么一具尸骨都没有？”

朱笑东摇摇头：“虽然打斗激烈，但应该没有多少人。”

“没多少人？”烟锅叔看了一眼狼藉的后殿，“没有多少人，怎么会造成这么大破坏？”

朱笑东摸着柱子上的痕迹说：“有四个人，其中三人是一伙的，他们对付的是一个使刀的人。”

杨薇看着一脸认真的朱笑东，竟然有些着迷：“你怎么能确定是三个人对付一个人呢？”

朱笑东看了眼脸蛋红扑扑的杨薇，漾起温柔的笑容：“其实很简单，看这些兵器留下的痕迹就能知道。刀砍在墙上会留下浅而长的痕迹，斧头砍到墙上的话，留下的痕迹深而短。从前殿到这里，我发现四种痕迹，除了刀、斧头，还有一把剑，剑留下的痕迹又浅又窄。另外一件兵器是一头尖，另一头钝圆的矛。从这些留下的痕迹来看，大刀因砍空而留下的痕迹极少，其他三种兵器留下的痕迹到处都是，这说明，拿刀的人是个高手。但好汉架不住人多，猛虎敌不过群狼。”

胖子在空房间里扫荡了一遍，什么也没找着。

朱笑东苦笑道：“别找了胖子，这个地方早有人来过了，早把这里的东西搜刮一空了，下手比你们更快更干净。”

“我靠！”胖子一副无法置信的样子，“我说怎么这么干净，原来还真有人先下手了。谁啊，都没跟我商量过，害胖爷我白跑一趟。”

说着，梁三等人也灰头土脸、骂骂咧咧地从房间里出来。

聚在一起，梁山委屈地说：“小朱老板，你看看，这叫什么事儿啊？这老粽子太不厚道了，就留下些一文不值的破砖烂瓦。”

朱笑东说道：“我想请你们记住，我们只是路过。顺手牵羊，我不反对，但最主要的还是要找到出路。”

胖子讪讪地笑着说：“那当然，我们坚决执行找出路为主，顺手牵羊为辅的指导方针。我就是沿途检查检查，看看先人有什么遗落的没有。”

朱笑东白了胖子一眼：“趁现在还有力气，找出路吧！”

烟锅叔看了一下地形，说：“寺庙依洞壁而建，想找到出路，多半要往上走。”

朱笑东点点头，招呼一声梁三、阿苏妮，带头向后面走去。殿后是座不大的假山，四五米高，假山后面是跟后殿一样的房屋，一行人转了一圈，没发现值钱的东西。前面也没有路了。

朱笑东一脸疑惑：“怪了，在外面看明明有楼的，怎么没有楼梯?”

大家也一脸迷茫。商量了一下，众人决定再仔细找找。既然先前有人进来过，他们就可以顺着那些人进来的路出去。

找了一会儿，胖子就回来了。他渴了，回来喝水。胖子一边拧水壶盖，一边嘟囔：“这也太绝了，搜刮得一干二净，一根毛都没给胖爷留下……”

也许是太渴了，也许是一个值钱的东西都没找到，气坏了，胖子抱起水壶猛灌。水溢了出来，落在石板上滚了滚，便消失不见了。

朱笑东盯着胖子脚下看了半天，心里一动：“这下面有机关!”

正喝水的胖子“噌”一下跳到一边，脸都白了。钢箭，地火，圣虫等机关差点儿要了胖子的命，一听说有机关，胖子立马紧张起来。

朱笑东一脸兴奋，把水袋里的水往地上倒了些，看起来严丝合缝的石板除了胖子刚刚站的地方吸水之外，其他地方都不吸水。这说明，胖子刚刚站的地方，下面有机关!

胖子弄明白是怎么回事，立马大叫杨华、烟锅叔和梁三，让他们回来。

梁三连眉毛上都是土，为了找出去的路，还真没少下工夫。其余几人也好不到哪儿去，都是一头一脸的土。

梁三和温强拿着撬棍去撬那几块石板，没想到，两人折腾了半晌，一根撬棍都撬掉了一角，石板却分毫未动。

梁三把撬棍一扔，说：“奶奶的，还跟我硬，信不信我两管炸药就把你摆平?”说着，梁三就要去拿雷管炸药。

朱笑东赶紧阻止：“有些机关一旦遭受巨大的外力，就会封闭所有出路。”

“这……”梁三不甘心，“这”了一声后，痛苦地抓了抓脑袋。

胖子拍了拍梁三的肩膀，说：“小梁，你要记好，摸金盗墓有时候暴力是解决不了问题的。这下面既然有机关，上面就一定有开启之法！”

“开启之法？”众人问一脸高深莫测的胖子，“胖哥知道开启之法？”

胖子摇头晃脑了半天，才说出一句：“我是不知道，但是东哥肯定知道。”

众人集体鄙视胖子，转头看向朱笑东。

朱笑东沉吟片刻，说：“大家还记得庙里那尊菩萨吧？我觉得应该和它有关。”

朱笑东还没说完，梁三就窜了出去，温强、马大贵、曾德宝都跟了过去。

没一会儿，估计是梁三他们发动了机关，地面响起一阵“咔咔”声，先前胖子站的地方，石板翻开，露出一个一米多的方形洞口。

朱笑东拿着手电照进去，洞里有一段斜向下的台阶。

朱笑东小心翼翼地走下去，试探了一下，回头说：“没问题，大家下来吧。”

几人被墓室里之前那些机关吓到了，一直老老实实地待在上面，听朱笑东说没事，这才一个接一个走下来。头顶上“轰隆隆”一阵闷响，石板自动恢复原状。把走在最后的烟锅叔和阿苏妮吓了一跳。

进了通道，朱笑东更加小心，让力气最大的温强掷背包，试了几次后，发现还真有机关，不过不是毒箭强弩，而是流沙。

好在流沙通道不长，也就十几米。尽头又是一道石门，石门不大，非常简陋，虚掩着，朱笑东等人没花什么力气，就推开了石门。

石门后面的景象让朱笑东等人大吃一惊，石门后面是一座墓室，面积不小，横七竖八、或躺或站了十七八具残缺不全的尸骨，有的尸骨手里还拿着兵器，有刀、有剑、还有锯断枪柄的短矛。

显然这里发生过一场两败俱伤的决斗，尸骨保持着最后一刻的姿势。两具尸骨一具坐在地上，另一具跪在地上，跪着的脖子上还有一把剑，它手里的短矛插在坐着那具尸骨的胸口。

还有一具尸骨被短矛穿胸而过，被钉在墙壁上，尸骨的斧头嵌在他面前一具尸骨的天灵盖上。

四具尸骨，因为刀剑支撑，即使变成森森白骨，也没倒下。

除了尸骨，就是满地各式各样的珠宝，金银的、宝石的、珍珠的、玛瑙的、翡翠的、珊瑚的……每具尸骨背后都散落一堆。估计他们先拿了珠宝，才开始打斗，打斗中没人解下包袱，只是年久月长，包裹朽了，里的东西掉了一地，散落在尸骨背后。

梁三、曾德宝等人惊愕之后，纷纷取下背包，把里面的工具食物都倒出来，装地上的金银珠宝。

好在散落的金银财宝甚多，大家各装各的，没产生分歧。胖子、杨华、烟锅叔也不是贪心的人，三个人在角落里找到一堆，居然还相互推让了几句，这才漫不经心地往各自的背包里装。

这样一来，大部分财物都被梁三他们和阿苏妮、马大贵分了。虽然暂时还没因财宝起内讧，但是朱笑东和杨薇还是担心，不知道这个和谐的局面能撑多久。

梁三装了一会儿，突然双手掩面，低低地叹了一口气："二叔，老魏……你们……"

梁三擦了一把眼泪，低头捡起一块金块放进背包，嘴里说道："这块是我的……"又拿起一串玛瑙，"这一串应该值不少钱，是老魏的……”又往背包里装了一个金壶，“二叔，这是金的，你老人家最喜欢了，就留给你……”

梁三一边装一边嘟囔：“我的、老魏的、二叔的……我的、老魏的、二叔的……”每装一件，他就说一句是谁谁谁的。

装了大半袋，估计有好几十斤，梁三艰涩地转过头，问朱笑东：“小朱老板，你过来看看，这些……够不够三千万？”

朱笑东一直站在角落里，闻言微微一笑，说：“具体值多少，我也不敢定价，不过，即使你少拿一半，三千万也肯定够了。”

梁三怔了怔，提了提背包，可能是觉得太重了，提不动，一咬牙，又将背包里的金银珠宝往外倒了一些，还有六七十斤，梁三怎么也不肯再拿出来了。从这一点看，梁三虽然有些贪心，但还保持着理智。

朱笑东觉得梁三还算不错，忍不住劝道：“你一次背出去这么多，能一下子出手吗？”

曾德宝、温强等人一听，都是一愣。对啊，这些东西可比不其他，普通人手里有一件就值钱了，他们一下带回去这么多，搞不好会祸及家人。这东西放自己手里，就是定时炸弹，出手一两件，还能找理由搪塞过去，但要是论斤卖，肯定会惊动警察。万一被黑道盯上，小命都难保。

曾德宝眨巴着眼睛，想了想，突然笑道：“烟锅叔以前不是做过这个么？你肯定有路子。要不，您老给我们指条明路，放心，好处少不了您的。”

烟锅叔随手装了几件，估计差不多值一千万，就住手了。杨华比烟锅叔多装了两三件，算是比较贪心的。装的最少的是胖子，就拿了两三件，不过胖子选的都是他看着值钱的。所以三人面前那堆金银都没装完，就停手了。

听曾德宝这么一说，烟锅叔笑了笑：“我以前的确干过，但是我一辈子也没遇到过值钱的东西，要不然，我也不会五六十岁了还是个穷光蛋。”

温强歪着脑袋想了半天，说：“管他呢，拿回去先卖两件撑着，其余的留在家里慢慢想办法。”

烟锅叔摇了摇头：“我这几样，想妥当地出手，恐怕也得十年二十年了。祸及家人的事，我可不敢干。”

烟锅叔这么一说，所有人都停了手。马大贵呆呆地想了半天，也不知道在想些什么，过了半晌，才喃喃地说道：“是啊，我要是一下子拿回去这么多东西，他们肯定不会放过我的，我……”

阿苏妮瞥了马大贵一眼，没说话，自顾自装自己那一堆。这时，阿苏妮看到一个骷髅头骨下面压着一个拳头大小的昆仑玉西瓜，瓜皮翠生生、绿莹莹的，用狼眼照了照，里面全都是绿光，玲珑剔透。

阿苏妮见了，特别喜欢，随手拿起骷髅头骨扔到一边，捡起玉西瓜摊在掌心，细细观看。被阿苏妮扔出去的骷髅头“啪嗒”一声落在地上，滚了两下，无巧不巧地落在角落里一块不大的石砖上，“咔哒”一声，骷髅头裂成两半，紧接着，一阵“咂咂”声响起，地面抖动起来。

阿苏妮随手扔出去的骷髅头骨触动了墓室的机关。众人连忙站起身，盯着地面，严阵以待。

几人的背包都沉甸甸的，梁三的有好几十斤，温强自恃力气大，背包有一百斤。别看阿苏妮是一女的，也贪心得很，六七十斤的背包背在背上，还拿着玉西瓜不肯放手。

墓室地面突然从中间分开，升起一具石棺。石棺冒出地面一半，“喀啦”一声，像是被什么卡住了。

众人盯着石棺，连大气儿都不敢喘一口，墓室里面一片死寂，静得怕人。

过了好久，梁三见石棺没动静，才抹了一把冷汗，“嘿嘿”干笑道：“老粽子，你终于出来了，哼哼……没办法，我要的东西都已经装好了，也没贪多，就是一点儿安家费。你答应也好，不答应也罢，东西我是拿定了。”

梁三说话，墓室里的寂静顿时被打破，温强动了一下蜷曲得酸麻的身子，长长吐出一口气：“妈的，吓了我一大跳，我还真以为要出来个什么东西呢。”

众人见确实没什么动静，都长长地出了口气，继续找值钱的东西去了。

胖子收起手里的藏刀，拍了拍胸口：“自古以来，最值钱的东西多半藏在墓主的尸身上，嘿嘿……东哥……我们要不要看看……”

胖子虽是在打探朱笑东的口风，但那副心痒难耐的样子，怕是朱笑东都劝不住。

其他人听胖子这么一说，都停下手，看向露出地面半截的石棺，眼里冒出贪婪之色。好玩意儿在精不在多。说不定棺材里出一件，能顶他们一背包的东西。背着几十斤，能不能走出沙漠还是两说。

这时，原本安静的墓室又“咂咂”地响了起来，几个人因为想得出神，突然间听到声音，被狠狠吓了一跳，居然摔倒了三四个。

待“咂咂”声再次停下，墓室里又是一片死寂。这次和上次不同，上次大家虽然被吓着了，但还保持着同仇敌忾的警惕，这次大家却是在各自打着算盘，毫无防备下，被突然响起的声响吓得手足无措。

这次足足过了半个小时，胖子才打破安静，拍着胸口低声说：“妈的，幸好胖爷没有心脏病，要不然都用不着老粽子出手，光是吓也给吓死了。”

梁三爬起来，忍不住骂道：“龟儿子，信不信老子一包炸药送你上西天?”

曾德宝心惊胆战、哆哆嗦嗦地说:“我说……大家伙儿……听我说句话。我们东西……都……都装得差不多了,不如……不如回头……找个出路……”

梁三没好气地骂道:“老曾,看你吓那样……”

烟锅叔、马大贵默默收拾好背包,看样子是打定主意要走了。只有阿苏妮和梁三想打开石棺,想看看里面是不是真的有更值钱的东西。

朱笑东见杨薇被吓得浑身发抖,登时怒从心头起,热血往上涌,把心一横,说:“胖子,管它什么玩意儿,开棺!”

胖子“嗷”一声。温强早就忍不住了,吆喝一声,不等胖子动手,拿着撬棍就要去撬开石棺盖。

梁三拿出两管炸药,大喊:“等会儿,等我做些准备,要是老粽子淘气,咱就炸它个稀巴烂。”

烟锅叔拿着魏九斤那把猎枪,对准棺头,一旦稍有不对,立刻开枪。阿苏妮拿了藏刀,严阵以待。温强、曾德宝两人去推棺盖,刚动手,温强和曾德宝两人同时低叫一声:“这棺盖被打开过。”

棺盖被打开过?肯定是之前进来的人做的,可是他们为什么又盖上了,棺材为什么又沉到下面去了?

棺材盖才打开一条缝隙,朱笑东就闻到一股似兰非兰、似麝非麝的香味,就像杨薇沐浴后的体香,女儿家淡敷薄粉,轻涂胭脂,依旧掩不住那种体香。

闻到这股香味,连朱笑东都禁不住心荡神迷,只想看看棺材里躺的到底是怎样一个妙人儿。

此时,温强和曾德宝差点儿把脸贴到那条缝上,使劲嗅闻香气,估计两人已经被神秘的香气迷得魂飞魄散了。

胖子已然无法自制，满脸羞涩，就像是第一次轻吻王晓娟时似的，亲过之后本该进行下一步了，偏偏胖子一副无所适从的样子，嘴里喃喃地低叫着："小娟儿……"

众人心中都幻想着绮丽之事，只有年纪最大的烟锅叔好一点。

朱笑东迷迷糊糊看着温强和曾德宝两人趴在棺材上，鼻子都快塞进棺材里去了，心中大怒。棺中肯定是个女子，对一个已经死去好几百年的女子，做出如此猥亵的动作，还是人吗？

他这一辈子最见不得为难轻薄女人的人，朱笑东越想越气，心中火起，觉得曾德宝、温强，甚至胖子，都是猥琐下流之徒，实在该杀。不知不觉间，朱笑东扬起手中的藏刀，对准趴在棺盖上的温强、曾德宝……

这时，杨薇和阿苏妮同时大声喊道："这香味有毒！"

两个女孩这声大喝，对朱笑东来说无异于醍醐灌顶，顿时清醒过来。他终于明白，墓室里的人为什么会同归于尽了。

他们应该也发现了石棺，多半与胖子等人抱着同样的想法，想打开棺材拿几件值钱的玩意儿。没想到一开棺盖，就被这种能致人迷幻的香味控制了，于是一个个迷失心窍，大开杀戒，最后全都死于非命。

幸好他们的队伍中有杨薇和阿苏妮两个女孩。一般而言，女孩会对这种迷人的味道产生嫉妒、抗拒心理，原因是这种香味不是自己身上的。特别是自己心爱的男人被别的女人的体香迷得神魂颠倒，她们会本能地憎恨这种味道。

朱笑东惊出一身冷汗，棺材才打开一条缝，就让一帮人起了相互残杀之心，当真是厉害。朱笑东拿出半袋水，先在自己头上淋了一些，又疾步走到石棺旁，往趴在棺材上的曾德宝、温强两人头上淋水，大喊："有毒！大家注意了，快用水浇自己的头。"

杨薇和阿苏妮照做，温强却茫然地问道："有毒？什么有毒？毒在哪里？"

曾德宝痴痴地望着朱笑东，低笑着说："小翠花儿，你……你转过来……"

一句话没说完，"咕咚"一声往后倒去，想来是中毒太深，被冷水突然淋在头上，受不了刺激，这才晕了过去。

温强茫然地问："老曾，你怎么……"

一句话没说完，也"咕咚"一声直挺挺地倒了下去。

这时，流着哈喇子的梁三不知不觉摸出打火机，就要去点燃他手上已经装好雷管、导火索的炸药。打火机呼一下蹿出一寸高的火苗，火苗离导火索不到五公分，梁三还傻乎乎地笑着。朱笑东吓出一头冷汗，炸药一旦被引爆，墓室里十几个人怕是都得交代在这了。

朱笑东刚想去抢梁三手里的炸药，偏偏神魂颠倒的杨华跑了过来，拉着朱笑东泪流满面地说："小娟儿，我对不起你。其实，那天在洗浴中心，我真的喝醉了……我保证……我没有背叛你的心思。"

杨薇和阿苏妮都离梁三太远，中间还横着胖子他们，眼睁睁看着梁三手里的打火机离导火索越来越近，火苗都舔着导火索了。

杨薇大叫一声："笑东，吹……"

朱笑东被杨华死死拉着，大诉那段无心之过造成的风流艳史，朱笑东一时脱不开身。听到杨薇的喊声，朱笑东瞬间反应过来，使劲吸了一口气，"噗"一声，吹向梁三手里的打火机。

梁三手里的打火机竟然是高级的防风打火机，还把气压开到最大。朱笑东这一口气就把火苗吹得歪了一下，没灭。

朱笑东暗骂一声缺德，也不知道是在骂谁，吹完第一口，马上吹第二口。

梁三的打火机已经靠在导火索上了，朱笑东连话都不敢说，使出吃奶的力气拼命吹。

梁三满面笑容，低低地说了声："妹儿，这停电了还真不方便，风又大，想点根蜡烛都点不着。不过别怕，哥这就跟你换……"

说着，梁三"啪"一下扔了手里的炸药，伸手摸向腰间。

朱笑东、杨薇、阿苏妮见梁三扔了炸药，顿时长出了一口气，被炸死的危险暂时解除了。接下来只要拿水往这几个人头上一浇，问题就解决了一大半。

可是刚松了一口气的朱笑东、杨薇、阿苏妮三人发现一个很严重的问题，用水淋了曾德宝、温强、烟锅叔、马大贵四人之后，没水了！胖子、杨华、梁三还没淋呢！

正着急，朱笑东一回头，看到梁三，脸色刷一下惨白。梁三扔了手里两管炸药，摸出来七管炸药。

梁三点燃两管炸药，大家虽然是死路一条，但好歹能留个全尸。这七管炸药要是被引爆了，就算考古队来发掘，也挖不出来一具完整的尸骨了。

梁三一转身，背对着朱笑东"吃吃"地低笑道："妹儿莫怕，哥这就给你点根大蜡烛，照得亮堂堂的……"

朱笑东生平第一次痛恨炸药、打火机！

就见梁三双臂平抬，估计他手里的打火机已经点着了导火索，朱笑东已经听到导火索燃烧发出的嗞嗞声，朱笑东仰天叹了一声。这时，杨华突然放开朱笑东，"咕咚"一声倒在地上，昏了过去。

朱笑东猛然摆脱了纠缠不休的杨华，又有了一线生机，想都没想，一步跨到梁三身边，伸手夺炸药，抱在胸前，转身，跑向石门外处处都是流沙陷阱的通道。

所有动作，朱笑东瞬间完成，爆发了最大潜能。朱笑东刚把炸药抢到手，阿苏妮也到了，朱笑东差点撞到阿苏妮身上。

阿苏妮大叫："给我！"

朱笑东把马上就要爆炸的炸药抱得更紧了，大喊："让开！"朱笑东不想死，但他不能让一个女孩替他死。

阿苏妮怒吼："只有五秒钟了，给我，我会拆！"说着，阿苏妮一拳打向朱笑东的眼睛。

朱笑东条件反射般抬起右手挡眼睛，瞬间，抱炸药的左手一松，被阿苏妮抢走了炸药。朱笑东手里一空，右手又挡了个空，知道自己上了阿苏妮的当，心中懊恼。但是，看向阿苏妮目光满是感激。

阿苏妮抢过炸药，根本没跑开，也没扔掉，而是将燃烧的导火索往外一拉，和雷管一起拉了出来，扔下没有雷管的炸药，继续扯导火索，被改装过的电雷管落下来，阿苏妮刚拔出雷管，还没来得及扔掉燃烧的导火索，导火索就烧到了头，灭了。

朱笑东吃惊地看着阿苏妮手里的雷管，满眼都是震惊。

阿苏妮看着手里的雷管，嘴角翘了一下，骄傲地说："别怕，这是电雷管改装的，其实里面还有一段导火索，要爆炸的话，那段导火索燃尽之后还有五秒钟时间。"

"你……你从哪里学来的？"本以为必死无疑的朱笑东还没缓过来，说话都结结巴巴的，"这个……跟电影里的特工似的。"

"那是你接触得少。"阿苏妮说完，转头去找水，一边走一边说："记住了，这是我第二次救你了。哼！救你也不给钱，我可不想再救你了。"

差点被吓死的朱笑东一时间没搞明白，阿苏妮说这话到底是揶揄自己有勇无谋，还是在暗示，自己应该给她点儿救命钱。

胖子、杨华、梁三中毒颇深，要是不赶紧找到水，过不了片刻，这三个家伙会比七管炸药爆炸还恐怖！

杨薇边翻背包边问："这到底是什么毒？这么厉害！"

朱笑东一边找水一边回答：“我在一本古书中看过，这种毒叫‘女儿香’。能催发中毒者产生幻想、幻听、幻觉的一种毒物，能让中毒者爆发出惊人的破坏力。如果闻到血腥味，就更不得了了。估计地上这些白骨，就是中了‘女儿香’，互相残杀而死。这种毒虽厉害，但解法很简单，只要用冷水浇中毒者的头降温，即可解毒。就像人发高烧时，可以用湿毛巾敷头一样，估计是有刺激人头部神经的作用。”

杨华突然站了起来，把杨薇吓了一大跳。就见杨华脸上一片灰黑，就像是被烧煳了的木头般，两只眼睛却一片赤红，射出两道妖异的红光。就像他脑袋里有一团火，火焰透过两只眼睛射出来一般。

如此妖异的杨华，嗅觉居然非常灵敏，皱着鼻子闻着“女儿香”一步步向石棺走去，不管面前是骸骨还是刀剑，杨华横冲直撞。

明知杨华走过去肯定不会有好事，杨薇却不敢上前阻拦。此时的杨华太诡异了。很快，梁三也“吃吃”地笑着，跟在杨华身后，走向石棺。

紧接着，胖子嘴里“嗬嗬”地怪叫着，不知道是有意还是顺手，拿起一把锈迹斑驳的长剑走向石棺，一路还胡砍乱劈，劈得地上的骸骨四处乱飞。

如此阵仗，别说杨薇，连朱笑东也不敢上前阻拦。

杨华第一个走到石棺旁边，先前曾德宝和温强两个人使出全力，才推出一条缝隙的棺盖，被杨华一只手轻轻一推，就发出刺耳的“咔咔”声，开了。

棺盖被完全推开的刹那，“女儿香”顿时弥漫开来，更加浓郁。

急切间，朱笑东也顾不得许多，大声说道：“杨薇……尿……”

杨薇和阿苏妮两人的脸瞬间都红了。两人虽然害羞，但也知道情况危急，他们已经把背包都翻过了，一点水都没有了，尿是唯一的选择。

就在三人一起努力想放点水出来时，另有一边，不知杨华怎么惹恼了胖子，胖子举着剑，死命追砍杨华，嘴里“嗬嗬”发着怪声，像是在骂人，又像是在呼喝。

杨华敌不过胖子，含糊不清地呼喊着，绕着石棺躲避胖子的横砍竖劈，偶尔也会反击。

梁三不知道从哪儿拿了根短矛，一会儿替杨华挡胖子的追砍，一会儿和胖子一起攻击杨华，舌头也像打了结似的，“啊啊”地喊着什么。

三人绕着石棺打成一团，一片混乱。杨华没了平日里的温文，胖子也没了平日里的慵懒，梁三如疯似狂。三人片刻间全都成了武林高手，身手矫健敏捷，十分灵活，力道也大得出奇。

墓室里顿时枯骨乱飞，尘土四起，昏睡在石棺旁边的曾德宝、温强、烟锅叔等人，不是被一脚踢开，就是被扔到一边。

三人当中，胖子最肥，比起杨华、梁三，行动自然有些迟缓。但是胖子数次出生入死，行动虽迟缓了些，但力量、耐力却是三人中最厉害的。所以一开始，胖子就猛砍猛杀，横冲直撞，勇猛无匹。

杨华没有胖子威猛，但灵巧敏捷、闪展腾挪，都较胖子更胜一筹，每每遇到危机，多半是以纤巧的身形避开。

梁三这家伙就是一根墙头草，胖子处于下风，他就跟杨华一起对付胖子；胖子反败为胜，杨华这边不利，便又回过头来，跟胖子一块儿揍杨华。最后气得胖子跟杨华两人邪火大盛，一起掉头打他。

混战中，杨华被逼得靠在石棺上，没了退路，左边梁三，右边胖子，一个短刀横砍，一个短矛直刺，眼看杨华就要命丧当场了。这时，杨华突然双手撑着石棺，一个后翻，贴着短刀翻进了石棺，在间不容发之际，不但险险地避开了胖子和梁三的攻击，还让他们两个交上了手。

杨华翻身上了棺材，居高临下，想也没想，一脚踢向离自己最近的梁三肋下。梁三一声闷哼，手上的短矛被胖子一刀砍落。

胖子手里的短刀本就锈迹斑斑，又被他胡砍乱劈了不知多少下，早就变形了。这一下把梁三手里的短矛砍落在地，他手里的短刀也“当啷”一声齐柄而断。

手里没了家伙，胖子不依不饶地将刀柄砸向梁三，然后一捏拳头，当胸砸向梁三。梁三招架不住，就把胖子往杨华那边引，想借刀杀人。

杨华果然趁机踢了胖子一脚。胖子一身肥肉起到了缓冲作用，把杨华的力道卸去大半不说，还借力往前一窜，撞向梁三。梁三躲避不及，被胖子撞得一个踉跄，站立不稳，仰面摔倒在地上。

胖子一屁股坐到梁三的肚腹间，梁三一口气愣是没喘上来。

胖子骑在梁三身上，扬起拳头照着梁三的脸砸了下去。这一拳下去要是打中梁三的眼睛，梁三势必眼珠爆裂，要是打在鼻梁上，鼻骨也得折裂。

可惜，胖子这一拳始终没能打到梁三。拳到中途，一个绳套飞过来，精准地套在胖子身上，然后绳子瞬间绷直，往后一拉，胖子轰然倒地。

绳套是朱笑东扔出来的，办法是阿苏妮想出来的。

胖子、杨华、梁三莫名其妙地生死搏斗，朱笑东和杨薇、阿苏妮拿着水囊却不敢靠近。眼看三人厮杀，朱笑东心急如焚。阿苏妮拿出绳子挽了三个绳套，准备把三人都绑起来。

朱笑东拿过绳套，第一个套住了胖子，随后将水囊对准“嗬嗬”大叫、不住挣扎的胖子的头朝下倒了下去，温热的尿液倾泻在胖子脸上，胖子挣扎的力道渐渐减弱。

那边，杨薇没费多大力气，就将半囊尿液淋到了刚爬起来的梁三头上。

阿苏妮对付杨华倒是费了点力气。阿苏妮先用绳套套住了杨华，杨华疯狂挣扎，红着眼睛对阿苏妮又踢又打。阿苏妮知道杨华中了“女儿香”，失了心智，也不跟他计较，不然以阿苏妮的身手，有杨华受的了。一边避让，阿苏妮一边甩动手里的绳子，绳子像灵蛇般在杨华身上绕来绕去。

没一会儿，杨华就被捆成了粽子，倒在地上动弹不得了，不过两只眼睛还是死死地盯着阿苏妮，满是怨毒。阿苏妮取出水囊，冲着杨华当头淋下。

胖子、梁三、杨华被浇了一头一脸的尿之后，挣扎了一阵，先后昏睡过去。

朱笑东喘着粗气，回头对阿苏妮说：“阿苏妮小姐，谢谢。”

阿苏妮扔了手里的空水囊，没好气地说：“哼，谢谢就完了，我这……又白救了一条命！”

“这个……”朱笑东讪讪地笑道，“我……不知道怎样才能报答你！”

“要报答我？”阿苏妮眼珠一转，看了一眼石棺，一挑眉，“你陪我去看看那石棺里面到底有什么东西吧，就算你报答我了，怎么样？”

朱笑东咬牙切齿地看向那石棺。设计陵墓的人当真歹毒，一路上，各种机关不断也就算了，没想到最后在棺材里还放了“女儿香”。

可惜他没想到会有两个女人进墓，他这种专门对付男人的毒药被两个女人轻轻松松地破了。要不是杨薇、阿苏妮一声大喝震醒了朱笑东，他们这伙人都得折在这儿。

那人要是知道他设计的横行了数百年的机关，被两个女孩破解了，会作何感想？